천재는 없다

천재는 없다

초판 1쇄 펴낸날 / 2002년 11월 15일
초판 2쇄 펴낸날 / 2002년 12월 5일

지은이 • 한혜민 │ 펴낸이 • 임형욱 │ 편집주간 • 구광본 │
편집 • 김경실 정민숙 │ 디자인 • 김경화 │ 영업 • 이정욱
펴낸곳 • 행복한책읽기 │ 주소 • 서울시 중구 필동3가 15 문화빌딩 403호
전화 • 02-2277-9216,7 │ 팩스 • 02-2277-8283 │ E-mail • heenyun@chol.com
인쇄 및 제본 • 구림기획인쇄 │ 배본처 • 뱅크북
등록 • 2001년 2월 5일 제2-3258호 │ ISBN 89-89571-08-1 03810 값 • 9,500원

서울대 최연소 입학생 한혜민의

베/이/직/학/습/법

천재는 없다

한혜민 지음

행복한책읽기

　　스무 살도 안된 나이에 '나는 이런 사람이다' 라거나 '나는 이렇게 살았다' 라고 말한다는 건 부끄럽기도 하고 두렵기도 한 일이다. 나는 다른사람들 앞에 내세울 만한 일을 한 것도 아니고, 누군가를 이끌어줄 만한 위치에 있지도 않다. 그럼에도 불구하고 내 이야기를 털어놓는 것은 나와 비슷한 고민을 하는 친구들이나 아직 자신의 길을 찾지 못하고 방황하는 친구들에게 우리가 가진 가능성과 희망에 대해 이야기하고 싶었기 때문이다.

　　많은 사람들이 어떻게 공부해야 좋은 성적을 낼 수 있는지, 어떻게 하면 좋은 학교에 갈 수 있는지 그리고 어떻게 그렇게 빨리 대학생이 될 수 있었는지 묻는다. 이 모든 물음에 대한 대답은 하나다. "나는 내가 하고 싶은 공부를 열심히 재미있게 했고, 그 공부를 하는 데 가장 좋은 학습 방법을 선택했다." 그러기 위해 나는 제도 교육의 틀을 벗어나기도 했고, 일반적인 통념과 상반되는 선택을 하기도 했다. 다른 사람의 시선이나 통상적인 관념 등에 얽매이지 않고 내가 선택할 수 있는 영역을 최대한 넓게 생각했고 융통성 있게 이용한 셈이다. 지금의 대학 생활 역시 여전히 그 선택의 연장선상에 있다.

　　나는 남들이 말하는 천재도 아니고 — IQ는 평균보다 약간 높고 EQ는 평균보다 많이 높다 — 부모님이 영재교육에 관심을 가진 분들도 아니다. 다만 나는 내가 하고 싶은 일을 하겠다는 신념과 최선을 다해 도전하면 이룰 수 있다는 확신이 분명했고, 부모님은 내 생각을 존중하고 내 선택을 지지해주셨다.

이 책에는 어린 시절부터 지금에 이르기까지 나와 가족들의 이야기가 담겨 있다. 크게 특별할 것도 없는 에피소드들로 구성되어 있지만 그 가운데서도 어떤 분은 할아버지의 독특한 유아교육법에, 어떤 분들은 어머니의 행복 중심 교육관에, 또 다른 어떤 분들은 내 학습법에 귀를 기울일 것이다. 그 어떤 것이라도 읽는 분들에게 공감과 희망을 줄 수 있었으면 좋겠다.

물론 따가운 질책도 기꺼이 받을 각오가 되어 있다. 그러나 꼭 한 가지 피하고 싶은 것이 있다. 나를 누군가의 비교 대상으로 삼는 것이다. 그것만은 정말 사양하고 싶다.

목표를 향해 가는 길은 여러 갈래로 나 있다. 나는 그 중에 나에게 맞는 길을 선택했다. 다른 사람들은 자신에게 맞는 또 다른 길을 찾게 될 것이다. 비교적 빨리 길을 찾은 내 이야기가 아직 길을 찾지 못한 분들에게 힘이 되기를 바랄 뿐이다.

끝으로 이 책이 나오기까지, 아니 내가 이만큼 오기까지 "은(恩)"을 베풀어주신 모든 분들께 두 손 모으고 깊이 머리 숙여 감사의 인사를 올린다.

천재는 없다

c o n t e n t s

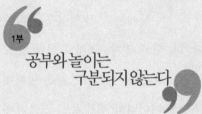

1부

공부와 놀이는
구분되지 않는다

천재는 없다

contents

| 한혜민 | 어머니의 | 이야기 |

욕심을 버리고 지켜보는 즐거움 / 위명자

한혜민의 베 · 이 · 직 · 학 · 습 · 법

1부

**공부와 놀이는
구분되지 않는다**

학교 밖으로 나오다

"혜민아, 너 중학교 과정을 검정고시로 하면 어떻겠니?"

6학년 2학기가 시작될 무렵 아버지께서 검정고시 이야기를 꺼내셨다.

"엄마랑 네 진로에 대해 생각해 봤는데, 네가 계속 컴퓨터에 관심을 갖고 그 쪽을 공부하기 원한다면 검정고시를 보는 것도 좋을 것 같다. 아무래도 중학교에 가면 성적 관리에 신경을 써야 하는데 엄마 아빠 생각엔 바람직하지 않은 것 같다. 너는 네가 좋아하는 분야가 분명하니까 남들 하는 대로 따라갈 것 없이 너에게 맞는 길을 선택하는 게 좋지 않겠니."

검정고시는 처음 꺼내는 말씀이었지만 두 분은 이미 오래 전부터 내 진학 문제를 진지하게 상의하고 계셨던 것 같았다. 나는 부모님의 결정에 컴퓨터가 결정적인 영향을 미쳤을 것이라고 생각했다. 초등학교 1학년 때부터 다루기 시작한 컴퓨터는 이제 내 진로와 떼어서 생각할 수 없을 만큼 큰 자리를 차지하고 있었다.

그 무렵도 나는 오로지 10월에 있을 정보처리기능사 자격증 시험만 생각하고 있었다. 5학년 때부터 2년째 정보처리기능사 자격증 시험에 도전하고 있었는데 이번에는 꼭 붙어야 했다. 요즘은 필기시험에 한 번 붙으면 2년 동안은 필기시험이 면제되지만, 그 당시에는 세 번에 합격을 못하면 다시 필기시험을 봐야 했다. 나는 이미 세 번을 떨어졌고 다시 필기를 봐서 또 두 번을 떨어진 상태였다. 극적인 5전 6기가 되느냐 아니면 또다시 요식 행위에 불과한 필기시험을 봐야 하느냐 하는 기로에 있었던 것이다.

온 정신이 정보처리기능사 자격증에 가 있던 터라 '검정고시'라는 제안에 좀 놀란 건 사실이지만 싫거나 겁이 나진 않았다. 검정고시가 어떤 제도인지는 이미 알고 있었고 별다른 거부감이 없었다. 중학교에 가지 않겠다는 생각을 해보지는 않았지만 중학생이 된다는 것이 부담이 되었던 건 사실이었다. 중학교에 진학하면 아무래도 성적과 입시에 대한 부담 때문에 컴퓨터를 지금처럼 마음껏 하지 못할 게 분명했다. 초등학교를 졸업하기 전에 기어코 정보처리기능사 자격증을 따려고 했던 것도 그 때문이었다.

"검정고시는 혼자 공부해야 하는데 그게 생각보다 어려울 수도 있다. 자칫하면 흐트러지기도 쉽고, 친구가 없어서 외로울 수도 있고. 사실 엄마 아빠도 그 부분이 걱정이 되긴 했는데, 아주 큰 문제는 아닌 것 같다. 검정고시를 본다고 지금까지 사귄 친구들과의 관계가 끊어지는 것도 아니고, 시간 관리는 할아버지께서 옆에서 도와주시면 어느 정도 해결되지 않겠니. 어쨌든 이건 우리 생각이니까 최종 결정은 네가 해라."

아버지의 말씀은 그게 전부였고, 나는 부모님이 걱정하시는 친구나 시간관리 등에 대해 생각해 보았다. 두 부분 다 크게 문제가 될 것 같지는 않았다. 친구들이 학교에서 수업하는 동안 나도 시간표를 짜서 공부하고 방과 후에 만나면 된다. 집에서의 생활은 맞벌이를 하시는 부모님 대신 할아버지가 챙겨주시면 충분히 해낼 수 있을 것 같았고, 중학교 교과 과목을 이수하고 성적 관리를 하는 데 3년을 쏟아 부을 필요는 없겠다는 생각이 들었다. 짧은 시간에 중학교 과정을 마치고 컴퓨터 공부에 보다 집중할 수 있다면 앞으로 선택의 폭을 넓히는 데도 도움이 될 것 같았다. 나는 오래 고민하지 않고 흔쾌히 검정고시를 보기로 결정했다.

내가 남들보다 뛰어난 머리를 가진 것도 아니고, 부모님이 자식을 속성 재배해 특출한 인간으로 만들겠다는 야심을 가진 분들도 아니다. 그럼에도 불구하고 스스럼없이 정규 교육과정의 울타리 밖으로 나올 수 있었던 건, 새로운 일에 대한 도전을 두려워하지 않는 내 기질과 아이를 기존 교육의 틀에 맞추기보다 아이에게 맞는 교육을 택하겠다는 부모님의 원칙이 맞아 떨어졌기 때문이었다.

나는 기질상 앞이 빤히 내다보이는 길을 따라 안전하게 걷는 것보다 목표를 정해 놓고 내 방식대로 길을 만들어 가는 것을 더 좋아한다. 중학교 과정을 검정고시로 이수하겠다는 건 중학교 3년 과정을 1년으로 단축하겠다는 단순한 결정이 아니었다. 남들이 이제까지 해왔던 대로 정해진 틀에 맞추어 살기보다 내가 하고 싶은 일, 잘하는 일을 열심히 하며 내 식대로 살기로 일찌감치 방향을 잡은 것이었다.

중학 검정고시는 그 흥미로운 선택의 길목에 놓인 몇 개의 문 중 내가 클릭한 첫 번째 문이었다.

할아버지의 움직이는 교실

사실 내 이야기는 할아버지로부터 시작해야 한다. 내가 지금껏 성장하는 동안 부모님을 비롯해 많은 분들의 음덕을 입었지만 그 중에도 할아버지는 특별한 분이다.

"손자가 태어나면 멋지게 키울 거야."

내가 태어나기 전부터 할아버지가 할머니에게 하신 말씀이다. 그 때마다 할머니는 "요즘 아이들이 어디 할아버지 뜻대로 되겠어요?" 하고 핀잔을 하셨지만 할아버지의 꿈은 흔들리지 않았다. 부모님이 맞벌이를 하셨기 때문에 아이가 태어나면 할아버지 할머니가 돌봐 주셔야 하는 상황이었다.

할아버지는 그냥 막연히 잘 키우겠다고 하신 것이 아니라, 손자가 태어나면 어떻게 할지 깊이 생각하시고 구체적으로 준비하셨다. 그리고 내가 태어나자 그 동안 준비한 것들을 차곡차곡 실행에 옮기셨다. 하루종일 먹이고 입히는 것만도 지칠 노릇이었을 텐데, 할아버지는 단 한 순간도 소홀하게 넘어가지 않고 정성을 다하셨다.

나를 유모차에 태우고 다닐 수 있게 될 무렵부터 할아버지는 언제나 나를 데리고 다니셨다. 손자를 자랑하기 위해서가 아니라 손자에게 많은 것을 들려주고 보여주기 위해서였다. 여름에는 대나무나 삼베로, 겨울에는 솜이 톡톡하게 들어간 면으로 유모차의 방석을 바꾸어가며 할아버지와 나는 사시사철 나들이를 했다.

나들이가 잦았던 건 나에게 자연을 자주 접하게 하고 자연의 소리를 많이 들려주려고 하셨기 때문이다. 덕분에 나는 겨우 걸음마를 뗄 무렵부터 할아버지와 함께 산에 올랐다. 우리는 야트막한 야산 기슭의 푹신한 땅을 밟으며 걷고 푸른 나무와 들꽃, 물소리, 새소리와 더불어 놀았다. 할아버지는 내게 자연을 닮은 넉넉하고 따뜻한 심성이 깃들게 해주고 싶으셨던 것이다.

할머니 할아버지가 아이를 보면 말이 늦다고 하지만 나는 말도 빠르고 어휘력도 좋은 편이었다. 할아버지는 내가 알아듣든 못 알아듣든 늘 주변 사물들을 친절하게 설명하시고 다정하게 이야기를 해주셨다. 내가 할 수 있는 말은 단순하고 짧았지만 충분한 대화를 나누었다. 그래서인지 지금도 어디에서든 내 의사를 충분히 표현하고 정확하게 전달하는 편이고, 대중들 앞에서 말하는 데도 별로 두려움이 없다.

글씨 역시 할아버지께 배웠다.

나의 글 읽기는 좀 독특하게 시작되었는데, 할아버지가 나를 앉혀 놓고 가르치신 것이 아니라 내가 먼저 관심을 보였다.

"할아버지 왜 여기는 똑같은 글자가 써 있어요? 이 글자가 뭐예요?"

세 살 무렵 나는 자동차 번호판을 가리키며 물었다. 모든 자동차 번호판 앞에 똑같은 문자가 써 있다는 것을 발견했던 것이다.

"그건 '부산'이라는 글씨야. 여기가 부산이잖아. 부산 차에는 다 부산이라고 써 있는 거야."

내가 글씨에 흥미를 느끼기 시작했다는 걸 아신 할아버지는 그날부터 '움직이는 문자교실'을 시작하셨다. 나를 유모차나 자전거 앞에 태우고 다니면서 자동차의 번호판을 읽어주는 것이었다.

'부산 1 다 2468' '부산 9 차 1357' …… 차 번호판 읽기는 단조로운 방법 같지만 숫자와 문자를 동시에 배울 수 있는 아주 좋은 교재였다. 내가 궁금해 했던 '부산'을 확실하게 입력하는 것으로 시작해서, 0에서 9까지의 숫자는 기본이고 '가나다라……'를 읽으면서 한글 조합 원리까지 자연스럽게 익힐 수 있었다.

할아버지께서 2단계 교재로 발굴하신 건 '목욕탕'이었다.

어느 날 버스를 타고 가시던 할아버지는 사방 어디서나 눈에 띄는 큰 글씨를 발견하셨다. 바로 높은 목욕탕 굴뚝에 커다랗게 쓰인 '목욕탕'이었다. 할아버지께서는 그것이 문자 학습용으로 아주 적격이라고 생각하셨다.

그 날부터 움직이는 교실도 유모차나 자전거에서 버스로 한 단계 상승했다. 할아버지와 나는 버스를 타고 시내를 누비면서 눈에 보이는 목욕탕 굴뚝 찾기 놀이를 시작했다.

"저기 있다. '목욕탕' ……. 바로 옆에 지나간 건 '○○ 목욕탕' …… 이쪽에 있는 건 '○○탕' ……."

목욕탕 굴뚝은 작은 나도 충분히 읽을 수 있을 만큼 높은 위치에 있었고, 여기 저기 공중에 솟아 있는 글자 읽기는 지루하지 않았다. 눈에 익은 '탕' 자 찾기도 재미있고, 앞에 붙는 말이 다른 것도 흥미로웠다. 높은 빌딩, 똑같은 모양의 아파트들, 유리창이 반짝거리는 가게들 등, 계속해서 바뀌는 차창 밖의 풍경들도 신기했다. 가끔씩 눈높이를 낮추어 앞차의 번호판을 읽기도 했다. 움직이는 교실과 다양한 볼거리가 단순 반복학습의 지루함을 해소시켜준 것이다.

물론 적당한 피곤과 차의 흔들림 때문에 달콤한 잠에 빠져들기도 했다. 공부도 쉬면서 해야 능률이 오르니까.

'육버 브릿지'를 아시나요?

눈높이에 맞는 교재 선택과 교실 운영에 관한 한 할아버지는 탁월한 혜안을 가진 교사였다. 할아버지의 교육법은 재미있게 놀면서 자연스럽게 익히는 것이었다. 할아버지에게는 어디나 교실이고 무엇이나 교재였다.

할아버지 방에는 숫자만 크고 굵게 쓰여 있는 달력이 걸려 있었다. 어느 날 할아버지는 지난 달력에서 1에서 31까지의 숫자를 오려내셨다. 그리고 다이얼이 붙어 있는 옛날 전화기를 꺼내 송수화기를 바닥에 내려놓고 말씀하셨다.

"혜민아, 숫자놀이하자. 내가 이 사이로 숫자를 줄테니까 니가 받아 놓았다가 내가 달라는 숫자를 다시 주는 거야. 자, 혜민아 삼 간다

받아라."

할아버지는 마치 매표소의 반원 같은 틈이 생긴 송수화기 손잡이 아래로 오려낸 숫자들을 밀어주셨다. 그리고는 다시 '혜민아 십일 보내라', '이십오 보내라' 하시면서 내게 숫자를 찾게 만들었다. 나는 금새 숫자를 찾아 좁은 틈 사이로 주고받는 재미에 **빠져들었고**, 1부터 31까지 숫자를 즐겁고 쉽게 익혔다.

할아버지의 학습법은 때와 장소를 가리지 않았다.

가족들과 중국 음식점에 갔을 때였다. 주문을 하고 음식이 나오기를 기다리는데 할아버지가 붙어 있는 나무젓가락을 떼어 한 개를 내 앞으로 내밀며 물으셨다.

"혜민아, 이게 뭐지?"

"일이요."

"이렇게 두 개를 같이 놓으면?"

"십일이요."

달력으로 두 자리 이상 숫자 조합까지 배운 나에게는 어렵지 않은 질문이었다.

"좋아, 그럼 이렇게 놓으면 뭐지?"

할아버지가 만들어 보인 건 젓가락 두 개를 가로세로로 겹친 것이었다. 숫자나 문자에서 본 적이 없는 생소한 기호였다.

"이게 뭐예요?"

"이건 '더하기'라는 거야. 숫자와 숫자 사이에 이런 모양이 들어가 있으면 두 숫자를 합치는 거야. 그리고 이걸 이렇게 돌려 놓은 모양은 '곱하기'야. 또 막대기 하나만 옆으로 놓으면 '빼기'가 되고, 이 막대기 위 아래에 이렇게 점이 있으면 이건 '나누기'라는 표시야."

할아버지는 나무젓가락 두 쪽으로 수학 부호 네 가지를 재미있게 가르치셨다. 물론 그 기호들을 정확히 이해한 것은 아니었지만 나는 조합에 따라 의미가 변하는 막대기 기호들에 흥미를 느꼈다. 중학교 교사인 엄마는 기호에 흥미있어 하는 나보다 젓가락 두 개로 명쾌하게 수학 강의를 하시는 할아버지를 경탄스러운 눈으로 바라보셨다.

엄마가 할아버지에게 경탄하는 것은 또 있었다. 어떤 질문이든, 몇 번을 반복하든 언제나 친절히 대답하시는 것이었다. 나는 호기심이 많은데다 한 가지에 재미를 붙이면 끊임없이 질문을 퍼부어대곤 했다. 이를테면 부산 시내에 있는 '목욕탕'을 다 읽고 난 후에는 거리의 간판을 읽었는데, 그건 목욕탕 굴뚝에 비할 게 아니었다. 눈에 띄는 대로 간판 글씨를 읽어대며 "이건 뭐예요, 저건 뭐예요, 왜요?" 하고 물어대면 장사라도 당할 재간이 없었다. 처음에는 차분하게 대답해주던 엄마 아빠도 30분을 넘어가면 슬슬 짜증을 내셨다.

하지만 할아버지는 한 번도 짜증을 내거나 질문을 막은 적이 없었다. 할아버지의 사전엔 "이제 그만 물어"라거나 "몰라도 돼"라는 말은 없었다. 아무리 질문이 많아도 귀찮아하지 않으셨고, 어떤 질문도 무시하지 않고 대답해 주셨다. 그 대답엔 "그건 할아버지도 잘 모른다. 알아보고 가르쳐 줄게", "나는 이것밖에 모르니까 니가 커서 더 많이 알아봐라"라는 것도 포함되어 있었다.

할아버지의 성실한 대답은 왕성한 내 호기심을 충분히 채워준 동시에, 알고 있는 것을 새로운 것에 적용하는 창의적인 응용력도 갖게 했다.

한글을 거의 깨칠 무렵 나는 또 다른 문자인 영어에 관심을 갖기 시작했다. 할아버지는 역시 주변에서 쉽게 눈에 띄는 것을 중심으로 알파벳을 가르쳐주셨다. 한글을 배울 때 소리 조합법을 터득했던 나는 알파벳을 한글 읽는 방식에 적용해서 읽었다.

그런데 내가 영어를 읽으면 사람들이 마구 웃어댔다. 타이탄(titan)을 티탄, 데인저(danger)를 당거라고 읽었기 때문이다.

하지만 내 응용력의 절정은 숫자와 영어의 엽기적이고 환상적인 조합이었다.

어느 날 버스를 타고 가던 할아버지가 육교를 가리키며 말씀하셨다.

"혜민아, 저게 영어로 '오버 브릿지'야."

할아버지는 그냥 지나가는 참에 생각이 나 하신 말씀이었다.

그런데 얼마 가다 또 육교가 나오자 내가 말했다.

"할아버지, 저건 '육버 브릿지'지요?"

다들
싫다니
내가 해야지

할머니는 가끔 할아버지와 내가 "전생에 서로 열렬히 사랑했지만 그 사랑을 이루지 못한 연인 사이"였을 거라고 놀리셨다. 이사를 해서 헤어졌던 몇 년간을 빼고는 세살 때부터 고등학교를 졸업할 때까지 할아버지 옆에서 잤기 때문이다.

초등학교 입학 후에는 혼자 독립하라고 부모님께서 따로 방을 마련해 주셨지만 나는 여전히 할아버지 방에서 잤다. 책을 읽거나 숙제를 할 때는 내 방이 편했지만 잠을 잘 때는 항상 할아버지 옆으로 갔다. 어렸을 때부터 들인 습관이라 할아버지 옆이 포근하고 편했다. 할아버지 역시 내가 옆에 있는 것을 든든해 하셨다.

고등학생이 되자 부모님이 할아버지께 불편하실 테니 따로 재우라고 말씀하셨지만 할아버지는 그 때마다 뒤로 미루셨다. 여름에는 날이 좀 시원해지면 그러자고 하시고, 겨울이면 날이 좀 풀리면 그러겠다고 하셨다. 그러나 할아버지의 날씨는 풀리지도 시원해지지도 않고 흘러 결국 나는 고등학교 3년 내내 할아버지 옆에서 보냈다. 대학이 할아버지와 나를 갈라놓은 셈이다.

이렇게 태어나서부터 항상 할아버지와 함께였던 내가 처음 할아버지와 떨어져 있는 시간을 가진 건 유치원 때였다.

할아버지와 함께 있어도 공부와 놀이를 충분히 재미있게 할 수 있었지만 나는 유치원에 다녔다. 또래 아이들과 어울려 놀 수 있는 기회를 만들기 위해서였다.

처음에는 할아버지와 떨어지지 않으려고 해서 할아버지께선 고생을 좀 하셨다. 엄마 아빠가 직장 생활을 하셔서 낮 동안 부모님과 떨어져 있는 것은 익숙했지만 할아버지와는 잠시도 떨어져 있지 않으려 했다. 할 수 없이 할아버지가 나를 유치원에 데려다 주시고 수업을 할 동안 밖에서 기다리고 계시다가 끝나면 함께 집으로 오곤 했다.

유치원에 다니기 시작하면서 할아버지는 가족이 아닌 사람들과의 공동 생활에 필요한 덕목들을 가르치셨다.

"선생님이 말씀하실 때는 집중해서 들어라. 규칙을 잘 지켜라. 다른 사람에게 해가 되는 행동을 해서는 안 된다. 친구들과 놀 때는 네가 하고 싶은 것만 하려고 해서는 안 된다. 너에게 주어진 일은 무슨 일이든 최선을 다해야 한다."

이런 덕목들은 말씀으로만 당부하신 게 아니라 평소에 할아버지께서 나에게 보여주신 모습이었다. 할아버지를 누구보다 좋아했고 늘 함께 생활했기 때문에 할아버지의 가르침들은 내 의식 속에 자연스럽게 스며들었다.

유치원 학예회 때 나는 놀부 역을 맡았다. 놀부가 좋아서가 아니라 다른 아이들이 맡지 않으려고 했기 때문이다. 놀부가 얼마나 심술궂은 욕심쟁이인지 잘 알고 있는 아이들은 아무도 놀부가 되고 싶어 하지 않았다. 그림책에서 보면 얼굴도 험상궂은데다 착한 동생에게 못된 짓만 골라하니 아이들이 다 싫어했다. 연극에서는 놀부도 주인공이었지만 아무도 놀부가 되지 않으려 했고, 놀부 역을 맡으면 친구들에게 놀림감이 되었다.

하지만 나는 놀부 역을 기꺼이 하겠다고 했다. 좋은 역할이냐 나쁜 역할이냐를 떠나 나에게 어떤 역할이 주어진다는 것이 너무나 기뻤다. 내가 놀부 역을 맡았다고 하자 할아버지는 "용감하다"고 하시면서 잘 해보라고 격려해 주셨다. 할아버지의 격려는 어떤 칭찬보다 힘이 되었다.

나는 연습을 할 때도 어떻게 하면 진짜 놀부처럼 할 수 있을까 생각하면서 최대한 심술궂어 보이려고 노력했다. 간혹 "혜민이는 심술쟁이 놀부야"라고 놀리는 아이들도 있었지만 상관없었다. 연습을 하는 자체도 재미있고 내가 하는 것을 보고 선생님과 친구들이 웃어주는 것도 신났다.

집에서도 대본을 가지고 열심히 연습했다. 할아버지가 상대역을 하며 연기를 도와주셨고, 저녁에는 엄마 아빠 앞에서 시연을 해보였다. 엄마 아빠는 내가 연기하는 모습을 재미있게 봐 주셨고 칭찬을 아끼지 않으셨다.

작은 일이지만 할아버지의 격려와 부모님의 관심은 내가 맡은 일에 새로운 의욕과 자신감을 갖게 했다. 지금도 나는 다른 사람들 앞에 나서서 내 자신을 표현하는 걸 두려워하거나 부끄러워하지 않는다. 해야 할 일의 경중을 그다지 따지지도 않는다. 스스로 선택한 일이든 어쩔 수 없이 하게 된 일이든 나는 내가 맡은 일에 애정을 갖는다. 기왕에 해야 할 일이라면 적극적으로 그리고 주도적으로 수행하는 게 좋다고 생각한다. 남들보다 잘하지 못하는 것일지라도 기왕이면 즐기면서 하려고 노력한다. 그것이 주어진 일, 해야 할 일에 최선을 다하는 자세라고 생각하기 때문이다.

유치원 이후부터 초등학교까지는 할아버지가 학부형 역할을 맡아주셨다. 참관수업이나 소풍 등 학부모가 참석하는 행사에는 항상 할아버지께서 참석하셨다. 대부분의 아이들은 엄마를 모셔왔지만 나는 할아버지가 오시는 게 좋았다. 엄마가 시간을 내는 게 어렵기도 했지만 꼭 엄마가 오셔야 한다고 생각하지도 않았다. 할아버지가 나를 위해 해주시는 것들이 편안하고 만족스러웠다. 다른 사람들 앞에서나 나 스스로에게나 할아버지는 항상 존경스럽고 자랑스러운 분이셨다.

나의
백과사전
답사기

한글을 깨친 후부터 나는 책읽기에 빠졌다. 책은 읽으면 읽을수록 재미있고 신기한 게 많았다. 처음에는 엄마가 사주는 대로 읽었는데 읽다보니 내가 좋아하는 책이 생겼다. 스토리 위주의 그림책이나 동화책보다 우리가 살고 있는 세계에 대해 설명한 과학책이나 사회책이 더 재미있었다. 그래서 주로 천체에 관한 이야기나 과학 이야기가 나오는 책을 사달라고 졸랐다.

사실 내 독서 취향은 편향적이었다. 감동적인 스토리를 아름다운 문장으로 엮어내는 문학류에는 크게 흥미를 느끼지 못했다. 대신 역사나 사회적인 지식을 얻게 하는 인문학 쪽 책이나 신비한 우주나 신기한 과학 이야기는 지칠 줄 모르고 읽어댔다.

책읽기는 내 왕성한 호기심과 지식욕을 충족시키는 동시에 한층 더 상승시켜 주었다. 뭐든 한 번 시작하면 성에 찰 때까지 파고들고 확장해 가는 성격은 책읽기에도 그대로 나타났다.

유치원에 들어가자 나는 만화백과사전을 사달라고 부모님을 졸라댔다. 어디서 처음 봤는지는 잘 기억이 나지 않지만 내가 읽고 싶은 여러 권의 책이 한 세트로 되어 있는 백과사전이 정말 갖고 싶었다. 모든 내용이 만화로 되어 있어서 읽기도 쉽고 재미있었다.

책이라면 원하는 대로 사주신 부모님이지만 백과사전 앞에서는 주춤하셨다. 아무리 책을 좋아한다고 해도 유치원생에게 백과사전을 사주는 것은 과하다고 판단하신 것이다. 부모님은 초등학교 들어가면 사주겠다고 나를 달래셨다. 하지만 백과사전이 너무나 읽고 싶었던 나는 몇날 며칠을 졸랐고 기어코 20권짜리 만화백과사전을 집에 들여놓았다.

백과사전은 기대 이상으로 멋진 책이었다. 20권의 책을 한 권도 빼지 않고 샅샅이 훑어가면서 읽었다. 초등학생용인데다 만화로 엮여 있어 다룰 수 있는 내용이 한정적이었지만 백과사전은 백과사전이었다. 각 분야별로 기본적으로 알아야 할 것들이 꽤 상세히 설명되어 있었고 실생활에 유용한 정보도 많았다.

다른 분야도 그렇지만 과학편은 정말 신기하고 흥미로운 세계였다. 컴퓨터의 존재를 알게 된 것도 백과사전을 통해서였다. '마이컴과 로봇', '컴퓨터는 내 친구' 같은 것들은 호기심 많은 내게 깊은 인상을 남겼다. 또 '날씨는 무엇이에요?' 라는 부분은 천체와 기상학에 관심을 갖게 했다. 사실 지금 내가 알고 있는 기상학 상식의 뼈대는 그 백과사전을 통해 얻은 것이다.

나는 이 책들을 보고 또 보고 읽고 또 읽었다. 특히 관심을 가지고 본 몇 권의 책들은 모서리가 다 닳았고, 아버지가 몇 번이나 노란 테이프로 덧대주셨다. 수십 번을 반복해서 읽어도 싫증 나지 않았다는 것이 지금 생각해도 신기하다. 그 후로도 많은 책을 읽었지만 이 만화백과사전만큼 재미있게 읽은 책은 없었던 것 같다.

나의 백과사전 답사는 여기서 끝나지 않았다.

유치원을 졸업할 즈음 부모님은 16권으로 된 학습백과사전을 사주셨다. 갈수록 왕성해지는 내 호기심과 지식욕을 충족시키기 위해 좀더 깊이를 갖춘 책이 필요하다고 생각하신 것 같았다. 물론 가나다 순이 아니라 분야별로 편집된 것이긴 했지만, 설명에 사진을 곁들여 '본격' 백과사전의 면모를 갖춘 학습백과였다. 내용도 1권 〈국어〉에서부터 16권 〈인명사전〉에 이르기까지 중고등학생이 보아도 손색이 없을 정도로 깊이 있고 충실했다.

이 학습백과 중에도 특별히 총애한 책들이 있었다. 역시 과학 관련 책들이었다. 그 책들은 화장실에 들고 가서 읽을 정도로 탐독했다. 편집방식은 달랐지만 읽기가 어렵지는 않았다. 만화백과사전을 통해 이미 백과사전식 지식을 습득하는 데 재미를 붙인데다, 이전에 알지 못했던 전혀 새로운 지식을 알게 되는 부분이 있는가 하면 어떤 부분은 이미 알고 있는 것을 보다 더 상세하고 깊이 알 수 있어서 좋았다. 새로운 지식을 알아나가는 것도 재미있었지만, 이미 알고 있는 지식이나 원리를 다른 데서 다시 발견하는 기쁨도 아주 컸다.

나는 다방면에 호기심이 많고 그걸 충족시키느라 여러 가지 일들을 한꺼번에 벌여놓는 경향이 있다. 벌인 일을 잘 처리할 때는 장점이 되지만, 수습이 잘 안 될 때는 단점이 된다. 그런데 책읽기에도 그런 기질이 나타나는 것 같다. 일단 여러 분야의 책을 한꺼번에 들여놓고 호기심을 가지고 이책 저책 두루 읽은 후, 특히 관심이 가고 흥미가 있는 분야의 책은 표지와 책장이 너덜너덜해지도록 읽고 또 읽는다.

공부도 마찬가지다. 중요하다고 생각하거나 필요한 부분만 요령껏 숙지하기보다는 어떤 과목이든 아주 기본적인 베이스부터 관련 사항들까지 넓게 훑어 본 다음 어떤 것에 집중할 것인지를 결정한다. 그 때문에 초기에 시간이 좀 걸리는 편이지만 장점도 많다. 어느 한 분야에 대한 공부가 다른 분야에까지 두루 연결되어 훨씬 포괄적인 지식을 얻게 되고, 그 만큼 사고의 폭도 넓어진다.

중학교 검정고시를 두려움 없이 받아들일 수 있었던 것도 백과사전을 통해 이미 축적해 놓은 지식들에 대한 자신감이 있었기 때문이다. 국어 영어 수학 등은 교과 과정에 맞추어 따로 공부를 해야 했지만 사회나 과학 과목은 초등학교를 졸업할 무렵 알고 있던 지식만으로도 시험을 치는 데는 어려움이 없었다.

약관 열여섯에 운 좋게도 '퀴즈의 달인' 이 되는 행운을 안겨준

갖가지 상식의 뿌리 역시 어릴 때 읽은 백과사전에 있다. 분별하고 걸러내는 틀이 굳기 전에 아무런 선입견 없이 받아들인 지식의 뿌리는 참 질기고 깊은 것 같다.

첫 논문
〈문명의 세계〉를 쓰다

나는 새로운 지식을 얻는 것도 좋아하지만 그걸 토대로 새로운 걸 만들어 내는 것도 좋아한다. 백과사전을 토대로 얻는 게 많아지면서 나는 뭔가를 쓰기 시작했다.

내가 무슨 생각으로 그렇게 했는지는 아직도 잘 모르겠다. 어느 날부터 16절지 갱지를 반으로 접어 노트처럼 만든 다음 내가 배운 지식들을 적어나가기 시작했다. 그림도 그리고 글도 썼다. 그림은 유치하고 글은 단순했지만 글을 쓰는 자세만큼은 학자 못지않게 진지했다.

먼저 만화백과사전을 보고 관심을 갖게 된 것들을 학습백과사전에서 다시 찾아본 다음, 새롭게 알게 된 사실과 내 생각을 자유롭게 적었다. 한 장에 다 표현할 수 없는 것은 '자세한 내용은 사회 책으로', 혹은 '자세한 것은 병원으로' 라고 친절하게 안내해 놓았다. 관심 분야도 우주 과학에서 인문 사회까지 다양했다. 그렇게 혼자 꾸민 '자율학습 시리즈' 가 쌓여 120장 정도가 되었다.

이쯤되자 그 때까지 내가 하는 모양을 바라만 보고 계시던 아버지께서 말씀하셨다.

"혜민아, 너 논문 한 번 만들어 보지 않을래?"

"논문이 뭐예요?"

"대학생 형들이 공부한 것을 쓰는 건데, 네가 듣고 배운 걸 네 생각과 함께 정리해서 책으로 내는 게 논문이야."

아버지는 내가 쓰고 있는 걸 그냥 종잇장으로 묵혀두기는 아까워 논문 말씀을 꺼내신 것 같다. 논문이 뭔지 정확히 이해할 수는 없었고 그저 '내가 쓴 것을 책으로 만드는 것' 정도로 받아들였다. 낱장의 종이로 두는 것보다 책으로 만들면 폼도 나고 오래 보관할 수 있을 것 같았다. 나는 즉시 '논문' 작업에 착수했다.

그 동안 16절지에 적어놓았던 내용을 정리하여 깨끗한 A4지에 옮겨 적고, 그렇게 옮겨 적은 것들을 모아 차례를 만들고, 제본을 하고, 인쇄소에 맡기고…… 이렇게 제책 공정을 거쳐 예쁜 보라색 표지로 탄생한 것이 바로 나의 첫 논문집 〈문명의 세계〉다.

'문명의 세계' 라는 제목은 내가 직접 붓글씨로 썼다. 여섯 살 짜리가 백과사전을 보고 그 작은 머리로 생각한 것을 옮겨 적은 것을 두고 "문명의 세계" 라 했으니 정말 오만하고도 거창한 제목이다. 이

제목도 내가 붙인 것인데 당시 내가 가진 세계관으로는 그럴 만했다. 이 논문집에는 문명에 대한 온갖 지식과 다양한 연구가 담겨져 있었기 때문이다. 우주론 같은 천체 이론, 동식물에 관련된 생물학적 원리, 지구과학, 백화점 배치도, 망원경의 원리 등의 잡다한 과학 원리에서부터 자동빨래걸이 같은 생활 관련 아이디어에 이르기까지, 농담 빼고는 없는 것이 없었다. 이 세계에 존재하는 문명과 그 이기(利器)에 대해 다루었으니 제목은 당연히 '문명의 세계' 일 수밖에 없었다.

책으로 갖추어야 할 모양 또한 거의 완벽하게 갖추었다. 페이지도 매겼고, 차례도 있고, 뒤에는 부록과 찾아보기까지 있다. '부록 1' 은 과학, '부록 2' 는 인간과 자연이라는 제목 아래 화학 공식, 중력과 부력, 인체의 순환계에 대한 설명과 그림이 들어있다. '찾아보기' 는 형식을 갖추어 과학자의 이름과 중요 단어를 선정하고 그 단어가 있는 페이지까지 써놓았다. 백과사전 편집을 그대로 모방한 것이다.

74페이지로 끝나는 책 뒤에는 검, 품, K라는 품질인증까지 해놓았고, '박음/11.8' 이라는 인쇄일과 '파본교환' 이라는 글을 쓴 종이는 정사각형으로 잘라 따로 붙였다. 내가 본 책의 판권이 그렇게 되어 있었던 모양이다. 좀 어색한 게 있다면 표지 제목 바로 아래 지은이 이름이 아니라 책 가격을 표시했다는 것이다. '도서가격 ₩10'

뭐니뭐니 해도 이 책에서 가장 인상적인 것은 머리말이다. 그대로 옮기면 이렇다.

"내가 죽을 때 이 책을 놔두는데, 엄마, 묘지에 묻어 주어야데요."

　　머리말치고는 좀 비장하다는 생각이 들지만 애정의 정도를 짐
작해 볼 수 있다. 그 책이 얼마나 사랑스럽고 자랑스러웠으면 죽을 때
함께 묻어 달라고 했을까.

　　그렇게 귀한 책을 손에 쥔 순간은 너무나 뿌듯했다. 이 세상에
태어나서 듣고 배운 것을 정리하고 내 생각을 밝힌 무언가를 만들어냈
다는 성취감에 가슴이 벅차올랐다.

　　그 어린 시절에 한 권의 책을 만들었다는 사실이 지금도 장하게
느껴진다. 대학에 들어와서 몇 편의 논문을 썼고 그 중엔 상을 받은 것
도 있지만, 〈문명의 세계〉 만큼 값진 성과는 아닌 것 같다.

　　〈문명의 세계〉는 열 다섯 권 정도 인쇄해서 주변 분들에게 나누
어 드리고, 지금 내게는 한 부만 남아있다. 이 책을 볼 때마다 두 권의
백과사전을 펴놓고 뭔가 열심히 쓰고 있는 유치원생 내 모습이 대견하
게 떠오르고, 제대로 된 논문 한 편을 쓰기 위해 끙끙대는 지금의 나를
돌아보게 된다. 첫 논문 쓰기의 기억은 아무리 많은 세월이 흘러도 잊
혀지지 않는 몇 가지 기억 중 하나가 될 것이다.

'공급자'와 '주인'의 차이

초등학교 1학년 때였다.

"혜민아,"

담임선생님이 난감한 표정으로 내 자리로 오셨다. 손에는 내 시험지를 들고 계셨다.

"혜민아, 이 문제 말이야, 네가 쓴 답이 맞기는 한데…… 좀더 쉬운 단어로 다시 생각해 볼래?"

나는 선생님이 책상 위에 내려놓은 시험지에서 빨간 색연필로 표시해놓은 문제를 읽었다.

괄호 안에 맞는 말을 써 넣으시오.

물건을 파는 사람 …… (공급자)

물건을 사는 사람 …… (수요자)

　'물건을 파는 사람은 공급자, 물건을 사는 사람은 수요자.'

　내 생각엔 정답이었다. 그렇지만 선생님이 다시 생각하라고 하는 걸 보면 뭔가 문제가 있는 거였다. 다시 생각했다. '더 쉬운 것'이라…… 하지만 아무리 생각해도 내가 쓴 답이 맞는데…… 나도 선생님만큼이나 난감한 목소리로 말했다.

　"이것보다 쉬운 것으로 하라면 정확한 것은 아니지만, 물건을 파는 사람은 판매자, 물건을 사는 사람은 소비자…… 그런데 소비자는 아무래도 아닌데요. 물건을 사간다고 다 소비자는 아닌데……."

　선생님은 나를 잠시 바라보시더니 할 수 없다는 듯 고개를 끄덕이셨다. 나중에 시험지를 받아보니 그 문제는 틀린 것으로 처리되어 있었다. 그리고 그 문제를 틀린 사람은 우리 반에서 나 하나였다. 시험지가 나에게 요구한 정답은 '주인'과 '손님'이었던 것이다. 다들 알고 있는 '주인'과 '손님'을 두고 선생님과 내가 나누는 대화가 다른 아이들에겐 얼마나 이상했을까.

　그 후에도 이렇게 출제 의도를 넘어 답을 쓰는 일이 종종 있었다.

　'어머니의 은혜는 (　)보다 높다'에 들어갈 말을 쓰시오.

이 문제의 정답은 '태산'이다. 교과서에 실린 글에 태산으로 나와 있기 때문이다.

그런데 나는 '하늘'이라고 썼다. 태산이 아무리 높아도 하늘보다 높지는 않으니까.

이렇게 내 식대로의 답을 써서 시험지에 빨간 줄이 그어진 게 한두 번이 아니다. 시험지가 원하는 건 교과서에 나와있는 답이었다. 하지만 나는 내가 알고 있는 범위 내에서 대답했다. 백과사전이나 『이야기 삼국지』『먼나라 이웃나라』같은 책들을 통해 얻은 지식으로 답한 것이다. 일종의 '선수학습 부작용'이었던 셈이다.

이런 일이 일어날 때마다 난처한 건 선생님들이셨다. 요구한 답은 아니었지만 내 답을 틀렸다고 할 수도 없었기 때문이다. 그러나 학교 시험에 정답이 두세 개일 수는 없었다. 선생님들은 내가 쓴 답에 잠시 혼란스러워하시다가 결국 빨간 막대기를 죽 그으셨다.

분명히 맞는 답인데도 틀린 것으로 처리된 시험지를 받을 때마다 나는 채점 방식이 불만스러웠다. 그러나 '교과서'가 절대 기준인 이상 선생님도 부모님도 어쩔 수 없었다. 단지 "네 답이 틀린 것은 아니다." "맞기는 하지만 선생님이 요구한 답은 아니다"라는 선에서 처리하고 이해해야 했다.

시험지가 요구하는 답과 내가 알고 있는 답을 구분하는 데는 시간이 좀 걸렸다. 그리고 그것을 분간하는 요령이 생겼을 때는 이미 학교 선생님들 사이에서 내가 유명해져 있었다. 나를 담임하셨던 선생님들이 모두 한두 번쯤 당혹스러운 사태를 겪으셨기 때문이다.

나에게 가장 많이 놀라시고 그래서 가장 많이 걱정하신 분은 1학년 담임선생님이셨다.

선생님은 담임으로서 나를 가르치는 동안 그리고 그 이후에도 엄마와 많은 대화를 나누셨다. "또래의 다른 아이들에 비해 지나치게 빠른 진도를 보이는 이 아이가 과연 '학교'에서 잘 클 수 있을까" 하는 것이 대화의 요지였다. 현직 교사인 두 분은 어떤 방면으로든 '혼자 튀는 아이들'을 감당하기 힘든 제도 교육의 한계를 잘 알고 계셨기 때문이다.

학교는 모든 아이들을 평균선상에서 두고 가르치는 곳이다. 혼자 훌쩍 앞서 가거나 불쑥 튀어나오는 아이는 또래들에게도 교사들에게도 피곤한 존재였다. 자기가 알고 있는 것이라고 해서 혼자 진도를 훌쩍 앞서 나가 돌출행동을 하면, 같은 반 아이들에게는 좀 안다고 잘난 척하는 눈꼴 신 아이로 찍히고, 선생님은 선생님대로 통제하기 어렵다. 한마디로 왕따 가능성이 농후했던 것이다.

어른들의 걱정은 비단 다른 아이들보다 빠른 학습 진도에만 있는 것이 아니었다.

카메라를 든 사나이

나는 정말 고지식한 아이였다. 어른들이 하라고 하는 것은 말 그대로 실행해야 한다고 생각했던 것 같다. 그 고지식함을 잘 보여주는 것이 산수 시험지와 투철한 고발 정신이다.

덧셈 뺄셈을 배우던 2학년 때 산수 시험을 치면 뺄셈 문제를 몇 개씩 틀렸다. 덧셈은 틀리지 않는데 뺄셈에서만 틀리니까 뺄셈의 원리를 잘 모르는 모양이라고 생각하신 엄마는 가끔씩 틀린 문제를 가지고 뺄셈 원리를 차근차근 설명해주시곤 했다.

그런데도 이상하게 계속 뺄셈 문제를 틀리자 문제 형태를 보셨다. 그리고 세로로 출제된 문제는 틀리지 않는데 가로로 출제된 문제에서만 오답이 나온다는 것을 발견하셨다.

"혜민아, 이렇게 문제가 가로로 나오면 시험지 여백에다가 세로로 다시 적어서 계산해. 그래야 쉽게 문제를 풀지."

엄마는 시범을 보이느라 시험지 여백에 가로 문제를 세로로 다시 써보였다. 그러자 나는 엄마가 쓴 세로식을 지우개로 재빨리 지우며 말했다.

"그러면 큰일나요."

"아니, 왜?"

엄마가 의아한 표정으로 물으셨다.

"선생님이 시험 칠 때는 시험지에 답만 적고 다른 낙서를 해서는 안 된다고 하셨어요. 시험지 외에 다른 종이를 책상에 꺼내 놔도 안 되고요."

시험을 볼 때는 책상 위에 시험지 이외에는 아무것도 내놓아서는 안 되고, 시험지에 낙서를 해서도 안 된다는 주의 사항을 지키느라, 나는 수학 문제도 답을 적는 것 외에는 연필 끝 하나 대지 않고 암산으로 풀었던 것이다. 그러다보니 비교적 쉬운 덧셈은 해결이 됐는데 가로로 출제된 뺄셈 문제에서 혼란이 왔던 것이다.

그제서야 유난히 뺄셈에 약했던 이유를 아신 엄마는 담임선생님께 전화를 걸어 사정을 설명하며 깔깔 웃으셨다. 그런 내가 답답하다기보다 재미있으셨던 것 같다. 지금도 엄마는 가끔씩 산수 시험지 이야기를 하시면서 내 고지식함을 놀리신다.

그런데 그 고지식함은 사회적인 규칙에도 마찬가지로 적용되었다. 공중도덕을 해치는 행동은 사회적으로 지탄 받아 마땅하고 반드시 교정해야 한다고 생각했다.

초등학교 1학년 때 내 별명은 '카메라를 든 사나이' 였다. 불법 현장 포착용 카메라였다. 집에서나 밖에서나 불법 현장이 발견되는 곳이면 어디서나 셔터를 눌렀다.

내 카메라 렌즈에 주로 포착되는 것은 차 번호판이었다. 아파트에서는 주로 화단 깊숙이 뒷꽁무니를 대고 꽃과 나무의 생명을 위협하는 불법 주차 차량이 표적이었다. 화단에 바짝 차를 대 놓으면 출발할 때 나오는 배기 가스에 꽃과 나무들이 질식해서 성장하지 못하거나 죽을 수 있기 때문이다. 사람이든 식물이든 생명이 있는 것에 해를 끼치는 행위는 명백한 범죄라고 생각했다. 법을 어기는 것도 나쁘지만 어떤 식으로든 남에게 피해를 주어서는 안 된다고 배웠기 때문이다.

도로에서는 신호 위반을 하거나 차선 위반을 하는 무법 차량의 번호판을 찍었다. 불법주차 차량은 아파트 관리실에, 신호위반 차량은 경찰서에 신고했다. 어려서는 움직이는 칠판이었던 차 번호판이 초등학교에 들어가서는 명랑 사회를 위해 색출해야 할 표적으로 변했다.

처음에는 그냥 재미 삼아 몇 번 해보는 것이겠지 하며 기특하게 바라보던 어른들도 시간이 지나면서 차츰 걱정하는 쪽으로 기울었다. 남에게 피해를 주어서는 안 되며 원칙을 지키며 살아야 한다고 가르친 분들이었지만, 그렇게 사는 것이 오히려 위험할 수도 있다는 것도 알고 계셨던 것이다. 세상은 원칙을 지키려는 사람을 오히려 조롱하고 무시하는 경향이 있기 때문이다.

　　그래서 학교를 간 후로는 원칙을 따지고 시시비비를 가리는 성격이 혹시 대인관계에 문제를 일으키지나 않을까 염려하셨다. 학교는 각기 다른 성격과 개성을 가진 아이들로 이루어진 작은 사회다. 같은 반 친구들 사이에 크고 작은 사건이 생기고 별일 아닌 것 때문에 다투기도 한다. 그런데 모든 일에 엄정한 자를 들이대고 시시비비를 가리거나, 어떤 일에나 원칙을 내세우면 주변 사람들과 원만한 관계를 유지하기가 어려워진다. 중고등학교에 가서는 이런 성향이 교우 관계에 큰 문제가 될 수도 있다. 특히 감정이 승한 사춘기에는 객관적인 옳고 그름보다 주관적인 좋고 나쁨이 더 큰 관계의 척도가 된다. 그런 상황에서 고집스러운 원칙론자인 내가 어떻게 적응해나갈 수 있을지 걱정하셨다.

　　그러나 이런 어른들의 고민과 무관하게 나의 학교 생활은 즐거웠다. 공부도 좋고 노는 것도 좋았다. 원래 사람들과 어울리는 걸 좋아하는 성격 때문인지, 친구들과 다투는 일도 거의 없었고 내가 옳다고 내 주장만 고집하지도 않았다.

　　가끔씩 교과서에서 너무 멀리 벗어나 선생님을 당황하게는 했지만 학교 공부도 재미있었다. 공부는 수업 시간에 하는 것이 전부였지만 공부 잘 하는 애란 소리는 들었다. 하지만 전교 일이 등을 다툴 만큼은 아니었다. 경시대회 같은 데 열심히 나가기는 했어도 입상을 많이 하지는 못했고, 원칙을 소중하게 생각했지만 친구들에게 왕따를 당하지는 않았다.

　나는 아이큐 111에, 좋아하는 걸 열심히 하고, 공부하는 것보다 친구들과 어울려 노는 걸 더 좋아하는 평범한 아이였다. 단지 왕성한 호기심과 그 호기심을 충분히 만족시켜준 할아버지 덕분에 훌륭한 유아교육을 받은데다, 이런저런 책들을 읽으면서 남들보다 조금 일찍, 조금 많은 것을 알았던 것뿐이었다.

피아노
투쟁

집에 초등학생이 없어도 우리 아파트에 사는 사람들은 우리 학교 시험기간을 알 수 있었다. 해질녘까지 '놀이터에서 노는 아이가 단 두 명뿐일 때' 이기 때문이다.

그 두 아이는 나와 우리집 윗층에 사는 한 학년 위의 형이었다. 그 형은 공부에 아예 취미가 없었고 나는 시험공부라는 걸 하지 않았다. 시험기간이라고 특별히 부모님이 나를 끼고 앉아 가르치지도 않았다. 친구들이 방과 후 한두 군데씩 거치는 학원에도 다니지 않았다. 공부든 학원이든 부모님은 나에게 강제로 하게 한 것은 없었다.

그런데 단 하나 예외인 것이 있었다. 바로 피아노였다.

엄마는 내가 피아니스트가 되길 바라셨다. 일반적으로 선호하는 의사나 변호사가 아니라 피아니스트였던 건, 그것이 어린 시절 엄마의 꿈이었기 때문이다.

　엄마는 자신이 못 이룬 꿈을 나를 통해 이루고 싶어 하셨다.

　엄마의 꿈은 나를 낳으면서부터 구체적으로 진행되었다. 첫 단계는 이름 짓기였다. 다른 사람들은 아이 이름을 지을 때 좋은 뜻이나 사주에 좋은 한자의 획수 등을 따진다. 그런데 내 이름을 지을 때 절대적인 기준은 '얼마나 예술적으로 발음되는가' 였다. 그 중에서도 특히 피아니스트에게 어울리는 이름을 찾는 것이었다. '혜민' 이란, 다분히 여성성이 느껴지는 내 이름도 아들을 피아니스트로 키워보려는 야심 찬 프로젝트의 산물인 것이다.

　엄마에게는 아주 중요한 일이었던 '예술가다운 이름 짓기' 가 정작 이름의 주인인 나로서는 아주 유치하게 느껴지는데, 이것은 피아노에 대한 엄마와 나의 시각 차이이기도 했다.

　초등학교 1학년 때 나는 피아노 학원에 다녔다. 엄마의 피아니스트 만들기 프로젝트 2단계였다. 처음에는 건반을 두드리는 게 그런대로 재미있었다. 똑같아 보이는 건반인데 제각각 다른 소리를 내는 것도 신기하고, 왼쪽으로 갈수록 어둡고 무거운 소리가 나고 오른쪽으로 갈수록 높고 투명한 소리를 내는 것도 신기했다.

　그런데 아름다운 소리에 대한 흥미는 오래 가지 않았다. 악보대로 반복해서 건반을 두드리는 것에 곧 싫증이 났기 때문이다. 같은 곡을 익숙해질 때까지 연습하고 또 연습해야 하는 공부 스타일이 나에게 맞지 않았다. 손가락에 관성이 붙을 때까지 같은 곡을 반복하는 게 정말 싫었다. 음악적 재능이 없는 탓인지도 몰랐다. 나는 피아노 소리에 재미 이상의 깊은 매력을 느끼지 못했고, 거장들의 아름다운 곡을 멋지게 연주하고 싶은 욕망도 생기지 않았다. 음악적 재능을 타고난 사람들은 네다섯 살 때 작곡을 하고, 같은 곡이라도 멜로디에 감정을 실어 자신만의 해석과 표현을 해내는데, 나는 그런 음감을 타고나지 못한 것 같다.

그 즈음에 내 마음은 온통 컴퓨터에 가 있었다. 피아노 앞에 앉을 때마다 '내 앞에 있는 게 컴퓨터라면 얼마나 좋을까' 하고 생각했다. 피아노에 흥미를 잃은데다 다른 관심 거리가 생기자 더욱 피아노 치기가 싫었다.

엄마가 얼마나 피아노를 좋아하는지 잘 알고 있었기 때문에 그만두겠다는 말을 하기가 어려웠지만 어쩔 수 없었다.

"엄마, 이제 피아노 그만 칠래요."

엄마는 좀 실망스러운 표정이었지만 일단 달콤한 말로 나를 설득하려 하셨다.

"네가 아직 음악이 얼마나 아름다운 건지 몰라서 그래. 유명한 피아니스트가 돼서 전세계를 무대로 연주를 한다고 생각해봐. 얼마나 멋진 일이니. 조금 힘들다고 포기하면 아무것도 못 해."

하지만 세계적인 피아니스트는 엄마에게나 멋진 일이지 나는 아니었다. 나는 피아노보다 컴퓨터 키보드를 신나게 두드리는 사람이 더 멋있었다. 그런데 엄마는 내가 원하는 컴퓨터는 등 뒤로 가린 채 재미없는 피아노 앞으로 떠밀기만 하셨다.

급기야 엄마와 나는 피아노를 사이에 두고 심각한 불협화음을 내기 시작했다. 나는 피아노 학원에 가지 않겠다고 버티고 엄마는 달래기도 하고 화를 내기도 하면서 한 달이 갔다. 엄마는 본래 차분하고 조용한 성품인데다 무엇에 대해서든 부드럽게 이해시키는 쪽이었다. 그런데 한 번도 뭔가를 강제로 시킨 적이 없던 엄마가 피아노에 대해서는 바짝 날을 세우고 '가서 치라' 고 강요하셨다.

그러나 엄마만큼 나도 완강했다. 피아노는 내가 좋아하는 것도, 잘하는 것도, 잘하고 싶은 것도 아니었다. 나는 피아노 치기가 싫었다. 그런데 왜 계속 피아노를 쳐야 한단 말인가. 엄마가 아무리 피아노를 사랑하고 피아니스트가 꿈이었어도 결국 피아노를 쳐야 하는 사람은 엄마가 아니라 나였다.

결국 체르니 100번을 칠 무렵 나는 피아노를 그만뒀다. 피아노를 시작한 지 일 년만이었다. 나는 일 년간의 투쟁 끝에 피아노로부터 해방을 쟁취한 것이지만 엄마로서는 소중하게 키워온 꿈이 끝내 좌절된 것이었다. 엄마가 나에게 한, 단 한 번의 강요가 실패로 끝난 것이기도 했다.

대학생이 된 지금은 교양 수준의 음악 감상 능력도 갖추고 싶고 악기도 하나쯤 다뤄보고 싶다. 그렇지만 아무래도 건반 악기는 내 적성에 맞지 않는 것 같아 목관 악기인 클라리넷에 손을 댔다. 얼마 전

'홈커밍 데이' 에서는 플루트를 부는 학우와 함께 어설프게나마 공연을 하기도 했다.

음악을 이해하고 싶은 마음에 가끔 피아노에 관심을 보이면 엄마는 물으신다.

"그 때 피아노를 더 배웠으면 좋았을 걸 하는 생각은 들지 않니?"

그러나 내 대답은 분명하다.

"아니. 그 때 그만둔 건 정말 잘한 일이야. 난 그저 음악을 제대로 즐기고 싶을 뿐이에요."

제대로 놀면 공부가 된다

어떤 분야가 됐건 천재들은 사물을 인지하는 순간부터 비상함을 보여 주변 사람들을 경악하게 한다는데, 나는 천재가 아닌 게 분명하다.

초등학교 때 나는 특출하게 잘하는 것이 없었다. 수학 경시대회에 나가서 상을 타보지도 못했고 과학상자를 잘 해서 표창을 받은 적도 없다. 딱 한 번 과학 경시대회에 나간 적이 있지만 그 흔한 장려상도 한 장 못 건졌다. 참가하는 데 의의를 두어야 했던 각종 경시대회에서 그나마 내 손에 상을 쥐어준 건 컴퓨터였다.

나는 6학년 때 부산시 대표로 한국정보올림피아드 대회에 참가했었다. 대회 장소는 서울대였다. 말로만 듣던 서울대를 그 때 처음 보왔다. 어린 눈으로 그저 육중하고 큰 건물들과 일별한 정도였지만 '나도 나중에 이 대학에 왔으면 좋겠다'고 생각했다. 하지만 그것은 그저 가수가 되고 싶다거나 과학자가 되고 싶다는 정도의 막연한 바람이었을 뿐, 학교 자체를 구체적인 목표로 삼은 건 아니었다.

나는 이 대회에서 장려상을 받았는데, 멀리서 차비 써가며 온 참가자들을 빈손으로 돌려보내기 민망해서 주는 상이었다. 그런 걸 보면 올림피아드에 나간 내 컴퓨터 실력이라는 것도 단지 남들보다 일찍 컴퓨터를 접했고, 재미있게 즐기는 수준이었을 뿐 특출한 건 아니었다.

컴퓨터는 유치원 때부터 사달라고 노래를 부르다 1학년 '어린이 날' 선물로 받았다. 하드 디스크도 없고 플로피 두 개에 흑백 화면인 교육용 XT컴퓨터였다. 지금은 서너 살만 되도 컴퓨터 마우스를 가지고 놀지만 그 때는 초등학교 1학년에게 사주기에는 좀 과한 물건이었다. 하지만 백과사전을 사달라고 조를 때처럼 눈만 뜨면 컴퓨터 사달라고 졸라 결국은 얻어냈다.

컴퓨터는 여러 모로 내 기질에 맞는 놀잇감이자 학습 교재였다.

처음에는 대부분의 사람들이 그런 것처럼 오락 게임에 빠져들었다. 나는 게임을 굉장히 즐겼다. 한참 때는 한 달에 통신비가 12만 원이 나와 엄청나게 야단을 맞기도 했다.

게임은 종류도 다양하지만 각자 선호하는 취향이 있다. 나는 스타크래프트처럼 단지 싸워서 이기는 게임보다 역사나 인문사회학에

결부된 게임에 매력을 느낀다. 이런 게임에는 경영과 전략이 필요하고
자기가 설계하는 데 따라서 다른 결과를 도출해낼 수 있기 때문이다.

　　일단 게임 입문 초기에는 단순하게 치고받는 게임들을 많이 했
다. 말 타고 총 쏘고 대포 쏘면서 싸우는 '남북전쟁'이라든지, '고인
돌', '쌍용' 같은 격투기 게임에 몰입했다.

　　2학년 때에는 성능이 향상되고 화면이 칼라로 바뀌면서 '삼국
지' 게임에 몰입했다. 중국의 군주로 시작해서 전쟁도 하고 외교도 하
면서 중국을 통일하는 게임이었다. 단순 무식하게 때리고 부수는 전쟁
게임에서 전략 시뮬레이션 게임으로 한 단계 업그레이드된 버전이었
다. 나는 협상과 전쟁이라는 전략적 복층구조를 가진 삼국지에 금방
빠져들었다. 삼국지는 단순히 땅따먹기 게임이 아니라 하나의 조직을
효율적으로 경영하는 것이었고, 상황에 따라 강공과 회유 등 다양한
전술을 펴는 것이 이 게임의 묘미였다.

　　'삼국지' 게임에 흥미가 생기자 책을 읽고 싶은 마음이 생겼
다. 게임에 나오는 캐릭터들이 원래 어떤 인물이고 서로 어떻게 얽혀
있는지 자세히 알고 싶었다. 배경이 되는 중국 역사에도 관심이 갔다.
그래서 일단 『만화 삼국지』를 먼저 읽었다. 다른 설명이 필요 없을 만
큼 정말 재미있었다. 내친 김에 정본 『삼국지』 독파에 들어갔다. 뭔가
한 가지에 빠지면 그 형성 배경부터 주변부까지 깊고 넓게 파고드는
기질이 발동한 것이다.

　　그 후로 삼국지는 시간이 날 때마다 읽어 500명 정도의 이름과

출신국, 경력을 외울 정도가 되었다. 머리가 좋아서가 아니라 스토리가 장쾌하고 재미있었기 때문이다. 시험 볼 테니 외우라고 했으면 50명도 외우기 어려웠을 것이다. 게임 삼국지는 8판까지 나왔는데 버전업될 때마다 구해서 다 해봤다. 삼국지 외전이라는〈영걸전〉,〈공명전〉,〈조조전〉까지 다 모아서 할 정도로 깊은 흥미를 가졌었다.

그 다음에는 게임의 무대를 넓혀 5대양 6대주로 진출했다. 세계화에 발맞추어 '대항해시대'의 막이 오른 것이다. '대항해시대'는 목표 달성 게임이었다. 배를 타고 세계 각지를 다니면서 무역을 해서 돈을 벌거나, 문화재를 발굴하거나 해적을 소탕하는 식이었다. 나는 달성해야 할 목표물이 많은 이 게임을 삼국지보다 더 좋아했다. 특히 '대항해시대 2'는 시나리오도 탄탄하고 구성도 정교한 걸작이었다.

항해에 얼마나 열중했던지 자동항해라는 기능이 있어 항구 사이를 자동으로 오고갈 수 있었지만, 나는 항로를 외워 직접 키를 운전했다. 눈을 감고 있어도 항로가 선명하게 떠올랐다. 덕분에 세계 지리가 머릿속에 자연스럽게 입력되었다.

게임 삼국지가 고전『삼국지』에 다리를 놓았다면 '대항해시대'는『먼나라 이웃나라』와 연결되어 되었다. 초등학교 때 읽기 시작해서 지금까지도 간간이 읽는 책이 바로『먼 나라 이웃나라』시리즈다.『먼 나라 이웃나라』는 출간되는 대로 빼놓지 않고 샀고, 한 권을 여러 번 읽었다. 몇 페이지에 뭐가 있는지 훤할 정도였다.

세계 여러 나라에 대해 나는 지적인 호기심이 많았다. 백과사전에서 지구상의 여러 나라들에 대해 읽었고 각 나라들의 독특한 역사와 문화에 흥미를 갖게 되었기 때문이다. 그런데 그 나라들을 만화로 상세하고도 재미있게 설명한 책이 나왔으니 빠져들지 않을 수 없었다. 책이 늘어갈수록 세계사에 대한 지식도 늘어갔다. 거기에 '대항해시대' 정복으로 얻은 세계 지리까지 따라붙자 세계사를 따로 공부할 필요가 없었다.

컴퓨터는 박학다식은 못되지만 잡학다식한 내 기억 창고를 채우는 데 많은 도움이 되었다. 좋아하는 책을 읽고 재미있는 게임을 했을 뿐인데 한편에서는 인문사회학적 학습이 차곡차곡 쌓여가고 있었던 것이다. 정말 행복한 케이스다.

고등학교 1학년 때 나온 스타크래프트도 나름대로 즐겼다. 게임방에 가서 단체로 팀을 짜서 전략을 논의하면서 세계 여러 게이머들하고 겨루기도 했다. 과에서 스타랭킹을 만들기도 했는데 한때는 15명 중에 4위를 할 정도였다. 하지만 2학년 때부터는 신기술 섭렵에 게을러진 나머지 '심시티' 같은 수준으로 전락했다.

2학년과 3학년 초에는 잠시 연애 시뮬레이션에 빠지기도 했다. 학교도 남녀공학이고 이성에 관심이 있기도 했지만, 나는 남들처럼 심하게 가슴앓이를 하면서 사춘기를 보내지는 않았다. 고등학교 3년 내내 좋아하는 컴퓨터와 해야 할 공부에 빠져 있었기 때문인 것 같다.

컴퓨터는 나에게 여전히 놀이도구인 동시에 연구대상이다.

시작이 있으면 끝도 있다

시험만 봤다 하면 수석으로 붙어 "시험 봐서 뽑는다면 대통령도 되었을 거야"라는 말을 듣는 사람들이 있다. 실력도 있고 운도 있는 사람일 것이다.

나는 그렇게 실력이 있는 사람도 운이 따르는 사람도 아니면서 시험을 많이 봤다. 각종 컴퓨터 자격 시험을 비롯해서 사법고시에 변리사 시험까지. 누가 시킨 것도, 꼭 필요한 것도 아닌 시험들이었다. 시험이 좋거나 자신이 있어서가 아니었다. 승률로 보자면 붙은 횟수보다 떨어진 횟수가 훨씬 더 많다. 그럼에도 불구하고 자발적으로 시험에 도전하는 것은 나 자신을 객관적으로 검증해 보고 싶고, 검증받는 걸 두려워하지 않기 때문이다.

시험은 어느 때는 도달해야 할 목표처럼 보이기도 하지만 반대로 내가 가야 할 길이 아니라는 것을 깨닫게 해 주는 전환점이 되기도 한다. 나는 양 쪽 중 어느 한 가지 인식에 확실하게 도달할 때까지 도전하는 쪽이고, 시험은 그 과정에 놓인 중요한 관문이다. 지금 내가 서있는 지점을 확인하기 위해 도달하고 거치는 이정표인 것이다.

내가 처음 도전한 컴퓨터 시험은 초등학교 2학년 때 본 'PC능력검증 시험'이었다. 이름은 거창하지만 그 시험은 공신력을 가진 인증기관에서 주관하는 것이 아니었다. 사설 컴퓨터 학원들이 연합해 돈벌이용으로 만든, 일종의 수익사업용 프로젝트에 불과했다. 5급부터 1급까지 단계별 자격증이 걸려 있었는데 대외적 효력으로 따지자면 종이조각보다 조금 나은 수준에 불과했다. 하지만 어린 눈에는 그 '증'이 얼마나 대단해 보였는지, 그 다섯 장의 증서를 갖기 위해 열심히 컴퓨터에 매달렸다.

1년만에 5급부터 시작해서 1급까지 자격증을 다 땄고, 3학년 때는 워드프로세서 2급까지 땄다. 베이직이나 포트란도 열심히 공부했고 틈틈이 게임에도 열을 올렸다. 컴퓨터로 할 수 있는 것들은 기능이든 오락이든 가리지 않고 섭렵하며 열심히 즐겼다. 컴퓨터는 탐색하면 할수록 새롭고 경이로운 세계를 열어보였고, 무궁무진한 가능성으로 활짝 열려 있었다. 앞으로 어떤 일을 할지 구체적인 계획을 세우진 않았지만 무엇이 되었든 컴퓨터와 관련된 일을 하고 싶다는 생각이 커져 갔다.

5학년이 되자 학교에 컴퓨터부가 생겼다. 컴퓨터와 놀 수 있는 또 하나의 장이 마련된 셈이었다. 부산에서 정보 올림피아드 대회가 열리자 용감하게 참가했다. 이미 따놓은 자격증도 몇 개 있었고 컴퓨터에 대해서는 어느 정도 안다고 생각하고 있을 때였다. 그러나 보기 좋게 떨어졌다. 컴퓨터 전반에 관해서는 상당히 연구를 많이 한 반면 수학적 응용력이 부족하지 않았었나 싶다.

하지만 실망하지도 기가 죽지도 않았다. 컴퓨터는 넓고 할 일은 많았다. 컴퓨터는 올림피아드 성적에 상관없이 누구에게나 무한히 열린 세계였다. 나는 곧 '정보처리기능사' 자격증에 도전장을 냈다. 그리고 이미 말한 것처럼 근 일 년 반을 투자해 5전 6기만에 어렵게 성공했다.

요즘 정보처리기능사 시험은 문제집을 주고 성적관리 프로그램이나 제고관리 프로그램을 짜는 식으로 출제되는데 그 때 시험은 달랐다. 도무지 뭔지 알 수 없는 프로그램을 하나 던져주고, 그 프로그램의 소스 코드를 괄호로 뺑뺑 비워놓은 후 그 프로그램이 정상적으로 작동할 수 있도록 괄호 안을 채우라는 것이 문제였다.

지금은 자기가 자신 있는 프로그래밍 도구와 언어를 선택할 수 있지만 그 때는 소위 컴퓨터 6대 언어인 베이직, 코볼, C, 포트란, 파스칼, 어셈블리 모두가 이용되었다. 베이직과 C, 파스칼 외에는 지금은 거의 안 쓰는 석기시대 도구들이지만, 여섯 가지 언어를 모두 다룰 수 있어야만 시험을 볼 수 있는 것이다.

떨어졌다는 것을 확인할 때마다 기분이 썩 좋지는 않았지만 그렇다고 포기하고 싶은 마음은 없었다. 정보처리기능사 자격증이 꼭 필요해서가 아니었다. 초등학생인 나에게 그 자격증이 실제적인 이득을 주는 것도 없었다. 그것은 다만 내가 오르고 싶은 고지였다. 그리고 하고자 마음먹은 일은 시간이 좀 걸리더라도 해내고 싶었다.

일단 하겠다고 마음먹었다면 몇 번 도전하느냐는 그리 중요하지 않다. 그보다는 그것이 정말 하고 싶은 일인지, 할 수 있는 일인지를 판단하는 것이 더 중요하다. 자신이 정말 하고 싶은 일이라면 실패나 장애를 두려워하지 말고 할 수 있을 때 최선을 다해야 한다.

모든 일은 언젠가는 끝을 보게 되어 있기 때문이다.

검정고시
이렇게
준비했다

정보처리 기능사 자격증을 따고 난 후에는 본격적인 검정고시 준비에 들어갔다.

학원 수강은 하지 않고 홈스쿨링을 하기로 했다. 학원을 알아보긴 했었는데 강의 방법이나 내용이 나와 맞지 않았다. 공부는 남이 하는 대로가 아니라 자기 방법대로 하는 게 좋다고 생각했다.

나는 국어, 영어, 수학에 조금 더 비중을 두고 시간표를 짰다. 누가 종을 쳐주지 않아도 학교에서처럼 50분 공부하고 10분 쉬었다. 공부시간은 융통성 있게 그러나 쉬는 시간은 칼같이 지켰다. 평일에는 하루 5시간 내지 6시간을 규칙적으로 공부했고 주말에는 맘껏 놀았다.

책을 읽든 문제집을 풀든 혼자 공부하는 것을 원칙으로 했다.

이해가 가지 않거나 모르는 문제는 부모님이나 할아버지께 도움을 받았다. 공부하는 방식은 과목별로 조금씩 달랐다.

주요 과목인 국어, 영어, 수학은 학습 시디(CD)를 기본으로 공부했다. 그 때는 중학생들이 컴퓨터로 공부할 수 있도록 프로그램된 시디가 나와 있었다. 그 시디를 노트북으로 돌려 공부했는데 컴퓨터 화면에 친숙해서 집중도 잘되고 프로그램도 그런대로 충실했다.

국어는 영어, 수학에 비해 상대적으로 편안한 과목이었다. 프로그램 시디와 참고서 그리고 문제집 풀이만으로도 따라갈 만했다. 사실 국어야말로 착실하게 기초와 내공을 쌓아야 하는 과목이었는데 나는 그것을 대입 준비를 할 때서야 깨달았다.

▶▶영어

영어는 중학교 과정을 차분하게 소화할 수 있을 만큼 선수학습이 되어 있었다. 초등학교 3학년 때부터 6학년까지, 열심히는 아니지만 꾸준히 영어 공부를 해오고 있었기 때문이다.

이미 말한 것처럼 나는 한글과 영어 알파벳을 거의 동시에 익혔다. 타이탄을 티탄으로 읽는 웃기는 영어였지만 그런 접근만으로도 영어는 신기하고 재미있었다. 내가 쓰는 말과 다른 소리를 가진 문자에 대한 호기심 때문이었던 것 같다. 하지만 영어를 공부로 접근한 것은 3학년 때부터였다.

엄마가 영어 학습지를 한 장 주며 풀어보라고 하셨다. 문제가 그리 어렵지 않았다. 학습지를 푸는 데 별 어려움이 없자 그 다음날부터 전화로 하는 영어 공부를 시작했다. 그 후로 영어 공부는 이런 저런 형태로 지속되었다. 4학년 때는 부모님과 함께 테이프를 틀어놓고 회화 공부를 하기도 하고, 학원에 다니기도 했다.

영어 공부는 엄마도 함께 하셨다. 꼭 영어가 아니라도 엄마는 늘 공부하는 분이셨다. 학생들을 위해서 그리고 엄마 자신을 위해서 항상 공부하셨다. 그런 만큼 교육이나 공부에 대한 생각도 확고하셨던 것 같다. 엄마는 내게 입시에 필요한 영어 학습을 시키려고 하신 것이 아니라 실제적으로 필요한 어학 능력을 키워주려 하셨다. 그것이 입시 대비보다 훨씬 현명한 언어 교육이라고 생각하신 것이다.

컴퓨터만큼 열심히 하지는 않았지만 3년간 꾸준히 영어를 접한 덕분에 6학년 말에는 중학교 교과서를 읽는 데는 불편이 없었다. 모르는 단어는 사전을 찾고 문법은 참고서를 보고 부모님의 도움을 받아 해결했다. 언어는 일단 많이 읽고 말하면 두려움이 없어지는 법이다.

▶▶수학

수학은 기초가 없으면 혼자 공부하기 어려운 과목이다. 초등학교 산수하고 중학교 수학은 수준이 달라서 지도해 줄 선생님이 있어야 했다.

중학교 과정에서 수학의 기초를 잘 잡아두어야 한다. 연산이나 도형 등에 대한 확실한 개념이 없는 상태에서 대강 문제 풀이만 했다

가는 고등학교에 가서 벽에 부딪히게 된다. 그래서 수학은 엄마가 잘 아는 선생님께 부탁하셔서 특별 지도를 받았다. 선생님과 공부하는 시간은 일주일에 한 번이었다. 일단 혼자 공부를 한 다음에 질문할 것들, 잘 안 풀리는 문제들을 따로 체크해 두었다가 선생님께 물어서 확실히 터득했다.

선생님께 배우는 수학 수업은 아주 재미있었다. 재미의 원인은 수학 자체보다 가르치는 방법에 있었다. 선생님께서는 나를 가르치는 가장 효율적인 방법을 알고 있었다. 그것은 수학과 컴퓨터 프로그램을 연계해서 가르치는 것이었다. 선생님은 컴퓨터를 잘 다루는 분이셨고 내가 컴퓨터를 어느 정도 하는지도 알고 있었다. 컴퓨터를 얼마나 알고 있는가는 같은 문제라도 어떤 방식으로 설명하면 빨리 알아듣는지, 어떻게 문제와 해답을 이끌어내야 하는지와 연결되어 있었다. 예를 들면, 기하학에 관련된 문제는 컴퓨터 화면상의 좌표를 이용하여 그림을 그리는 문제와 연관지을 수 있다. 직각 삼각형을 그리기 위해 컴퓨터 프로그래밍을 할 때 어떤 함수를 써야 하는가, 예각, 둔각 삼각형일 경우에는 어떻게 해야 하는가 등등을 통해 컴퓨터와 수학을 연관지었다.

컴퓨터를 부교재로 채택한 선생님의 탁월한 교수법 덕분에 수학은 매시간 만점짜리 수업을 했고 검정고시 점수도 만점을 받았다.

▶▶사회과목들

사회, 국사, 도덕은 처음부터 크게 염려하지 않은 과목들이었다. 엄마가 훌륭한 사회 선생님인데다 나 자신도 사회 과목들에 관심이 많았다. 백과사전이나 『이야기 한국사』 『먼나라 이웃나라』 같은 책을 읽어 둔 것이 많은 도움이 되었다. 평소에도 의문 나는 것들이 있으면 엄마에게 물어서 알아두곤 했다.

5학년 때는 엄마가 중학교 2학년 사회 시험지를 가져와 풀게 한 적이 있었다. 내 사회 실력이 어느 정도인지 테스트하기 위해서였던 것 같다. 나는 그것을 어렵지 않게 풀었다. 그 테스트로 엄마는 적어도 사회 관련 과목은 중학교에 가서 배우지 않아도 될 만큼 알고 있다고 판단하셨을 것이다.

그렇다고 교과서 공부를 소홀히 한 것은 아니었다. 오히려 원래 관심이 많았기 때문에 교과서 자체를 아주 재미있게 읽었다. 중학교 사회 관련 과목들은 일부로 외우려 하면 힘들지만 내가 살아가는 사회를 알아간다고 생각하고 편하게 대하면 쉬워진다. 국사도 연대나 지도 등 몇몇 가지 꼭 외워야 할 것들을 제외하고는 이야기를 읽듯이 읽었다. 일단 흐름을 알고 나면 외우는 것도 훨씬 쉬워지고 전체적인 맥락을 짚을 수 있게 된다.

사회도 그렇지만 국사 같은 경우는 중학교 때부터 탄탄히 해 둘 필요가 있다. 고등학교에 가서도 여전히 같은 내용을 심도 깊게 파고들기 때문에, 중학교 때 착실하게 공부를 해두면 수능 공부를 할 때도 유리하다.

사실 나는 외우는 것을 잘 하지 못해 수능 일반사회 과목들을 공부할 때는 애를 먹었다. 수능 시험은 전체적인 흐름을 파악하기보다는 외우는 능력을 측정하는 성향이 강하다. 어떤 것을 정확하게 알고 있는지를 테스트하는 것이 아니라 실수나 착각을 유도하는 듯한 문제들도 많다. 시험의 목적이 역사적 사건과 변화의 큰 흐름과 맥락을 통해 우리 사회를 이해하는 데 있지 않고, 누가 얼마나 세부적인 것들까지 외울 수 있느냐에 있는 것 같다.

하지만 공부 자체가 외우기에 집중된다 하더라도 일단 전체적인 흐름을 정확히 짚고 있으면 훨씬 수월해진다. 시험에 닥쳐서 달달 외우는 식으로는 전체적인 흐름과 맥락을 이해하는 사람을 따라가기 힘들다. 나중에는 누구나 외우게 되기 때문이다.

그 외에 선택과목이었던 상업은 아버지께서, 일반 상식에 가까운 문제들은 할아버지께서 도와주셨다. 체육은 몸이 마음처럼 따라주지 않았지만 즐겁게 하려고 노력했다. 그리고 각 과목마다 검정고시용 문제집을 빠짐없이 풀었다.

그런데 도저히 감추어지지 않는 아킬레스 건이 있었다. 바로 미술이었다. 다른 과목들은 나름대로 재미있고 점수도 잘 나왔는데 미술 점수는 항상 맥없이 처졌다. 차라리 실기라면 예술이 아니라 아이디어 쪽에라도 기대를 걸어보겠는데 이론에는 영 자신이 없었다.

그렇다고 크게 신경을 쓰지는 않았다. 모든 것을 다 욕심껏 할 수는 없는 법이니까. 하지만 아주 작은 비중이었던 미술이 내가 학교를 선택하는 데 결정적인 역할을 하게 될 줄은 꿈에도 몰랐다.

미국, 그 부러운 땅의 씁쓸한 초상

97년 4월에 보려던 검정고시를 8월에야 치렀다. 담당 공무원의 착오 때문이었다. 검정고시 응시 자격은 "초등학교 졸업 예정자 혹은 졸업한 자"로 규정되어 있는데 담당자가 '졸업자'로만 알고 있었던 것이다. 하지만 4월과 8월이 크게 문제되지는 않았다. 과정을 속성으로 마치는 것이 목적이 아니었기 때문이다. 오히려 덕분에 공부를 더 충실하게 할 수 있었다.

8월 1일에 시험을 치고 6일 저녁 8시에 로스앤젤레스 행 비행기를 탔다. 엄마 친구분의 초청을 받아 가는 것이었다. 비행기에 발을 딛는 순간부터 내 마음은 이미 천공에 떠올라 있었다. 설레기도 하고 의심스럽기도 한 묘한 감정이 뒤섞였다. 부산에서 나고 자란 내게 '미국'은 익숙하지만 실체와 맞딱드린다는 실감이 좀체로 나지 않는 이질적인 땅이었다. 그런데 이제 몇 시간 후면 그 땅에 발을 디디게 되는 것이다.

우리가 도착했을 때 로스앤젤레스는 8월 6일 2시였다. 참 신기했다. 밤에 출발해서 같은 날 낮에 도착한 것이다. 미국으로의 월경은 단순히 국경을 넘은 것이 아니라 시간의 경계까지 넘는 것이었다. 지리부도 속의 공간과 시간이 현실로 확인되는 순간이었다.

그런데 공항을 나서자마자 나는 실망했다. 무슨 근거로 그랬는지 모르지만 로스앤젤레스의 하늘은 시리게 푸른 에머랄드 빛일 거라고 상상하고 있었다. 그러나 로스앤젤레스의 하늘은 그냥 하늘색이었다. 약간은 애석한 미국과의 첫대면이었다.

로스앤젤레스에서의 며칠은 같고 다름을 확인하면서 보냈다. 낮고 큰 건물들, 길가의 야자수, 다양한 피부색, 혼란스러운 말 등은 내가 다른 세계에 들어왔음을 상기시켜 주었다. 하지만 그 낯선 세계에서도 사람 사는 모습은 같았다. 먹고, 일하고, 자고, 놀고……

엄마 친구분은 지난번 흑인 폭동이 일어났던 바로 그 지역에서 슈퍼마켓을 하셨다. 한국 상인들이 주요 고객인 흑인들과 사이가 좋지 않았던 것과 달리 이웃들과 아주 좋은 관계를 맺고 계셨다. 고객들을 정으로 대하는 평소의 인품 덕에 폭동이 있었을 때도 유리창이 몇 장 깨진 것 외에는 별다른 피해를 입지 않았다. 나는 구경도 하고 공부도 할 겸해서 그 슈퍼에 자주 나가 있었다.

슈퍼에는 정말 다양한 사람들이 드나들었다. 흑인들은 말할 것도 없고 히스패닉계 사람들, 인도계 사람들, 아시아계 사람들, 그 사람들을 보며 나는 이 세계가 얼마나 넓은지 깨달았다. 익히 알고 있어 새삼스러울 것도 없는 사실이었지만, 눈으로 보고 느끼는 건 배워서 아는 것과 달랐다.

쏩쓸한 경험도 했다. 주말에 햄버거를 먹기로 했는데 내가 사오겠다고 나섰다. 햄버거를 사는 것 정도는 혼자서도 충분히 할 수 있는 일이었다. 그 동네는 주택가와 상가 지역이 확실하게 분리되어 있어서 햄버거 하나를 사는데도 차를 타고 시내로 나가야 했다. 맥도날드에서 치즈버거 몇 개와 음료수를 샀다. 30센트를 더 주면 치즈버거에 베이컨을 끼워준다고 해서 계산할 때 30센트를 더 지불했다. 그런데 돌아와서 영수증을 보니까 계산된 건 치즈버거가 아니라 그보다 가격이 비싼 다른 햄버거로 찍혀 있었다. 30센트를 더 내면 끼워주겠다던 베이컨도 없었다.

나는 다시 맥도날드로 가서 항의했다. 그들은 실수를 인정하면서 사과했고 계산을 다시 해주었다. 사과를 받긴 했지만 기분이 좋지 않았다. 정말 실수였는지 아니면 어리숙해 보이는 동양인이라 눙치고 넘어가려 한 건지 알 수가 없었다. 물건 하나를 사면서도 인종적 '차별'을 의심해야 한다는 것 자체가 정말 쏩쓸했다.

매스컴이나 책을 통해 알고 있었던 인종 차별 문제가 바로 내 문제로 다가왔다. 우리는 단일민족인 것을 강조하면서 백인들에게는 지나칠 정도로 관대한 반면 흑인들에게는 은연중에 차별의 시선을 보내곤 하지 않는가. 그러나 백인들이 주류인 사회에서는 황색인종인 나 역시 차별 대상이라는 것을 알았다. 단지 타고난 피부색 때문에 인간적으로 차별을 받는다는 건 너무나 부당한 일이다. 어떻게 피부색으로 사람의 층위를 나누고 권리를 제한할 수 있단 말인가.

사람들은 또 할렘가 근처는 얼씬도 하지 마라, 할렘가에서 살아나올 생각을 하지 마라, 거기는 무법천지고 그 곳 사람들은 지저분하고 거칠어서 무슨 봉변을 당할지 모른다고 말했다. 하지만 내가 가본 뉴욕의 할렘가는 그렇지도 않았다. 피부색이 다르고 가난하다는 외형적인 조건 때문에 사람이 사람을 무시하고 경멸하는 것은 온당치 않다. 만일 그런 논리가 통용된다면 그들에게는 한국 사람들도 할렘가 사람들과 별반 다르지 않을 것이고, 같은 나라 안에서도 가난한 사람들은 차별의 대상이 될 수밖에 없다.

어떤 기준으로든 남을 깔보거나 무시할 수 없고 무시해서도 안 된다. 내가 남을 무시하는 만큼 나도 누군가에게 무시당하기 때문이다. 그것이 다인종 국가이면서도 인종 간의 차별이 존재하는 미국의 현실이 역설적으로 가르쳐준 것이었다.

로스앤젤레스에서 며칠간의 적응기를 거친 뒤 엄마와 나는 본격적인 미국 여행에 나섰다. 동부 지역을 돌아보기로 하고 워싱턴을 첫 번째 목적지로 택했다. 서부에서 동부로 가려니 비행기로 가는 데도 중간에 한 군데를 경유해야 했다. 국내선이 경유를 한다는 것도 그렇지만 지역마다 시계를 다시 맞춰야 한다는 사실만으로도 미국이 얼마나 큰 나라인지 실감이 났다. 한 나라 안에 중부 지방시, 동부 지방시, 태평양 지방시, 산악 지방시 이런 식으로 나누어져 있다는 것이 정말 신기했다. 국내를 운항하는 지역 항공사가 수십 개가 된다는 것도 놀라웠다.

비행기 안에서 아주 재미있는 경험도 했다. 경유를 해서 잘 가던 비행기가 구름 속으로 들어갔다. 그러자 갑자기 소나기가 내리더니 번개가 내리쳤다. 비행기는 엄청나게 흔들렸고 기내 불도 깜빡거렸다. 승객들은 겁에 질려서 허둥거리며 승무원을 불러댔다. 그러나 나는 느긋하게 엄마를 안심시켰다. 백과사전을 읽은 나는 알고 있었다. 비행기는 벼락을 맞아도 전기를 밖으로 흘려버리기 때문에 괜찮다는 것을. 다른 사람들은 공포 체험이었겠지만 나는 알고 있는 과학적 지식의 시뮬레이션 실험을 하는 것 같았다. 이것이야말로 아무나 할 수 없는 특별한 경험이었다.

▶▶워싱턴

워싱턴 여행은 마치 세계사 속을 걸어다니는 느낌이었다. 백악관, 국회의사당, 링컨 기념관, 제퍼슨 기념관 등을 돌면서 책으로 읽고 사진으로 본 건물들이 실제로 존재하고 있음을 확인했다. 머릿속에 문자로만 들어있던 세계사 속 인물들이 그 웅장한 건물에 발을 딛는 순간 비로소 실체로 다가왔다. 내가 공부한 역사가 문자로만 남은 화석이 아니라 현실 속에서도 면면이 이어지고 있다는 것을 확인했다. 나는 그곳의 유물들을 보고 듣고 만지면서 세계사의 육중한 지붕을 받치고 있는 거두들을 오감을 통해 받아들였다. 죽어 있던 지식이 살아있는 지식으로 거듭나는 느낌이었다. 나는 생각했었다. '미국은 정말 거대하고 위대한 나라야.'

그러나 대학에 와서 우리 역사와 세계사를 다시 배우고 미국을 바라보는 새로운 눈을 갖게 된 지금, 역사에 대한 생생한 감동으로 벅차올랐던 그 때의 감정이 씁쓸하게 떠오른다. 또 내가 학교에서 배운 철저한 미국 중심의 세계사가 지금도 반복되고 있는 것이 안타깝고, 미국과 복잡 미묘한 관계망으로 얽혀 있는 우리 역사가 서글프게 느껴진다. 사람이 배우고 자란다는 것은 이렇게 같은 것에 대한 생각과 느낌에 차이가 나고 의미가 달라진다는 뜻인 것 같다.

▶▶뉴욕

뉴욕은 한마디로 정신 없는 도시였다. 세계 금융의 중심가라서 그런지 거리는 복잡하고 사람들은 바쁘게 움직였다. 마침 비까지 내려 분위기가 더 어수선한 듯했다. 도시의 상징처럼 되어 있는 두 빌딩 중 엠파이어스테이트 빌딩은 돌아봤는데, 안타깝게도 얼마 전에 무너져버린 세계무역센터에는 가보지 못했다. 촉박한 일정상 뉴욕에서 머문 시간은 짧았다. 무척 아쉬웠지만 어쩔 수 없었다. 미국은 넓고 시간은 짧으니.

▶▶보스턴

보스턴은 우리에게도 서울대만큼이나 익숙한 하버드와 MIT가 자리한 유서 깊은 도시다.

유구한 전통과 최고라는 브랜드가 고고한 빛을 발하는 명문대학들이 밀집한 탓인지, 보스턴은 도시 자체가 학구적인 분위기를 풍겼다. 깔끔하고 고전적인 건물들도 그렇지만 사람들도 전반적으로 조용하고 차분했다.

하버드 캠퍼스에 들어서면서 나는 언젠가 들은 '하버드의 전설'을 떠올렸다. '하버드 법대 책상에 보면 곳곳에 시커먼 흔적이 있다. 그것은 수백 년 전부터 학생들이 흘린 코피가 말라붙은 자국이다.' 정말 법대 책상에는 그런 흔적이 있을까. 안타깝게도 내 눈으로는 확인하지 못했다. 하지만 건물 내에서든 캠퍼스에서든 두툼한 책을 펴들고 있는 학생들의 모습은 그런 전설을 뒷받침할 만큼 엄숙하고 진지해 보였다.

MIT는 건물이 특히 인상적이었다. 백 년 전 건축공학과 학생들이 설계를 했다는 건물들이 지금까지 웅장한 위용을 자랑하며 서있는 것 자체가 감동이었다. 그 건물 하나만으로도 그들이 가진 자부심이 충분히 대변되는 것 같았다. 학교에 대한 자부심, 학문에 대한 진지함, 목표를 향해 한 길로 곧게 나아갈 수 있는 풍토 등도 감동적으로 느껴졌다.

나는 보스턴이라는 도시도 명성 있는 학교의 캠퍼스 분위기도 마음에 들었다. 하지만 무엇보다 내게 깊은 인상을 남긴 것은 책을 읽는 그들의 진지한 눈빛이었다.

나는 서울대에 와서도 진지하게 공부하는 학생들을 많이 보았다. 그런데 똑같이 열심히 공부하지만 두 나라 학생들의 분위기는 전혀 다르다. 우리 대학가에서는 미국의 대학가를 지배하는 차분하고 안정된 학문의 열기가 느껴지지 않는다. 그들이 학문을 위한 공부를 하는 반면 우리나라 학생들은 먹고 살기 위한 공부를 한다는 느낌이 강하다.

그들이 진지한 학문 추구를 한다면 우리는 절박한 점수 경쟁을 한다. 우리에게 있어 공부는 삶의 방편으로 사용할 수 있을 때에만 그 가치를 인정받는다. 그래서 무슨 과를 전공하든 취업 영어에 매달리고, 과와 상관없이 고시에 뛰어든다. 삶의 방편으로서의 공부를 나쁘다고 할 수는 없지만 진정한 학문의 발달과는 거리가 멀다. 순수과학에 대한 연구나 투자가 제대로 진행되지 못하는 것도 그런 취업과 실용 위주의 공부 풍토 때문이다. 우리나라의 대학은 학문을 깊이 있게 연구하는 교육기관이 아니라 공인된 직업훈련 전초기지 같다.

세계 어느 나라의 두뇌들과 경쟁해도 뒤지지 않을 젊고 유능한 인재들이 자기의 적성과 상관없이 안정된 수입을 위해서만 공부를 한다는 것이 너무나 안타깝다. 치열하지만 각박하지 않은 그들의 경쟁 풍토가 정말 부럽다.

▶▶라스베이거스

　같은 미국 땅이지만 동부와 서부는 정말 천양지차였다. 도시를 형성한 역사적 배경도 다르지만 사람들의 사고방식도 달랐다. 동부가 우리나라 대도시 같은 느낌을 준다면 서부는 한적한 시골 같은 느낌이었다. 로스앤젤레스에서 라스베이거스로 가려면 모하비 사막을 지나야 한다. 사막이라고는 하지만 우리가 흔히 상상하는 모래언덕과 오아시스가 있는 사막은 아니고 선인장과 야생풀들이 자라는 사막이다. 버스를 타고 15시간을 가서 주 경계를 넘으니 시간이 바뀌었다. 동부와 서부 간의 시차가 생긴 것이다.

　라스베이거스는 미국에서 제대로 된 네온사인을 볼 수 있는 거의 유일한 도시였다. 밤이면 사방팔방에서 총천연색 네온이 번쩍거리는 서울하고는 달리 미국에는 네온사인 간판이 많지 않았다. 미국의 도시들이 우리나라 도시들보다 더 크고 더 복잡하지만 더 환경 친화적인 것 같았다. 환락과 도박의 도시로 알려진 라스베이거스의 관광사업까지도 자연적인 요소를 잘 활용해서 극대화시켜 놓았다. 호텔이나 숙박시설 등이 주변 국립공원과 어우러져 있어 화려한 볼거리뿐 아니라 휴양도 할 수 있는 환경을 조성한 것이다. 그런 면에서 그들의 도시 계획은 탁월한 것 같다.

▶▶그랜드캐니언과 나이아가라

　미국 여행에서 가장 감명을 받은 곳은 애리조나의 그랜드캐니언이었다. 웅장하다거나 멋있다거나 하는 말로 그 느낌을 옮길 수 없다. 그랜드캐니언은 '압도' 그 자체였다. 그 앞에 섰을 때 대자연 앞에서 인간이라는 존재가 얼마나 작고 보잘 것 없는가를 알았다. 인간이 자연을 대적할 수 없다는 것을 깨닫게 하려면 백 마디 말보다 그랜드캐니언에 한 번 서보는 것이 훨씬 즉각적인 효과를 발휘할 것이다. 사람들은 그랜드캐니언을 표현할 어떤 수사도 찾을 수 없어 말을 잃지만 그랜드캐니언은 존재 자체로 말한다. "그대, 겸손할지어다."

그랜드캐니언에 압도나 웅장함만 있는 것은 아니었다. 자연이 전혀 다르게 다가오는 순간도 있었다. 구름이 바로 머리 위에 떠있는 것을 볼 때의 느낌이다. 내가 얼마나 높은 곳에 서 있는지 실감하는 순간, 신기함, 생경함, 친숙함 등의 감정이 교차했다. 그 역시 압도감만큼이나 설명할 수 없는 특별한 느낌이었고 자연 속에서가 아니면 어디서도 느낄 수 없는 기분이었다. 자연은 정말 위대하다.

나이아가라 폭포 역시 대단했다. 물줄기의 폭이나 흘러내리는 길이나 물의 양이나 정말 엄청났다. 우리는 그 폭포 밑에 배를 타고 들어가보기도 했다. 그런데 그랜드캐니언의 위용에 질려버린 탓인지 나이아가라를 보았을 때는 그 위용에 감탄하기보다는 다른 생각이 들었다. 하늘로부터 그런 태생적 자원을 받은 것이 부러웠고, 그것을 관광 자원화해 세계인들의 탄성을 자아내며 돈을 버는 사람들이 대단해 보였고, 그 오랜 세월 동안 어떻게 변함없이 보존할 수 있었는지 궁금했다.

미국은 역사든 자연이든 상품으로 개발하는 데 탁월한 나라인 것 같다. 우리는 그들에게 관광자원과 상품을 개발하는 기술적인 노하우를 배울 필요가 있다. 하지만 그보다 앞서 정말 배워야 것은 자연의 상품성은 살리되 훼손하지 않고 조화를 이루면서 살아가는 그들의 철학이다. 정신적으로나 물질적으로 여유가 없어서인지 우리나라는 자연 환경보다 개발 논리가 우선한다. 당장의 수익 앞에 자연이나 환경을 돌볼 여유를 갖지 못하고 경제 논리가 어떤 가치보다 우선한다. 경제력이 있어야 삶의 질이 높아진다고 말하지만 물질적 풍요가 삶의 질을 높이는 건 아니다. 정말 풍요롭게 사는 사람들은 자연과 더불어 여유롭게 산다. 이제 우리도 그들의 지혜를 배웠으면 좋겠다.

첫 해외 여행인데다 순수하게 보고 듣고 느끼면서 다녔기 때문인지 내가 본 미국은 인상에 깊이 남아 있다. 하지만 그 때의 느낌과 지금의 생각은 많이 다르다. 보이는 것 이면에 숨겨진 사실과 진실을 알게 되었기 때문이다. 그 때나 지금이나 동일한 생각은 세계 어디든 사람이 사는 모습은 근본적으로 같다는 것이다. 조금 일하고 많이 놀고 싶어하고, 그러면서도 남보다 좀더 낫게 살려고 경쟁하고, 젊은이는 바쁘고 노인은 한가롭고.

여행은 차이점을 발견하는 것 뿐 아니라 인간의 삶 속에 감추어져 있던 동질성을 발견하는 계기인 것 같다.

미국 여행에서 돌아왔을 때 우리나라가 참 작고 좁게 느껴졌다. 하지만 사람 살기에는 미국보다 훨씬 매력적인 나라라는 생각이 들었다. 사람 사이의 정, 사람 사는 맛 등은 크기나 풍요로움으로 얻을 수 있는 게 아닌 것 같다. 어느 나라나 장점과 아름다움을 가지고 있겠지만 따뜻한 사람들만큼 큰 장점은 없는 것 같다.

학교를 선택하는 몇 가지 기준

자고 일어나니 유명해져 있었다는 말이 있는데 나는 내가 없는 사이에 유명인사가 되어 있었다. 미국을 돌아다니고 있는 사이 검정고시 결과가 나온 것이다. 백 점 만점에 95.5점. 최연소, 최고득점이었다. 내가 집에 도착했을 때는 이미 취재 열풍이 한바탕 지나가고 난 후였다.

이제 다음 진로를 결정해야 했다. 선택은 크게 두 가지 중 하나였다. 또다시 고등학교 검정고시를 치는 것과 학교 제도 속으로 들어가는 것.

검정고시는 곧 논의에서 제외되었다. 검정고시는 3년 과정을 1년으로 단축할 수 있다는 장점이 있지만 과정의 단축이 목적이 될 순

없었다. 입시 교육의 틀에 갇히지 않고 내가 좋아하는 공부, 하고 싶은 공부에 집중하기 위해서 택한 방법 중 하나일 뿐이었다. 이제 중요한 건 교육 과정이 아니라 사회인으로 거쳐야 할 인생의 과정이었다. 그래서 우리는 학교를 선택했다.

내게도 스승과 친구 그리고 선후배가 있어야 했다. 아무리 컴퓨터를 좋아해도 그것은 삶의 도구일 뿐이다. 컴퓨터는 인간의 삶을 이롭게 하고 편리하게 하는 하나의 도구로 존재하는 것이다. 도구가 사람을 대신할 수는 없다. 사람은 어떤 형태로든 조직 사회의 일원으로 살아가야 하고 그러기 위해서는 조화로운 관계를 위한 훈련 과정을 거쳐야 한다. 지식을 습득하는 시간은 얼마든지 단축할 수 있지만 삶의 지혜는 다양한 인간 관계망을 축적시키는 과정 속에서만 터득할 수 있기 때문이다.

부모님과 논의 끝에 과학고를 알아보기로 했다. 일반 학교보다 과학을 특화한 특목고의 특성상 컴퓨터를 더 전문적으로 배울 수 있을 거라고 생각했기 때문이다. 그런데 예상치 못했던 덫이 발목을 잡았다.

과학고의 입학 규정은 검정고시 출신자에게 차등 기준을 적용하고 있었다. 일반계 중학교를 졸업한 경우에는 국어 영어 수학 사회 과학 과목이 수, 즉 평균 90점 이상이면 입학 자격이 되지만, 검정고시를 통과한 경우에는 평균 90점 이상 및 전과목 90점 이상으로 되어 있었다. 그런데 내가 받은 점수 중에 그 규정에 걸리는 과목이 하나 있었다. 미술이 84점이었던 것이다.

'세상에, 단지 미술 점수 6점 때문에 과학고에 갈 수 없다니!'
나로서는 도저히 납득이 가지 않는 일이었다. 중학교 졸업생들에게는
단지 다섯 과목의 평균 점수가 기준이고, 검정고시 출신자에게는 전
과목 90점 이상을 요구하는 것 자체가 부당하다고 생각했다.

사실 그 규정은 검정고시 출신자를 배려하지 않은 것이라고 생
각된다. 그 규정을 통과해 들어온 사람이 한 사람도 없으니까. 아버지
께서 학교에 항의를 했지만 받아들여지지 않았다. 다른 도시의 과학고
역시 마찬가지였다.

나는 '과학고 학생들은 음악도 잘하고 미술도 잘하고 바느질도
잘하는 모양이군' 하며 냉소했다. 미술이나 바느질을 깔보거나 과학
고에 못 들어가서가 아니었다. 과학 교육 육성이라는 특수 목적을 가
지고 설립된 학교에서 공부하기 위해 만점에 가까운 예능 점수가 필요
하다는 걸 도저히 납득할 수가 없었다. 고도의 전인교육 운운한다면
특목고의 설립 근거 자체가 흔들리는 게 아닌가. 그러나 어쨌든 내 앞
에는 '미술 점수 84점짜리는 과학고 입학 부적격자' 라는 결정만이 확
고부동한 사실로 놓여 있을 뿐이었다.

하지만 과학고에 갈 수 없다고 해서 학교 자체를 포기하지는 않
았다. 학교라는 제도 안으로 들어가기로 마음먹은 이상 학교 선택에
최선을 다했다.

다음에 선택한 곳이 K고였다. 국제적인 마인드를 가진 시민을

키운다는 목적으로 생긴 특목고였다. 외국어에 비중을 많이 둔 학교라서 재외국민 자녀들도 많이 다니는 학교였다. 나는 일본어 반으로 시험을 쳐서 합격했다.

그런데 걸리는 문제가 있었다. 이 학교는 전교생이 기숙사 생활을 해야 했다. 나는 공부를 위해서 꼭 필요한 두 가지를 물었다.

"방에 컴퓨터를 설치할 수 있나요?"

"안 됩니다. 컴퓨터는 입시에 방해만 됩니다."

"신문을 받아볼 수 있나요?"

"안 됩니다. 입시 공부하는 데 신문이 왜 필요합니까?"

불가의 근거는 단순 명료했다. 국제적인 마인드를 가진 시민을 육성한다는 설립 목표와는 달리 학교 당국과 학부모들의 야심찬 목표는 '입시 명문'이었던 것이다. 학교의 모든 길은 입시로 통할 뿐이었다. 이 학교에 들어온 이상 내가 좋아하는 것들, 관심이 있는 것들을 다 접어두고 입시에만 전력질주해야 한다는 뜻이었다. 앞날이 암담하게 느껴졌다.

그러나 결정적으로 내 마음을 돌려놓은 건 금기 사항이 아니라 소문이었다. 신입생 오리엔테이션을 받던 중에 학생들과 학부모 사이에 이상한 소문이 떠돈다는 걸 알았다.

"저 어린애하고 한 방 쓰는 애는 재수가 없다."

정말 어이없고 쓴웃음 나는 말장난이었다.

'어린 것'과 '재수 없는 것' 사이에는 아무런 상관관계도 없다. 단지 '어리다'는 이유만으로 기피 인물이 되다니, 얼마나 기막힌 일인가. 그런 소문을 퍼뜨린 사람이 학부모인지 학생인지는 알 수 없지만, 학부모와 학생을 막론하고 막연한 불안감에 휩싸여 제발 '저 어린애'와 만나지 않기를 간절히 빌고 있을 게 뻔했다. 나와 함께 방을 써야 할 누군가의 이름이 불리는 순간, 그 아이는 나뿐 아니라 자기 자신을 정말 재수 더럽게 없는 사람으로 생각할 것이다.

당당하게 시험을 거쳐 입학한 내가 그런 대접을 받을 이유가 없었다. 더구나 내가 원하는 기본적인 수학 여건도 갖추지 못한 학교에서.

나는 미련없이 K고를 그만뒀다. 상황을 파악한 부모님들도 동의하셨다. K고를 그만둔 후에는 검정고시를 이용한 진로들을 다시 검토했다. 일단 검정고시로 고등학교 과정을 이수한 후 컴퓨터 관련 대학에 가거나 유학을 가는 방법, 아예 진학을 하지 않고 컴퓨터 전문교육 기관에 가는 방법 등등 몇 개의 선택로가 있었지만 학교에 대한 마음을 완전히 접기가 어려웠다.

이 때 나타난 학교가 대진전자공업고등학교였다. 정보화 열풍이 불면서 대진전자정보고등학교를 거쳐 지금은 대진정보통신고등학교가 되었고 특색화 고등학교라는 명목으로 정부의 지원을 받는 학교가 되었지만, 당시에는 종교재단에서 세운 실업계 학교라는 인상이 전부인 곳이었다.

우리가 잘 아는 선생님께서 이 학교에서 연수를 받으셨는데 선생님들의 열정과 학생들의 열의에 아주 깊은 감명을 받으셨다고 했다. 그 이야기를 듣고 직접 학교를 방문해 시설도 둘러보고 교장 선생님과 상담을 하신 부모님도 그 학교를 마음에 들어 하셨다. 나는 학사운영을 과별로 하는 방식도 호감이 갔지만 무엇보다 컴퓨터를 전문적으로 배울 수 있다는 점이 매력적이었다.

대진은 내 조건과 학교의 조건이 흔쾌히 맞아떨어지는 곳이었다. 실업계라는 분류가 학교를 결정하는 데 아무런 문제가 되지 않았다. 나는 망설이지 않고 대진전자공고 전자계산기과를 선택했다.

2부

내 식대로,
즐겁게, 끝까지

도전의 즐거움

고등학교 생활은 전반적으로 즐겁고 활기에 넘쳤다. 중학교를 경험하지 못한데다 나이 많은 동기들과 생활하는 게 어려울 거라고 염려하시는 분들도 있었지만, 두 가지 다 별 문제가 되지 않았다.

다른 학교에 갔더라면 어떻게 달라졌을지 모르지만, 대진의 선생님과 동기들은 중학교 이력이나 나이를 따지지 않았다. 첫날은 동기들에게 존대말을 썼고 내 나이가 두 살 정도 적다는 걸 밝혔다. 동기들은 나이가 한두 살 적다고 존대를 할 것까지는 없다고들 했고 다음날부터는 편하게 말을 텄다. 일단 말을 트고 나니 그 다음부터는 나이를 잊고 흔쾌히 친구가 되었다. 인간관계는 이전 학교의 경험이 아니라

서로의 진심을 나누는 것으로 충분했다.

공부도 만족스러웠다. 나뿐 아니라 대부분의 학생들이 자기가 하고 싶은 과를 선택해서 들어왔기 때문에 전공에 관심과 애착이 있었다. 입시를 목표에 두고 전 과목 성적 관리에 신경을 써야 하는 학교들과 달리 전공에 더 많은 시간을 투자할 수 있었다. 하고 싶은 공부에 더 비중을 두고 깊이 있게 할 수 있는 곳, 그것이 내가 원하는 학교였다.

선생님들도 전공 과목과 학생들을 가르치는 데 열정이 있었다. 지식을 가르치는 교사로서만이 아니라 인생의 스승이자 사회의 선배로서 우리들을 대하셨다. 선생님들에게서 느껴지는 인간미는 공부를 하는 목적을 생각하게 했고 학교에 자부심을 갖게 했다.

흔히 실업계 학생들을 공부하기 싫어하고 대학과는 거리가 먼 아이들, 그래서 일찌감치 꿈을 포기했거나 기회를 잡기 힘든 아이들이라고 생각한다. 하지만 나는 동기 부여가 제대로 되지 못했을 뿐, 단지 실업계 학교에 갔다는 이유만으로 대학이나 꿈과 멀어지는 건 아니라 생각한다.

대학은 누구라도 의지를 가지고 노력하면 갈 수 있다. 목표에 대한 확신이 없거나, 자기 의지를 믿지 못하거나, 도전을 두려워하고 실패를 걱정하기 때문에 못 가는 것이다. 이런 것들은 목표를 향한 전력 질주를 막는다. 그래서 해보지도 않고 미리 포기하고 좌절하는 것이다.

하지만 꿈을 이루는 데는 여러 갈래의 길이 있다. 꼭 명문고만

이 혹은 대학만이 꿈으로 안내하는 길은 아니다. 학교에 대한 자기 안의 선입견을 깨뜨리는 것이 새로운 길을 하나 개척하는 것이고 그것이 곧 사람들의 선입견, 사회의 선입견을 깨뜨리는 것이라고 생각한다.

학교에 다니면서 얻은 소중한 것 중에는 친구와 선생님과 내가 좋아하는 분야에 대한 지식 등이 있지만, 학교의 특성상 자격증도 많이 땄다.

누구나 고집이 있겠지만 나도 가끔 이상한 고집을 부리는 때가 있다. 그 중 하나가 자격증이다.

초등학교 때 딴 정보처리기능사 자격증을 제외하면 나는 웬만한 자격증은 첫 시험에 땄다. 좀 어렵다 싶어도 두 번 정도면 통과했다. 고등학교에 가서 가장 먼저 딴 자격증은 '정보기기운용' 자격증이었다. 요즘은 멍게나 말미잘도 다 가지고 있다고 할 정도로, 컴퓨터를 좀 한다는 사람들은 다 가진 자격증이다. 나는 어떤 자격증 시험이든 일단 필기만 붙어 놓으면 실기 시험을 어렵지 않게 해냈다. 공고라서 실기에 유리한 점도 많았다. 납땜을 배우기 때문이다. 기능사 자격증은 조립을 위주로 테스트를 한다. 통신용 회로 같은 간단한 부품을 납땜해서 만들어내거나 두 개의 회로를 조립해서 불을 켜는 수준의 시험이다. 납땜을 할 줄 알면 당연히 유리하다. 학교 수업을 충실히 한 덕에 '무선설비 기능사' 나 '정보기계설비 기능사' 자격증 같은 것도 어렵지 않게 땄다.

그런데 3년 내내 속을 썩인 게 있었다. '전자계산기기능사' 자

격증이었다. 사실 이 자격증은 공고의 전자계산기과를 졸업하면 졸업
장과 함께 받는 자격증이었다. 공고에는 3학년 때 필기시험을 보지 않
고 실기로 자격증을 주는 의무 검증이라는 것이 있다. 3년 동안 공부한
것만으로도 충분히 그 능력을 인정해 주는 것으로, 과별로 하나씩 주
어지는 자격증 시험이다. 따라서 전자계산기과 학생들은 일부로 따려
고 노력하지 않아도 3학년이 되면 자연스럽게 전자계산기기능사 자격
증을 따게 되어 있다.

　　그런데 나는 전자계산기과에 입학해서부터 전자계산기기능사
필기 시험에 도전했다. 한 번 볼 때마다 원서대 등으로 2만 원 정도가
드는 시험인데 총 7번을 떨어지고 의무검정 때 붙었다. 그러니까 그냥
있었어도 3학년이 되면 그냥 주어질 것을 1학년 때부터 줄기차게 시간
과 돈과 노력을 쏟아부은 것이다.

　　가만 있어도 눈앞에 떨어질 것을 얻기 위해 일부로 도전하는
것, 정말 어리석은 행동처럼 보인다. 그것을 위해 들인 시간과 노력을
물리적으로만 생각하면 참 아깝다. 하지만 한 가지 목표를 향해 계속
도전하면서 배운 것도 많다. 시간이 흐르면 자연히 취득할 수 있는 것
을 혼자 공부해서 일찍 따겠다는 생각이 무모해 보일 수도 있지만, 그
것이 나에게는 내 노력과 능력으로 정복해보고 싶은 매력적인 봉우리
였다.

　　사실 고등학교 시절 보는 기능사 시험은 시험 자체에 그리 큰
의미를 두지 않는다. 학교 수업만 충실히 하면 시험에 무난히 합격할

정도의 실력은 되기 때문이다. 시험 점수는 요식행위 정도의 의미를 가질 뿐, 실제적인 능력을 측정할 만큼 변별력을 가진 것은 아니다. 그러다보니 회로까지도 컨닝 페이퍼를 만들어 갈 정도로 시험을 가볍게 취급하는 경향이 있다.

그런데 나는 이런 시험에도 원칙을 지켰다. 그 원칙은 어떤 시험이든 '제대로 본다'였다. 그것은 나 자신과의 약속일 뿐, 정직이나 윤리와 관련된 원칙은 아니다. 자격증 시험을 보는 데 컨닝 페이퍼를 만들어오는 사람들을 비난할 생각도 없다. 그 사람들은 자격증이 절실하게 필요한 사람들이고 그런 만큼 문제 연습도 많이 한다. 설사 컨닝 페이퍼를 만들어 왔다 해도 무작정 베끼는 것이 아니다. 기억이 잘 안 날 때 실마리를 잡는 정도로 사용하는 것이다.

나는 일반적인 세태나 용인되는 관행 등과 상관없이 나 스스로 세운 원칙, 아무리 단순한 것이라도 내 실력으로 제대로 해내겠다는 그 원칙에 충실했다. 전자계산기기능사 자격 시험에 우매할 정도로 매달렸던 것도 아마 그런 생각 때문이었을 것이다.

졸업을 앞두고 의무검정을 통과해야 하는 만큼 3학년 전공 수업은 의무검정 준비로 시간을 보냈다. 전자계산기과의 의무검정이 5월 말에서 6월 초이기 때문에 4월부터는 본격적인 연습에 들어간다. 시험을 보면 거의 모든 학생들에게 자격증을 주긴 하지만 훈련 과정은 만만치가 않다. 인문학과 수업 시간도 일부 배정을 해서 시간 투자를 많이 한다. 시험에 통과하는 것이 아니라 자격증을 가질 만한 실무 능력을 기르는 것이 목적이기 때문이다. 의무검정 자체가 엄청난 시간을 투자하고 땀을 흘린 결과인 것이다.

시험 준비를 하려면 한 달 정도는 납땜에 붙들려 있어야 한다. 전자회로 실험이라고 해서 매일 작품 두 개씩을 조립해서 내고, 그것으로 전공과목 점수를 매겼다. 나는 부품을 연결하면 동작은 그럭저럭 됐는데 납땜이 말썽이었다. 납땜을 잘하는 사람과 못하는 사람은 금방 표시가 났다. 납땜을 잘하면 기판에 납땜 자국이 동그랗고 고르게 열을 맞춰 예쁘게 박히는데, 내가 한 것은 부품을 자를 때부터 잘못 잘라서 울퉁불퉁하고 비뚤어져 버렸다.

납땜 검사를 할 때는 두 볼을 측정기로 이용한다. 납땜된 뒷면을 볼에 쓱 문질렀을 때 납땜을 잘한 것은 볼에 아무런 이상이 없다. 그런데 나처럼 땜질이 엉망인 사람은 손톱으로 할퀸 자국이 생긴다. 조금 엽기적으로 들리지만 그게 빠르고도 정확한 판단기준이다. 납땜 자국을 일일이 한 칸 한 칸 따지기는 힘들기 때문이다.

나는 납땜 검사를 할 때마다 "동작은 제대로 되는데 납땜이 왜 이래?" 하는 말을 자주 들었다. 나도 그게 신기했다. 원래 납땜이 잘못되면 합선이 된다든지 하는 문제가 생기는데 나는 이상하게도 납땜은 엉망인데 동작은 제대로 됐다. 납땜하고 동작하고 거의 반반 점수를 주는데 납땜 점수는 거의 못 건졌다. 나는 손으로 하는 일로 먹고살기는 틀렸구나 생각했다.

나 외에도 자신의 손재주에 절망한 친구들이 몇 명 있었다. 남들보다 훨씬 공을 들여 예술하듯 하는데도 도무지 폼이 나지 않았다. 똑같이 배우고 같은 손으로 하는데도 이런 차이가 있는 걸 보면 인간의 능력이 참 다양하다는 생각이 든다.

　나는 납땜을 못해도 그 시간을 싫어하지는 않았다. 실습 자체를 좋아하기도 했지만 납땜 실습의 즐거움은 따로 있었다. 수업이 끝난 후 선생님과 삼겹살을 먹는 것이었다.

　납땜을 하면 증기가 피어오른다. 그 증기는 거의 들이마시지 않지만 송진 같은 것이 섞여 있어서 목을 컬컬하게 만든다. 그 컬컬함을 벗겨내는 데 돼지기름이 좋다는 핑계로 삼겹살을 먹으러 가는 것이다. 우리는 실컷 먹고 떠들었다.

　선생님도 격의 없이 어울리셨다. 가끔씩은 선생님께서 술을 한 잔씩 주기도 하셨다. 곧 사회 생활을 할 성인으로 대접해 주신 것이다. 그냥 술맛을 보라고 그러신 건 아니었고, 술을 따라 주시면서 술잔을 든 친구에게 한 마디씩 해주셨다. 좀 힘든 일이 있는 친구에게는 "마시고 기운 내라"고 어깨를 두드려 주기도 하시고, "이 시간은 모두 잊고 마음껏 놀고 이 집 문을 나서면 마음을 굳게 하고 네 목표를 위해 노력해야 한다"고 충고하기도 하셨다.

　누구나 학창 시절의 아름다운 추억들이 있겠지만 나는 하얗게 피어오르던 납땜 연기와 고소한 삼겹살 굽는 냄새와 친구들의 소란과 기운 내라는 선생님의 목소리를 잊을 수 없다. 시간이 아무리 많이 흘러도 바래지 않는 추억으로 남을 것 같다.

지금 컴퓨터공학과에 간 친구들은 인문계에서 온 친구들보다 실험이나 실습에서 월등하게 뛰어난 실력을 보이고 있다. 거의 로봇 수준으로 정확하고 깔끔하게 처리를 한다. 수학이나 인문과목에서 다소 떨어진다 해도 전공에서 실력을 인정 받으면 얼마든지 재미있게 공부할 수 있다. 컴퓨터 실습과 무관한 과를 전공한다 해도 고등학교 때의 실습 과정들이 유효하게 작용할 것이다. 공부와 연습은 그 근본에 있어서 같기 때문이다.

컴퓨터공학을 부전공하고 있는 내게는 고등학교 때의 실습들이 실제적인 도움이 될 것이다. 지금도 열심히 논리 회로를 설계하고 만드는 일을 하고 있다. 〈논리설계실험〉이라는 과목을 이수하기 위해서다. 만약 고등학교 때 쌓아둔 기반이 없었다면, 컴퓨터공학과에서 탄탄한 이론을 바탕으로 실습에 임하는 학생들에게 한참 밀려나 있을지도 모른다. 하지만 다행히 고등학교 때 피땀 흘려 닦아놓은 기반으로 꿋꿋이 버텨나가고 있다.

학교 실험실에서 논리 회로를 설계하고 있노라면 하얀 납땜 연기와 삼겹살 굽는 내음이 떠오르곤 한다. 학교에서 얻는 건 지식과 졸업장만 아니라 친구와 스승 그리고 추억인 것 같다.

고지가 높을수록 주문을 외워라

우리 학교는 전 학년이 참여하는 특이한 행사가 있다. 한 학기에 한 번씩 천 미터 넘는 산을 정복하는 것이다. 학년별로 가든 과별로 가든 일 년에 한 번은 천 미터 고지를 넘었다. 그런데 나는 그 산행이 참 싫었다. 등산부 부장까지 지냈는데도 넘어야 할 산봉우리를 올려다보면 착찹했다. 아무 짝에도 쓸데없는 무용한 짓을 하는 것 같았다. 나는 산을 오를 때마다 생각했다.

'내가 이 산을 왜 올라가야 하나. 죽어라고 올라가봐야 내려오면 그 뿐, 무슨 흔적이 남는 것도 아니고, 정복감이 있는 것도 아니고, 괜히 등산부는 해가지고 도망도 못 가고…….'

등산을 싫어하면서도 등산부에 든 것은 담당 선생님과의 인간적인 관계 때문이었다. 등산을 싫어하긴 했지만 산을 못 타는 건 아니었다. 어렸을 때부터 할아버지를 따라 산에 다녔기 때문에 일단 산을 타면 선두에 섰다.

처음 천 미터 정복에 나선 1학년 때는 기본이 안 되어 있는 친구들이 많았다. 반팔, 반바지에 구두 신고, 물 한 병 없이 과자만 잔뜩 싸들고 왔다. 산 중턱쯤 가면 드러낸 팔과 다리를 수없이 긁혀 상처투성이가 되고 발이 아파 제대로 걷지도 못했다. 그런 친구들에 비해 나는 첫 산행부터 준비를 단단히 했다. 긴팔 긴바지에 등산화를 신고 배낭에는 물병 4개, 초콜릿 한 통과 약간의 소금을 준비했다.

물을 넉넉히 준비한 덕에 나는 급수맨 역할을 톡톡히 했다. 물은 여러 모로 이로웠다. 우선 친구들에게 보시를 할 수 있어서 좋고, 차게 해서 배낭에 넣으면 등이 시원했다. 처음에 무거운 게 좀 흠이지만 산을 오를수록 가벼워졌다. 물 대신 친구들이 가져온 과자를 얻어먹는 것도 빼놓을 수 없는 이점이었다.

학교의 독특한 방침 덕에 지리산에 세 번 오르고 설악산도 종주했다. 깊고 광대하기는 지리산이 제일이었지만 산을 타기는 설악산이 더 고생스러웠다.

설악산은 우리 학년의 졸업 여행 코스였다. 3학년 전체가 설악산 대청봉을 종주했는데, 그 때의 힘겨웠던 기억이 지금까지도 생생하다. 대청봉에 오르기가 그렇게 힘든 줄 미리 알았더라면 절반쯤은 중간에서 포기했을지도 모른다. 그러나 우리는 앞으로 걸어야 할 길이 얼마나 험난한지 전혀 몰랐었고 그런 우리를 산에 오르게 한 건 선생님의 세 가지 주문이었다.

설악산에 도착한 날 일단 여관에 짐을 푼 우리들은 방마다 모여 포커판을 벌였다. 선생님들은 이미 예상했던 상황인지 적극적으로 막지 않고 너그럽게 말씀하셨다.

"애들아, 내일 산행을 위해 오늘은 일찍 자두는 게 좋아. 노는 건 내일로 미뤄. 내일은 밤새도록 놀아도 아무 말 않을 테니."

생각해보니 그게 현명한 것 같았다. 산행 후에는 노는 걸 말릴 명분도 없을 것 같고, 산행이 은근히 부담스럽기도 했던 우리는 환락의 시간을 내일로 미루고 일찍 자리를 폈다.

그러나 그것은 정말 순진한 판단이었다. "내일 마음껏 놀아라"라는 말은 우리를 몰아가는 선생님들의 첫 번째 주문이었던 것이다.

설악산은 동쪽은 급경사고 서쪽은 완만한데 우리는 동쪽으로 올라 서쪽으로 내려오게 되어 있었다. 오색약수에서 비선대로 빠져나오는 코스였다. 오르는 길은 짧은 대신 너무 가팔랐다. 몇 발짝 떼지도 않았는데 숨이 차고 기운이 달려 중간중간 쓰러지고 엎어지면서 올라야 했다. 상대적으로 체력이 달리는 여학생들은 한 번 쓰러지면 다시 못 일어날 것처럼 엎드려 있곤 했다.

선두에 섰던 나 역시 인간적으로 너무 힘들었다. 이제 웬만한 산은 날아서 넘는다고 자부하고 있었는데 설악산 비탈은 기어올라야 했다. 선두에서 헉헉대고 걸으며 도대체 왜 이렇게 힘들게 산에 올라야 하는지 스스로에게 물었다.

일단 올랐으니 정상을 밟기 위해, 산꼭대기에서 아래를 내려다 보는 정복감을 맛보기 위해, 자기 한계를 극복했다는 뿌듯함, 목표를 이루었다는 성취감…… 그러나 그 어느 것도 산꼭대기에 올라 시원한 바람에 땀을 씻는 것 이상의 큰 의미가 있는 것 같지는 않았다. 정복욕이나 성취감은 적어도 산에 오르면서 느껴지는 감정은 아닌 것 같다.

우리는 서로를 밀고 끌며 전학년이 대청봉에 올랐다. 그것은 대단한 기록이었다. 그 때까지는 한 학교의 한 학년 전체가 대청봉에 오른 건 처음이라고 했다. 물론 낙오자가 전혀 없었던 것은 아니다. 산중턱에서 더 이상 오르기 힘들어 20명이 종주를 포기했다. 그리고는 낙오자가 없었다. 선생님들의 주문이 또다시 힘을 발휘했기 때문이었다.

선생님들은 힘들어 주저앉으려 하는 아이들을 계속 앞으로 나아가게 하기 위해 두 번째 주문을 꺼냈다.

"고지가 바로 저기야! 이제 조금만 가면 편히 쉴 수 있다니까."

대청봉 도착 한 시간 전부터 2, 3분 간격으로 선생님들은 "고지가 바로 저기다!"라는 주문을 외웠다. 아이들은 그 말에 매번 속으면서도 '이번에는, 이번에는' 하면서 계속 앞으로 나아갔다. 엎어지고 쓰러지면서도 그 많은 아이들이 고지에 오른 건 그 주문이 효과를 발휘한 증거다. 조금만 참으면 끝에 다다를 것이라는 심리가 고통을 인내하며 앞으로 계속 나아가게 하는 힘이 된 것이다.

힘들게 오른 만큼 내려오는 것도 만만치가 않았다. 길은 완만했는데 갈증이 심했다. 기운을 차리려고 물을 많이 마시다보니 다섯 병이나 준비한 물이 바닥이 났다. 중청봉에 가서야 매점을 만났는데 생수값을 보고 경악했다. 한 병에 7,200원. 주인은 헬기로 공수해오는 물이라서 그렇다고 했고, 가격과 상관없이 생수는 매진되었다.

워낙 갈증이 심하고 사람이 많으니 생수도 곧 바닥났다. 그러자 기다렸다는 듯이 세 번째 주문이 시작되었다.

"오 분만 가면 절이 나온다."

절은 무슨 절, 내려오는 두 시간 동안 우리는 절은 고사하고 암자 하나 발견하지 못했다.

거의 초죽음이 되어 하산을 한 우리는 여관에 돌아오자마자 쓰러져 자기 바빴다. 그 전날 멋지게 계획한 환락을 즐길 새도 없이.

선생님들은 아셨던 것이다. 우리가 대청봉에서 내려오자마자 곯아떨어지리란 걸. 포커는커녕 두 눈꺼풀을 들 힘도 없으리라는 걸.

지금도 대청봉 등반을 생각하면 금방 꺾일 듯 후들거리는 무릎과 함께 "고지가 바로 저기다"라는 주문이 떠오른다.

당장의 고통을 이겨내는 데는 오히려 상투적인 주문이 힘을 발휘한다. 그것은 주문 자체의 힘이라기보다 희망의 힘인 것 같다. 힘겹게 씨를 뿌리면 알곡을 거둘 거라는 희망, 괴로움 뒤에 단 열매를 먹을 수 있을 거라는 희망.

이제 내 몇 발자국 앞에서 주문을 외워주는 선생님은 안 계시지만, 필요하다면 어떤 고통 속에서도 자기 자신을 일으켜 세울 수 있는 주문 하나쯤 갖는 것도 좋을 것 같다. 고지는 멀어도 희망은 힘이 세니까.

사법고시에
도전하다

나는 도전을 별로 두려워하지 않는다. 해야 할 일이다 싶으면 어렵겠다는 판단이 들어도 시도한다. 그리고 일단 목표를 세우면 서두르지 않고 기초부터 차근차근 쌓아나간다. 그런가 하면 호기롭게 시도를 했다가도 아니다 싶으면 미련 없이 돌아서고, 간혹 미련이 남아도 그것에 끌려다니지 않을 정도로 정리를 잘하는 편이다.

수능 준비도 내 식으로 좌충우돌하며 도전하고 그 결과를 정리하면서 시작되었다.

고등학교에 진학하면서 대학을 염두에 두지 않은 건 아니었지만 꼭 수능을 봐서 가겠다고 생각하진 않았다. 컴퓨터를 계속 공부해 특기자 전형으로 가는 방법을 십분 활용할 생각이었다. 자연히 수능 준비는 안중에 없었고 내신도 크게 신경 쓰지 않았다. 시험 공부는 시험 기간에만 했고 평소에는 주로 컴퓨터 실습과 프로그래밍 그리고 컴퓨터 이론에 매달렸다.

나는 전공이 전자계산기였는데 주로 컴퓨터를 다루었다. 실업계 학교인 만큼 인문 과목보다 전공 과목에 비중을 두는데, 그 전공 과목들 모두 내가 좋아하는 것들이었다. 전공 중엔 납땜처럼 아주 젬병인 것도 있었지만, 프로그래밍과 컴퓨터 체계처럼 평소에 관심이 있는 분야가 주였기 때문에 공부는 아주 재미있고 흥미로웠다. 전공 외의 인문계 과목들은 수업 시간에 듣고 소화하는 것만으로도 학교 시험을 보는 데는 무리가 없었다. 본격적으로 수능 준비에 들어갔을 때는 사회탐구 영역 때문에 골치가 아팠지만, 교양으로 갖추기에는 수업만으로도 충분했다.

수능에서 자유로웠던 1학년 때는 각종 컴퓨터에 관련된 시험과 대회에 신경을 많이 썼다. 자격증을 따거나 경시대회에 나가기 위해 시간과 노력을 집중적으로 투자했다. 자격증을 따는 건 그리 어렵지 않았지만 경시대회에서는 한 번도 입상을 하지 못했다. 시간, 노력, 돈, 애정, 들어갈 건 다 쏟아부었는데도 이렇다할 성과를 내지 못한 것이다. 경시대회에 출전하느라 들인 이런저런 경비를 따지면 기백만 원은 족히 넘을 것이다.

경기에 출전한 선수가 '노 메달'에도 아무렇지도 않았다면 거짓말이겠지만 나는 크게 좌절하거나 실망하지는 않았다. 나도 열심히 했지만 나보다 더 열심히 노력하고 능력이 뛰어난 사람들이 많다고 생각했다. 지금은 화려한 수상자들의 그늘에 가려져 있지만, 나에게는 앞으로 컴퓨터를 더 깊이 연구할 수 있는 많은 시간과 기회가 있고, 공부할 수 있는 환경도 좋은 편이다. 그것만으로 충분히 경쟁력이 있다고 믿었다.

컴퓨터에만 매달려 있던 내가 수능에 눈을 돌리게 된 시초는 돌발적으로 준비한 사법고시였다.

겨울방학을 얼마 앞둔 1학년 말 어느 날, 아버지께서 말씀하셨다.

"사법고시 한 번 쳐보면 어떻겠니. 네가 인문학 쪽에도 관심이 있고 컴퓨터에도 관심이 있으니까, 이 두 가지를 함께 할 수 있는 법 공부를 해보면 좋을 것 같다. 사법고시를 쳐서 정보 관계 전문 법조인이 되면 어떨까. 앞으로는 정보윤리 문제나 사이버 범죄도 많아지고 할테니까 검사면 더 좋겠지. 한 번 신중히 생각해 봐라."

검정고시를 봤을 때까지는 내가 좋아하는 컴퓨터 쪽을 공부하겠다는 방향만 있었을 뿐, 구체적으로 지향하는 목표는 없었다. 하지만 고등학교에 들어오면서 앞으로 어떤 일을 할 것인지 구체적으로 생각하지 않을 수 없었다.

컴퓨터에 관련된 일을 하겠다는 건 초등학교 때부터 일관된 생각이었다. 컴퓨터의 기능이나 응용 쪽으로 공부할 작정이었고 그렇다면 굳이 학교에 얽매일 필요도 없다고 생각했다. 검정고시를 보고나서는 우리나라 토종 게임을 한 번 만들어보겠다는 포부를 가지고 게임 제작에 나섰다. 내가 관심 있는 분야인 '문화유산 답사' 게임이었다. 의욕적으로 출발은 했지만 프로그래밍에서 그래픽 작업까지 혼자서 처리하려니 어려운 점이 많았다. 특히 그래픽은 선천적인 재능의 한계를 적나라하게 드러냈다. 운용 실력도 부족하고 게임을 구성하는 데 한계도 많아서 기초적인 수준의 프로그램 완성에 만족하고 일단 접었다.

고등학교에 들어가서야 공학 교수, 시스템 분석가 등, 프로그래머가 아니어도 컴퓨터에 관련된 많은 직업이 있다는 것을 알게 되었다. 컴퓨터를 연구하는 분야가 넓다는 것을 알고 난 후에는 응용보다 이론을 공부하는 순수 컴퓨터 연구 쪽으로 마음이 많이 기울었다. 프로그래머가 되기보다는 컴퓨터를 학문적으로 연구하고 싶다는 생각을 많이 했다. 도구적으로 이용하기 위한 공부보다 학문적으로 파고들어 연구하는 것이 내 성향에 더 맞기 때문이다. 공학과는 다른 분야인 인문학에 관심이 가는 것도 바로 이런 성향 때문일 것이다.

아버지의 제안이 갑작스럽긴 했지만 나는 사법고시에 마음이 끌렸다. 무엇보다 내가 관심 있는 인문학과 좋아하는 컴퓨터를 접목할 수 있다는 것이 아주 매력적으로 다가왔다. 아버지께서 사법고시를 생각하신 것도 내 이런 성향과 관심을 충분히 파악하고 계셨기 때문이었다.

문제는 과연 내가 사법고시에 도전할 능력이 되느냐 하는 것이었다. 그 때까지 사법고시는 나와 전혀 무관한 시험이라고 생각하고 있었다. 대학에서 법을 전공한 쟁쟁한 사람들이 도전하는 시험을 과연 내가 해낼 수 있을까 잠시 고민이 됐지만 일단 시도해 보기로 했다. 꼭 합격해야겠다는 부담감은 갖지 않고 편안한 마음으로 공부할 생각이었다. 시험을 봐서 붙으면 그보다 더 좋을 것이 없겠고, 설사 떨어진다 해도 법을 공부해두면 세상을 살아가는 데 도움이 될 것 같았다. 붙든 떨어지든 나로서는 손해될 게 없는 도전이었다.

　　나는 일단 법무부를 비롯해 사법고시 관련 사이트에 들어가 필요한 정보와 자료들을 수집했다. 1차, 2차, 3차에 걸치는 시험 단계와 각 단계별 시험 과목과 방식 등, 사법고시의 기본 사항들을 알아둔 뒤, 기본서들을 샀다. 『민법』『형법』책을 먼저 사서 천천히 읽어나갔다. 처음에는 개념이 잡히질 않아 읽기가 어려웠지만 소설책 읽듯이 그냥 읽어나갔다.

　　겨울방학이 되자 본격적인 시험 공부에 들어갔다. 『민법』『형법』『상법』등의 책들도 일습으로 다 갖추었다. 책 가격이 만만치 않아 책 구입에 드는 비용도 상당했다. 단 한 번의 시도로 그치면 책값이 아깝겠다는 생각도 들었지만, 그래서 더 열심히 하지 않을까 하는 생각도 했다.

　　그 해 겨울부터 그 다음해 1차 시험을 칠 때까지가 지금까지 내가 한 공부 중 가장 집중적으로, 가장 열심히 공부한 기간이었다. 공부를 하기 위해 도서관을 찾은 것도 이 때가 처음이었다. 수능 준비를 할 때도 이 때만큼 열심히 하지는 않았다. 하지만 다른 분들이 하는 것만큼 치열하지는 않았을 것이다. 반드시 합격해야 한다는 의지를 갖지는 않았기 때문이다.

『민법』 같은 기본적인 법서들은 세 번씩 읽었다. 법서는 다른 인문서와 달리 재미를 붙이기는 어려운 책이었다. 제대로 공부를 하자면 책에 있는 내용을 정확하게 외울 정도가 되야 했지만 워낙 외우는 데는 재간이 없었다. 그래서 애써 외우려 하지 않고 소설처럼 천천히 두 번, 세 번 반복해서 읽었다. 시험 과목 책들을 숙지하면서 읽는 데만도 시간이 부족했다.

그렇게 45일을 공부하고 시험을 쳤다. 결과는 '시험 본 것 자체에 의미를 두라'고 나왔다. 공부한 기간이나 정도에 비례한 당연한 결과라서 실망하지도 않았다. 45일을 공부해서 사법고시를 봤다는 것은 일종의 해프닝이었으니까.

사법고시의 벽이 얼마나 높은지는 실감했지만 그것이 모든 기회를 막는 건 아니라고 생각했다. 다른 모든 시험이 그렇듯이 사법고시를 칠 수 있는 기회는 또 있었다.

나는 형편없는 성적에 좌절하는 대신 변리사 시험에 도전했다. 변리사가 되고 싶어서라기보다 사법고시와 시험 과목이 비슷했기 때문이었다. 대전까지 가서 시험을 봤지만 역시 낙방이었다. 확고한 목표 의식이나 신념 없이 기왕 공부에 나선 김에 해본다는 식의 태도로 얻을 수 있는 것은 없었다.

시험에 떨어지긴 했지만 사법고시는 내 인생에 아주 중요한 터닝 포인트를 마련해 주었다. 그 시험을 기점으로 나는 '어떻게 공부할 것인가' 하는 공부의 기본 자세와 목표에 대해 고민하기 시작했다.

　　그 전까지는 어떤 식으로든 컴퓨터와 관련된 공부를 하겠다는 기본적인 방향 외에는 구체적인 계획이 없는 상태였다. 그래서 겁 없이 사법고시를 볼 수 있었고 변리사 시험에도 응시할 수 있었는지 모른다. 하지만 벌써 2학년이고 늦어도 2학기에는 진로를 확실하게 결정해 거기에 맞는 공부를 해야 했다. 아버지께서 내게 사법고시를 권한 것도 이제는 확실한 방향을 잡아야 할 때라고 판단하셨기 때문이었다.

　　나는 사법고시에 다시 도전하고 싶었다. 첫 대면에서 KO패를 당하긴 했지만 컴퓨터와 인문학을 접목할 수 있다는 건 여전히 매력적이었다. 그 때 내게 적절한 조언을 해주신 분이 바로 인제대 법대 성정엽 교수님이셨다. 헌법학을 연구하시는 성 교수님은 서울대 법대를 나와 사법시험 2차까지 합격하셨지만 3차에 응시하지 않고 독일 유학을 떠나 학자의 길을 걸으신 분이었다.

　　진로에 대한 내 고민을 들으신 교수님은 말씀하셨다.

　　"네 꿈을 이루기 위해서는 입시에 힘을 기울여야 한다. 그 전에는 입시가 아무런 의미가 없다고 생각했을지 모르겠지만, 컴퓨터든 법이든 바탕부터 전문적인 공부까지 체계 있게 하려면 대학에 들어가는 게 좋다. 대학에서는 어떤 공부든 기본적인 바탕을 얻을 수 있다. 학문을 하려면 기초를 튼튼히 세우는 게 무엇보다 중요하다. 그리고 기왕이면 네가 공부하고 싶은 분야에서 제일 권위 있는 데 가서 공부하면 더 좋겠지."

나는 교수님의 말씀이 옳다고 생각했다. 전자공학도 그렇지만 특히 인문학 쪽은 그 학문의 기본 정신부터 제대로 배워나가는 것이 옳은 방법인 것 같았다. 법이 단지 도구로 휘두를 대상이 아니라고 생각했다. 나는 대학에 가야겠다고 마음먹었다.

어떤 대학을 목표로 할 것인가는 아주 단순하고 간단한 기준으로 정했다. 법학하면 가장 먼저 떠오르는 대학 중에 돈이 적게 드는 대학. 서울대였다.

교수님과의 면담으로 나는 새로운 도전의 길에 들어섰다.

'대학입시.' 그것은 보통 고등학생들이 거치는 순차적인 과정 중 하나지만 나에게는 각별한 의미가 있었다. 나는 무엇을 하겠다는 지향점은 있었지만 그 곳에 어떤 방법으로 도달해야 할지 몰랐다. 그러나 검정고시로, 실업계 학교로, 사법고시로 내 목표에 도달할 수 있는 길을 찾아 오르락내리락하면서 나는 충실하게 내 길을 걸었다. 그리고 이제 그 목표를 향한 확실한 출구이자 입구인 문을 찾은 것이다.

교수님과의 면담을 마치고 돌아온 나는 아버지께 수능 준비를 하겠다고 말씀드렸다. 아버지도 어느 정도 예상을 하신 듯했다. 그 다음날 사법고시를 준비하면서 그랬듯이 수능 준비에 필요한 책을 일습으로 샀다. 이제 수능과의 전쟁이 시작된 것이다.

실업계 학생의
프리미엄

본격적인 대입 수능 준비에 들어간 것은 2학년 7월부터였다. 가장 먼저 시작한 공부는 수학이었다. 기초가 탄탄해야 하는 과목이라 여름방학 때 본격적으로 학원 수강을 하기 전까지 혼자 『정석』을 붙들고 씨름했다.

나는 컴퓨터처럼 어떤 데에 혼자 몰입하는 것도 좋아하지만 친구들과 어울려 함께 하는 일들도 즐기는 편이다. 수능 준비도 몇몇 동기들과 함께 시작했다. 공부는 궁극적으로 혼자 하는 것이지만 마음이 맞는 친구들끼리 함께 움직이면, 오가는 시간도 즐겁고 힘들 때 서로를 격려하면서 든든한 버팀목이 되어 주기도 한다.

나는 가까운 친구 몇 명과 의기투합해서 기초가 필요한 과목과 가장 부족한 과목을 몇 개 선택해 학원 단과반 수강증을 끊었다. 그런데 우리가 학원 등록을 하고나자 갑자기 학교에 '학원 회오리'가 일었다. 수능을 목표로 학원 수강을 한다는 사실이 다른 아이들에게도 자극을 준 것 같았다. 매해 수능을 공부하는 학생들이 있기는 했지만 우리 때처럼 많은 아이들이 무리를 지어 학원 수강을 하는 경우는 없었다. 학교로서도 고무적인 일이었다.

우리 학교에서 수능을 준비하는 아이들은 대략 두 개의 문파를 형성했다. 일명 '종합파'와 '단과파'였다. 종합파는 학원에서 개설한 실업계 종합반으로 간 문파였고, 단과파는 듣고 싶은 과목만 골라서 듣는 소신파였다.

단과파는 종합파보다 소수였지만 결과를 보면 단과파의 공부가 효과적이었다. 자기가 원하는 강의에 집중해 시간표를 잘 짜고 서로를 격려하고 감시를 했기 때문이다.

나는 단과파였다. 같은 단과파라도 인문계와 자연계가 나누어져 있어 공통수학이나 수학 I 같은 과목 외에는 듣는 과목이 달랐다. 그러나 시간표를 짜는 기준은 단순했다. 내가 원하는 선생님에게 내가 원하는 단원의 강의를 듣는 것이다. 방과 후에 듣는 강의라서 선택의 폭이 넓지는 않았지만 시간을 요령껏 안배하는 것이 중요했다.

먼저 학원 시간표가 나오면 중앙에 펼쳐 놓고 서로의 정보와 의견을 교환했다. 주로 강사에 대한 이런 저런 소문과 성토가 무성한 자리였지만 악의 없이 웃고 넘어가는 수준이었다.

"이 선생 어때?"

"수면제다."

"이 선생은?"

"돈만 날린다던데."

누구 하나가 다른 과목을 듣겠다고 나서면 단과파 '의리' 운운하며 억지로 끌어오기도 했다. 그러나 시시껄렁한 농담을 주고받으면서도 시간표는 내실 있게 짰다. 농담으로 표현되었을 뿐 그 속에는 충분히 짚을 수 있는 뼈대가 있었다.

나는 유명 강사의 강의가 별로 체질에 맞지 않았다. 입시 명문학교 학생들이 들으러 오는 유명 강사라고 해서 도강을 한 번 해봤는데 정말 마음에 들지 않았다. 나에게 맞는 강사는 유명세와 상관없는 분이었다. 문제는 마음가짐과 분위기였다. 나는 친구들하고 함께 듣는 것 자체가 좋았다. 명강사의 강의보다 스스로 공부에 적응할 수 있는 분위기가 집중력과 학습 효과를 올리는 데 훨씬 도움이 되었다.

시간표 짜는 것 못지않게 감시체계도 잘 되어 있었다. 가능한 같이 교문을 빠져나와 같이 학원으로 들어갔다. 어쩌다 누군가가 한 시간이라도 빠지면 "왜 안 왔냐, 무슨 그렇게 중요한 일이 있느냐, 대학을 갈 거냐 말 거냐"하며 엄청나게 면박을 줬다. 수업 시간에 졸면 사정없이 쿡쿡 찌르고 맵게 쳐서 무자비하게 깨웠다. 그래도 짜증을 내거나 귀찮아하지 않았다. 대충 해서는 인문계 학생들과 경쟁할 수 없다는 것을 잘 알고 있었기 때문이다.

친구들과 학원에 다니는 것을 부정적으로 생각하는 사람들이 있다. 또래끼리 어울리다보면 공부보다 노는 데 의기투합을 하게 된다는 것이다. 물론 그럴 수도 있다. 그러나 내 경우엔 긍정적인 시너지 효과를 많이 보았다. 비슷한 환경에서 같은 목적을 공유한다는 것은 깊은 유대감을 갖게 했다. 우리는 서로를 보며 페이스를 조절하고 타성에 젖지 않도록 격려했다.

우리는 학원에서 의외의 흥행성을 발휘하기도 했다.

지하철로 30분이 걸리는 거리에도 불구하고 우리는 매일 학원에서 살다시피했다.

이런 우리의 성실성이 선생님의 관심을 끈 건 물론이고 학원 내의 모든 분들이 격려를 아끼지 않았다. 멀리서 오는 데다 '실업계 학생들' 이라는 것이 선정성을 더했기 때문이다. 매점 아주머니는 "고생 많이 한다"고 과자 하나를 더 얹어주셨고, 청소하는 아저씨들도 우리를 그냥 지나치지 않으셨다. 우리는 그런 시선들을 부담스러워하지 않고 즐겁게 받아들였다.

물론 매일 진지하게 공부만 했던 것은 아니다. 실없는 장난이 끊이지 않았고 어쩌다 간혹은 수업을 빼먹기도 했지만 그것은 계속 불을 때서 가야 하는 증기 기관차의 연기 구멍 같은 것이었다. 그렇게 긴장을 풀고 스트레스를 해소하는 통로가 없다면 얼마 가지 못해 폭발해버렸을 것이다.

고백하자면 나는 수능을 얼마 남기지 않은 10월 말부터 여자 친구를 사귀었다. 그 친구도 나와 같은 수험생이었다. 그래서 서로가 힘들 때 격려하고 의지가 되어주었다. 남들이 보기에는 정말 '철없는 행동'처럼 보였겠지만 우리는 든든하고 행복했다. 안타깝게도 길게 이어지지는 못했지만 지금도 정말 아름다운 추억으로 남아있다.

고등학생 정도면 아무리 철없이 보여도 자신과 사회에 대해 나름대로 인식하고 있다. 따라서 어떤 방식으로 공부를 하든 일단은 본인의 판단을 믿어주어야 한다. 가끔은 정상 궤도를 벗어나 달리는 것처럼 보여도 곧 제자리로 돌아오게 되어 있다. 무리하게 잡아당기거나 안으로 밀면 반대로 튕겨져 나가게 된다. 스스로 뜻을 세우면 자발적으로 하게 마련이다. 그것이 강제와 선택의 차이다.

수능공부 이렇게 했다

▶▶**수학**

수능 공부를 시작한 7월 당시 가장 부족한 것은 수학이었다.

5월쯤 수능 준비를 하던 3학년 형들이 모의고사 시험지를 갖고 와 한 번 풀어보라고 했다. 인문계 학교에서는 수학Ⅰ을 다 뗀 시기였는데, 우리 학교는 수학Ⅰ 진도가 절반도 못 나갔고 공통수학도 다 못 뗀 상태였다. 몇 문제나 제대로 풀 수 있을까 싶었는데 반 정도가 맞았다. 수능도 '하면 되겠구나' 싶은 자신감이 생겼다.

학원 강의를 한 달 반 동안 들은 후 8월 중순에 모의고사를 쳤다. 400점 만점에 355점이 나왔다. 점수 비중을 보면 언어 영역이 110점대, 수리탐구 영역이 100점대, 영어 영역이 70점대, 수학이 50점대였다. 수학 공부를 보다 집중적으로 그리고 심도 있게 할 필요가 있었다. 나는 전자계산기과 주임 선생님께 조언을 구했다. 우리 학교는 과 단위로 운영되기 때문에 같은 학년 다른 과 선생님들보다 학년이 달라도 같은 과 선생님들과 더 유대가 깊었다. 특히 그 선생님은 3학년 담임이시면서도 2학년인 내게 많은 관심을 가져주셨다.

"틀린 문제는 왜 틀렸는지 정확하게 알고 다음에 같은 문제를 틀리지 않으려면 오답노트를 만드는 것이 좋다."

"오답노트요?"

매일 수학 문제를 풀고 푼 문제들 중에 틀린 것들을 오려 붙이고 관련 사항들, 이를테면 적용해야 할 수식 같은 것들을 적는 노트를 만들라는 것이었다. 틀린 문제들을 다시 한 번 점검하면서 차츰 오류를 줄여갈 수 있는 좋은 방법이었다. 효율적인 수학공부를 위한 아주 중요하고 적절한 충고였다.

나는 다시 모의고사 문제지를 들고 수학 선생님을 찾아갔다. 먼저 시험지를 보여드렸더니 놀라셨다.

"본격적으로 공부한 지 한 달만에 받은 점수치고는 상당히 높은 점수구나. 그런데 평소에 수학공부를 어떻게 했니?"

그 때까지 내 공부 습관은 과목을 불문하고 '눈으로 읽기'였다. 수학책 역시 눈으로 읽었다. 중요한 공식들도 영어 단어처럼 읽으면서 머릿속에 집어넣었다. 직접 문제를 풀 때가 아니면 웬만해서는 펜을 사용하지 않았다.

"수학공부는 눈으로 되지 않는다. 문제를 풀 때 사용하는 공식은 아무리 단순해도 적는 습관을 길러라. 그 공식이 적용되는 문제에서는 머릿속에 완전히 새겨질 때까지 적어가면서 풀어라. 비슷한 유형의 문제를 풀면서 절대로 틀리지 않을 때까지 반복해서 적어라. 눈으로 읽으면서 하는 수학은 절대로 늘지 않는다.

또 하나, 문제를 직접 풀어보기 전에는 절대 답안지를 보지 말아라. 답안지로는 실력을 붙게 할 수 없다."

수학 공부를 하는 사람이면 누구나 아는 기초적인 방법이었다. 그러나 누구나 지키기는 어려운 방법이기도 했다. 나는 〈오답노트〉 만들기와 함께 이 두 가지 원칙을 충실하게 지켰다.

기초가 필요한 공부일수록 초반에 좀 더디더라도 우직하고 탄탄하게 바탕을 쌓는 것이 중요하다. 특히 수학은 단번에 점수를 올리기 어렵기 때문에 중도에 포기하지 않으려면 지루함을 이겨내는 인내심이 필요하다. 나는 틀린 문제들은 지겹고 괴로워도 확실히 알 때까지 계속 피드백하고, 어려운 문제라도 끝까지 풀었다. 머릿속에 박힐 정도로 반복하고 끈질기게 파고드는 것 이상 좋은 방법은 없었다.

한편으로는 신유형의 문제를 많이 접하려고 노력했다. 기초도 부족한데 응용력도 약했기 때문이다. 수리탐구 I 영역은 내적 수리영역과 외적 수리영역으로 나누는데 나는 외적 수리영역, 특히 기하학 쪽이 약했다. 기하학을 직관적으로 추론하는 것은 어느 정도 했는데 대수적으로 풀어내는 능력이 많이 부족했다. 그래서 약한 부분을 집중적으로 연습했다. 피하지 않고 정면으로 파고든 것이다.

2학년 말에 본 모의고사에서는 60대로 올랐고, 겨울방학 때는 70점대에 올라섰다. 점수가 오르니 재미가 붙었다. 시간이 지날수록 〈오답노트〉에 적는 문제들도 점점 줄어들었다. 틀린 문제에 대한 집중적인 피드백과 약한 부분에 대한 꾸준한 연습 등, 내 능력에 맞게 구축한 시스템이 효과를 발휘한 것 같다.

▶▶국어

영어 수학은 기초가 중요한 과목이라는 생각하는 반면 국어의 기초는 그리 심각하게 생각하지 않는다. 하지만 국어는 영어 수학 못지않게 탄탄한 기초 공사가 필요한 과목이다. 처음 모의고사를 봤을 때 언어 110점대였던 영역이 두 번째 시험에서는 백점대로 뚝 떨어졌다. 이미 여러 권의 문제집을 풀고 난 후였기 때문에 점수가 낮아진 것을 이해할 수 없었다. 당황한 나는 어디에 문제가 있는지 꼼꼼히 따져 봤다.

그 동안 넘기는 문제집으로 풀어본 모의고사 점수 분포가 들쭉날쭉했다. 최저 95점에서 최고 110점대까지 오르락내리락한 걸 보니 문제가 느껴졌다. 점수 분포폭이 넓다는 건 그만큼 불안정하다는 뜻이었다. 학원에서 본 모의고사 점수는 내 실력으로 나온 것이 아니었던 것이다. 국어 공부를 위한 계획을 세워야 할 필요를 느꼈다.

2학년 겨울 방학이 되자 어머니께서 친한 국어 선생님께 상담을 하셨다. 그 선생님은 고등학교 교사였는데 지도 실력도 탁월하셨지만 인격적으로도 배울 점이 많은 분이셨다.

"너는 국어 공부의 기초가 부족해. 국어는 문제집을 많이 푼다고 해서 잘할 수 있는 것이 아니거든. 국어의 기본은 '많이 읽는다' 야. 다양한 책을 통해 많은 지문을 접해 보고 데이터베이스가 쌓이면 국어 실력은 자연스럽게 붙게 되어 있어. 데이터베이스를 쌓아나가기는 만만치 않겠지만 시간이 좀 걸리더라도 차근차근 기본을 다져야만 확실한 실력을 기를 수 있어."

나의 책읽기는 편향되어 있었다. 평소에 관심이 있는 역사 사회나 과학 분야의 책들은 몇 번씩 반복해서 읽는 반면 문학책을 읽는 데는 소홀했다. 내용을 감성적으로 느끼고 이해하는 것보다 새로운 것을 아는 즐거움을 추구했던 것 같다. 책을 읽으면서 문장에 대한 성찰이나 문체의 아름다움을 느끼기보다는 지식을 전달하는 매체로 대한 셈이었다.

우리 학교는 국어 시간 외에 독서라는 과목이 있었다. 일주일에 한 시간씩 한 학기를 했는데 이 시간에 주로 국어 보충 수업을 했다. 인문계 학교에서 국어와 문학을 집중적으로 지도하는 데 비해 실업계는 상대적으로 비중도 약하고 진도도 느렸다. 학교에서는 수능을 위한 학습도 교양을 위한 문학 수업도 하기 힘들었다. 개인적으로 계획을 세워 책을 읽고 적용 능력을 기르는 것이 최선이었다.

겨울방학 때부터 수학과 국어의 비중을 같이 두고 공부하기 시작했다. 기초부터 시작하기에는 다소 늦은 감이 있었지만 해볼 만했다. 일단 공부를 시작하면 속도에 그리 연연하지 않고 깊고 넓게 파고드는 형이라 큰 부담을 느끼지 않았다.

나는 문학편과 비문학편의 지문들을 골고루 접하려고 노력했다. 비문학은 주로 명확한 이해와 독해에 역점을 두고 문제 연습 위주로 공부했다. 국어 이론은 이론대로 참고서를 가지고 정리했다. 문학은 시간을 내서 필요한 책들을 읽어나갔다. 책 선정은 문제집과 문학 참고서 실려 있는 지문들의 원전을 찾아서 통독했다. 그 덕분에 유명한 고전들을 비롯해 많은 문학 작품들을 읽을 수 있었다. 수능 국어 덕분에 교양 수업을 한 셈이었다.

3학년 때는 철학이나 사회학 등 인문학 쪽들의 책들도 읽었다. 루소의 『에밀』, 버틀란트 러셀의 『교육론』 등은 그 때 읽은 책들이다. 원래 관심이 많은 분야여서 시간에 쫓기면서도 재미있게 읽었다. 국어 성적도 안정되게 올라 자리를 잡았다.

▶▶영어

영어는 초등학교 때부터 꾸준히 해왔던 과목이라 기초부터 다시 할 필요는 없었다. 하지만 중학교나 고등학교 과정에서 다른 수험생들이 하는 만큼 많이 접하지 못했고, 요령있게 공부하지도 못했기 때문에 방법론을 지도받고 싶었다.

역시 어머니께서 좋은 선생님을 만나게 해주셨다. 고등학교 교

사이면서 영문학 박사 학위를 받으시고 계속 영문학 연구를 하시는 학자셨다. 선생님은 말씀하셨다.

"영어는 단어에 매달리기보다 문장 자체를 외우고 해석하는 것이 중요하다. 시험지에 나오는 지문은 전체를 암기해라. 그래야 단어를 운용하는 법과 문장 구성을 동시에 해결할 수 있다. 그리고 문장을 눈으로 읽고 쓰는 것에서 그치지 말고 입으로 웅얼거려라. 큰소리로 말해라."

간단히 말해 '외워라. 외쳐라. 그러면 터득하게 된다' 였다. 조선시대 선비들이 논어 맹자를 공부하는 방법을 그대로 따르는 것이다. 좋은 공부방법은 시대가 변해도 하나로 통하는 모양이었다. 공부의 효과에 절대적인 영향을 미치는 것은 시간 투자이고 요령은 단지 비례상수의 역할밖에 못하는 것 같다. 예나 지금이나 공부에 왕도는 없는 것이다.

그 때부터는 단순히 눈으로 지문을 읽고 문제를 푸는 데 그치지 않고 출제된 지문들을 다 외우기 시작했다. 지문 외우기는 확실히 효과적이었다. 지문 하나를 암기하는 것은 그 자체로 훌륭한 영어 예문들을 습득하는 것이었다. 문장을 외우는 것은 문장 구조와 더불어 단어의 여러 가지 적용과 해석 방법을 동시에 터득하는 방법이었다.

지문을 많이 외우는 것은 작문에도 큰 도움이 되었다. 그 전까지는 아주 기초적인 수준이었던 영작 실력이 지문을 외우면서 한층 다양해지고 윤택해졌다. 영어로 문학 공부를 할 정도까지는 아니더라도 다른 공부를 하기 위해 필요한 도구로써 읽기, 쓰기, 말하기 능력은 수능 공부를 하면서 갖추게 되었다.

하지만 분명히 한계도 있다. 집중적이고 다양한 작품 섭렵과 영어 지문 외우기에도 불구하고 나는 여전히 문학에 약하다. 대학에 들어와서도 〈영어산문강독〉의 점수가 다른 영어 과목의 점수보다 낮은 편이다. 어떤 방법론을 가지고 분석적으로 접근하는 어학은 공부하기 편한 반면 감각적이고 감성적 접근을 요구하는 문학은 까다롭게 느껴진다. 아무래도 문학적 재능이나 감성은 타고나야 하는 것 같다.

▶▶수리탐구 II

수리탐구 II로 분류되는 물리, 화학, 지구과학, 생물은 2학년 2학기 말부터 시작했다. 인문계 학생들은 주로 3학년 여름부터 집중한다고 들었지만 나는 미리 준비를 해둘 필요가 있었다. 주중에는 학원에서 국어 영어 수학을 위주로 공부하고 수리탐구 II 과목들은 주말에 집중해서 했다.

처음에는 네 과목의 점수 강약이 확연하게 구분되었다. 화학과 지구과학은 강했고 물리와 생물은 약했다. 화학은 네 과목 중에서 진도를 제대로 나간 과목이었기 때문에 공부하기가 쉬웠다. 지구과학은 어려서부터 천문학에 관심이 있었기 때문에 아주 재미있었다. 관심이 있고 재미도 있으니 당연히 성적도 잘 나왔다.

문제는 생물과 물리였다. 특히 생물은 아주 약했다. 진도를 다

나가지도 못한데다 단순 암기를 많이 해야 하기 때문에 공부 자체가 재미없었다. 참고서와 문제집을 보면서 외우는 수밖에는 방법이 없었다.

물리도 비슷한 상황이었다. 수험생들 사이에는 "나는 제물포야"라는 말이 심심치 않게 돌았다. '제기랄 물리 포기할까보다' 혹은 물리 선생 잘못 만난 걸 탓하며 "쟤 때문에 물리 포기했어"라는 뜻으로 쓰는 말이었다. 처음 물리 공부를 시작할 때는 나도 거의 제물포였다. 물리의 기본적인 메커니즘 자체가 머리에 들어오지 않았다. 고등학교까지 공부한 물리는 단순 공식 위주의 암기 과목이었기 때문이다.

물리를 암기 과목 취급한 건 크게 잘못된 것이었다. 물리의 기본적인 이치를 배제하고 시험을 위한 공식을 위주로 가르치는 교육에 문제가 있었다. 물리에 대해 제대로 알게 된 것은 대학에 들어와서였다. 알고 보니 물리는 대단히 철학적이고 직관적인 학문이었다. 공식을 외우는 게 아니라 원리를 적용해서 수학적으로 깨끗하게 풀어내는 게 굉장히 매력적이었다. 그래서 지금은 시험과 무관하게 꾸준히 물리 공부를 계속하고 있다.

어쨌든 공부를 시작했을 당시에 물리는 거의 손을 대기가 어려운 지경이어서 그나마 좀 나은 생물부터 시작했다. 진도도 다 못 뗀 상태여서 일단 기본적인 것을 배워나갔다. 그리고 일단 배운 것은 대책 없이 그냥 외웠다. 문제집을 푼 것은 훨씬 나중이었다.

화학은 진도를 그런대로 따라갔고 제일 좋아하는 지구과학은 흠뻑 빠져서 공부했다.

▶▶사회 탐구

사회탐구 영역은 원래 흥미가 있던 분야라서 사실 크게 걱정하지는 않았다. 평소에 읽어둔 『먼 나라 이웃나라』나 『이야기 한국사』 등이 공부에 많은 도움이 될 거라고 생각했다. 그러나 막상 공부를 시작하자 '입시의 벽은 과연 높다'는 걸 느꼈다.

만만하게 본 국사 점수가 나오지 않았다. 내가 읽은 『이야기 한국사』는 인물과 사건 중심의 이야기였는데 수능 국사는 암기 과목이었던 것이다. 숱한 연대와 지명과 사건의 이름들이 암기를 요구했다. 하는 수 없이 한동안은 국사도 외웠다.

정말 재미없는 암기과목이 될 뻔한 국사에 애정을 갖게 된 것은 암기 방식의 변화 때문이었다. 학원에 다니면서부터 외우는 방식을 내 식대로 바꿔나갔다. 개별 사안을 단순히 순서대로 외우는 게 아니라 정치사, 경제사, 문화사 등으로 분류해서 각 분야별로 관통하는 맥을 중심으로 외우는 것이다. 경제사부터 시작했다. 경제사는 조세 제도가 중심이었다. 조세 제도의 변천 과정을 따라가보면 자연히 경제사가 정리되었다. 정치사와 문화사 역시 한 가지 주제를 중심으로 체계를 세웠다. 이렇게 분야별로 맥을 짚어나가면서 무턱대고 외우기에서 벗어날 수 있었다.

또다른 암초는 지리였다. 역시 암기적 성격이 강한데다 기초도 부족했다. 지리라는 과목 자체를 접한 기간이 짧아 기초를 제대로 쌓을 수가 없었기 때문이다. 학원을 수강하면서부터 본격적인 공부를 시작했는데, 결국 암기에서 벗어나지 못했다.

일반 사회는 사회탐구 과목 중 그나마 점수가 잘 나오는 편이었고, 윤리는 철학에 관심이 있어서 책을 읽어둔 덕에 그럭저럭 해나갔다.

사회탐구는 전반적으로 좋아하는 것과 시험 성적과는 다르다는 걸 알게 했다. 그 분야에 대해 제대로 알고 있는지를 측정하기 위해 단답형의 정답만을 요구하는 체계가 나와는 맞지 않는 것 같다. 하지만 수험생에게 주어진 조건은 기본적으로 같다. 숫자만 보면 현기증이 나는 사람도 수학 시험을 쳐야 하고, 지문이 세 줄을 넘으면 졸리는 사람도 국어 시험을 봐야 한다. 잘하는 것, 좋아하는 것으로 경쟁하는 경기가 아니라, 하고 싶은 것, 원하는 것을 하기 위해 통과해야 할 공통의 관문이기 때문이다.

수능은 과정일 뿐 목적 그 자체가 아니다. 그렇다면 전력 질주를 해서 고행 기간을 단축하는 것이 현명하지 않을까.

틈틈이
즐겁게

3학년이 되자 시간표가 단순하면서도 타이트해졌다. 학교에서 보충수업을 마치고 학원에서 가서 10시까지 수업을 들었다. 집에 오는 데 한 시간 정도 걸리는데 오자마자 씻고 자기 바빴다. 다음날 새벽 5시 반에 일어나서 6시 20분쯤 학교로 향했다. 실업계라서 '0교시 수업'은 없었지만 일찍 가서 부족한 공부를 했다. 정규 수업 시간 마치고 보충수업을 했지만 인문계에서 하는 야간자습은 없었다. 대신 학원에 가서 단과 강의를 들었다. 시간표로 보면 변화도 없고 피곤한 생활이었다.

시간상 수능 준비에 총력을 기울여야 했지만 그런 중에도 학교는 여전히 큰 비중을 차지했다.

2학년 때 전자계산기과 주임이셨던 선생님이 담임이 되셨다. 담임선생님은 전공 과목 실력도 있는 분이었지만 인격적으로 훌륭한 교사였다. 우리 반 아이들을 하나하나 세심하게 살피시고 친절하게 챙겨주셨다. 입시 준비를 하고 있는 학생들은 다른 반 아이들까지 점심시간과 쉬는 시간을 쪼개 면담을 하셨다. 일괄적이고 포괄적인 상담이 아니라 각 사람의 수준과 상황에 맞는 맞춤형 면담이었다. 선생님의 조언은 공부법이나 컨디션 조절에 많은 도움이 되었지만 우리의 인성을 다듬는 데 더욱 큰 도움이 되었다.

나는 선생님 복이 많다. 수능 준비를 하면서도 실력과 인격을 함께 갖춘 선생님들을 만났지만, 우리 학교 선생님들도 더없이 좋으셨다. 인문계와 다르게 과별로 학사 운영을 하는 학교의 특성상 학년보다 과별 연계망이 돈독했다. 특히 전자계산기과의 경우는 선생님들의 열의가 대단했다. 학과에 대한 전문성과 학생들에 대한 열의 그리고 선생님들 사이의 유대감 등은 전체적인 학교 분위기를 부드럽고도 열정적으로 만들었다. 엄마에게 이 학교를 소개한 선생님이 받은 깊은 인상과 감동은 바로 여기서 비롯된 것이었다. 나는 정말 학교를 잘 선택한 것이다.

졸업을 앞둔 만큼 전공과목의 비중도 높아지고 실습에도 점점 무게가 주어졌다. 수능 준비에 힘을 싣는다는 작전으로 수업을 소홀히 할 수도 있었지만 나는 학교 수업에 충실했다. 실습도 재미가 있어서 취미 생활하듯이 즐겁게 했다.

학원은 여전히 단과문과 친구들과 함께 다녔다. 과목별로 효과적인 공부 방법을 나누기도 하고 힘들 때는 서로 격려하기도 했다. 하지만 항상 시험과 점수에 찌들려 있었던 건 아니다. 우리는 대부분의 시간을 공부에 집중했지만 조금이라도 틈이 생기면 공부를 잊고 신나게 놀았다.

보충수업까지 다 마쳐도 학원 수업까지는 약간의 여유가 있었다. 인문계 학교의 야간자습 시간이 비는 것이다. 그 한 시간 정도를 친구들과 함께 학원 근처에서 보냈다. 오락실에서 오락도 하고 노래도 부르고 밥도 든든하게 먹었다. 가끔은 너무 든든하게 먹은 밥 때문에 첫 강의 시간을 깊은 명상에 잠겨 꿈처럼 흘러 보낼 때도 있었다. 그 시간을 즐기기 위해 첫 시간은 되도록 부담이 적은 과목을 선택하기도 했다. 집에 가는 전철 안에서는 어린애처럼 치고 받는 장난도 즐겼다. 이런 시간들은 오로지 학교 공부와 학원 공부로만 양분되는 고3시절의 건조한 틈새를 부드럽게 이어주는 윤활유였다.

중압감이 클수록 풀고 조이는 긴장 조절을 잘 해야 한다. 뜻이 같고 환경이 비슷한 친구들과의 상호작용은 혼자 분투하는 것보다 큰 시너지 효과를 내는 것 같다. 나와 함께 공부한 다섯 친구는 중도에 포기하거나 탈락하지 않고 모두 대학에 갔다.

끝까지
침착하게

여름에 들어서면서 공부의 패턴을 조금 바꾸었다. 그 동
안에는 주중에는 국어 영어 수학을 공부하고 주말에 수리탐구Ⅱ 과목
들을 정리했는데, 패턴을 바꿔 주중에 수리탐구Ⅱ의 과목들을 하고 주
말에 국어 영어 수학을 보충했다.

국어는 110점대에 진입하고 있었지만 총점 390점 이상 받으려
면 더 끌어올려야 했다. 아직 읽은 작품이 많이 부족하다고 판단해 책
을 열심히 읽었다. 그리고 여러 가지 문제 유형을 많이 접했다. 맛보
기 수준이었지만 다양한 형태의 문제들을 많이 접해 보는 것이 어떤
문제든 자신감을 갖고 대하는 요령이었다. 책을 읽는 데 여전히 많은

시간을 투자하고 여러 유형의 문제에 두루 적용하는 동안 점수가 떨어지는 적도 있었다. 공부하는 방법이 바뀌면 새로운 스타일에 적응하는 기간이 있어서 점수가 잠시 주춤거리거나 내려가기도 한다. 하지만 그런 과정에도 흔들리지 않고 기초를 튼튼히 쌓아가면 점수는 차츰 오르고 안정된다.

수학은 기본 패턴을 바꾸지 않고 〈오답노트〉도 꾸준히 만들어나갔다. 문제도 열심히 풀었다. 반복되는 유형은 아예 문제를 외워나갔다. 시간이 지날수록 노트에 적는 문제의 수가 점점 줄어들었다. 같은 유형의 오답이 얼마나 생기는지도 표시했는데 역시 겹치는 횟수가 눈에 띄게 줄어들었다. 〈오답노트〉는 수학 실력을 분석하고 진단하는 데 아주 효과적이었다.

영어는 공부 방법을 특별히 바꾸지 않았다. 지문 전체를 적극적으로 웅얼거리고 소리치며 읽고 외워 머릿속에 확실하게 넣어두려고 노력했다. 영어는 수능을 위해 준비했다기보다 앞으로 살아가는 데 필수적인 도구로 생각하고 공부했다. 영어는 이제 세계어가 되었다. 컴퓨터와 인터넷이 열어 놓은 온라인 세계에서도 영어가 공통어로 사용된다. 소통의 도구로서 영어의 영역은 점점 넓어지고 있기 때문에 입시가 아니라도 공부해야 한다고 생각했다.

수능 영어의 단어와 문장은 기본이 되는 것들이라서 지금도 유용하게 사용하고 있다. 문학서적을 읽고 느끼는 데는 부족하겠지만 전공서적을 보는 도구로서 사용하는 데는 불편하지 않다.

크게 소리 내어 읽고 외우는 방식은 회화의 첫걸음이기도 하다. 외운 걸 반복하는 수준이라도 말하는 데 두려움이 가시고 익숙해지면 회화도 쉬워진다. 3학년 1학기부터 세 번에 걸쳐 텝스 시험을 봐서 세 번째 719점을 받았다. 썩 높은 점수는 아니지만 중상급 회화 수준은 되는 셈이다.

화학은 문제집 풀이를 계속하면서 거의 완료되어 있었고, 지구과학은 안심해도 되는 단계였고, 생물과 물리는 무작정 외우기로 따라잡아나갔다.

국사는 분야별로 맥을 세우는 방법을 계속 고수했고 지리, 일반사회, 윤리는 크게 걱정하지 않아도 될 만큼 정리되어 있었다.

2학기가 되자 과목별 총정리 끝내기 수순에 들어갔다.

공부 방법을 완전히 바꾸어 이 때부터는 모든 과목을 문제집 풀기에 집중했다. 새로운 것을 아는 것보다 알고 있는 것들을 잊지 않도록 효과적으로 정리하기에는 문제집이 가장 좋다. 그래서 어떤 날은 넘기는 문제집을 과목당 한 권씩 풀어제끼기도 했다. 물론 수리탐구Ⅱ 같은 경우에는 과목별 문제집이 아니라 탐구영역별로 묶인 걸 풀었다.

문제집을 풀수록 가속도가 붙어 나중에는 거의 문제집 사냥 수준으로 온갖 문제집을 다 풀었다. 문제집 풀기에도 재미가 붙었다. 어떤 문제집이든 한 권을 다 풀어서 '획' 던져 버리는 맛이 있었다. 그 맛에 길들여서 문제집이라고 이름 붙은 것들은 아주 군소 출판사에서 나온 것들까지 다 풀었다. 얼마나 열심히 그리고 샅샅이 풀었는지 어느 날 보니 서점에 있는 문제집 중에 내 손을 거치지 않은 것이 하나도 없었다. 그게 신기하기도 하고 색다른 재미를 주기도 했다.

함께 공부하는 친구들과 지도하시는 선생님들도 끝까지 고삐를 늦추지 않았다. 각 과목별로 등급을 메기고 목표 점수를 정하고, 거기에 도달하기 위해 부족한 것과 필요한 것을 체크했다. 부족한 부분은 담임선생님과 각 과목 선생님들께 돌아가면서 상담을 하고 조언을 들었다.

이렇게 해서 3학년 말 모의고사에 397.5점을 받았다.

엄마가
문을 닫고
나가셨을 때

나는 서울대에서 두 번의 시험을 치렀다. 학교장 추천으로
보는 수시 모집과 특차 응시. 수시에서 떨어지고 특차에 붙었다. 그 두
시험의 차이는 낙방과 합격의 차이 만큼이나 컸다. 두 시험 사이에 나
는 목표를 수정하고 방향을 전환했기 때문이다. 그리고 그 두 시험 사
이의 간격은 이런 큰 변화와는 또다른 측면에서 많은 것을 생각하고
경험한 시간이었다.

수시 원서는 서울대 법대에 냈다. 그 때까지는 법 공부에 대한
미련이 남아 있었던 것 같다.

사법고시를 본 경험이 있어서 법학이 낯설지 않았고 면접에도
최선을 다했지만 떨어졌다. 수시 모집의 주요 요건인 내신성적도 최상

위였고, 논술을 겸한 면접도 무리 없이 치렀다고 생각했는데 떨어진 것이다. 내신은 문젯거리가 될 수 없었고 논술이 기준에 미달되었을지도 모른다고 생각했다. 하지만 시험을 보고 와서 학원 논술 선생님을 찾아가 출제 문제와 내가 쓴 내용을 말씀드렸을 때 선생님은 "아, 그런 것도 가능하겠구나" 하고 깜짝 놀라셨다. 적어도 내가 쓴 내용에 대해 다섯 분 중 네 분 선생님은 아주 신선하고 독창적인 접근방식이라고 하셨다. 다른 사람들이 얼마나 더 탁월하게 썼는지 모르지만 적어도 내 답안이 진부하거나 함량 미달은 아니었다고 확신한다.

나는 새삼스럽게 내가 가진 배경과 조건 등에 대해서 생각했다. '검정고시 출신에 지방에 있는 실업계 학교 재학중.' 서울대 법대 교수님들은 실업계인데다 나이까지 어린 나의 대학수학 능력을 의심하셨던 것 같다. 어차피 학과에서 요구하는 수능 성적 10퍼센트 안에 들수 없는 학생이라고 생각하셨을 것이다. 그러니 일찌감치 떨어뜨리는게 낫다고.

어떤 이유에선지는 분명하지 않지만 어쨌든 떨어진 것만은 확실했다. 아직 수능이 남아 있으니 초연하고 싶었지만 아무래도 충격을 떨칠 수가 없었다. 그 날은 아무것도 하기 싫었다.

집에 돌아와서 아버지께 오늘 하루는 쉬고 싶다고 말씀드렸다. 아버지께서도 쉬는 게 좋겠다고 하셨다. 수시고 수능이고 모든 걸 잊고 싶은 마음에 비디오를 빌려 보기로 했다. 뭔가에 빠져서 시간을 보내고나면 기분이 달라질 것 같았다. 그래서 순전히 킬링타임용으로 선택한 비디오가 이정현 주연의 '하피'였다. 표지가 붉은색으로 되어 있고 내용도 폭력적으로 보이는 B급 공포물이었다. 낄낄거리면서 열심히 보긴 했는데 무슨 내용인지는 전혀 생각이 나지 않는 류의 영화.

비디오를 보고 있는 중에 엄마가 퇴근을 하셨다. 그런데 현관문을 열고 막 들어서려던 엄마가 나와 눈길이 마주치자 다시 문을 닫고 나가셨다. 안색이 변하신 채로.

나는 사태를 금방 파악했다. 엄마는 시험에 떨어지고나서도 비디오나 보면서 낄낄거리고 있는 나를 보고 충격을 받으셨던 것이다.

나는 엄마가 나가신 후에도 비디오를 끝까지 봤다. 엄마와 눈이 마주친 순간은 움찔했지만 그 위력에 완전히 무너질 정도는 아니었다. 나는 엄마가 왜 문을 닫고 나가셨는지 잘 알고 있었다. 엄마는 내가 풀이 죽어 책상 앞에 앉아 있을 거라고 생각하셨을 것이다. 만약 그랬더라면 다정한 말로 나를 위로한 다음, 실망하지 말고 앞으로 남은 시간 동안 더 열심히 해야 한다고 차분하게 말씀하셨을 것이다. 그런데 예상과 달리 내가 비디오 앞에서 희희낙락하고 있으니 배신감 비슷한 감정을 느끼셨던 것 같다.

엄마가 어떤 분이라는 걸 잘 알고 있기 때문에 엄마의 충격을 이해했다. 하지만 충격을 받기는 나도 마찬가지였다. 다른 시험에서도 떨어져본 경험이 있긴 했지만 아무래도 대학입학 시험은 달랐다. 심리적으로나 실제적으로나 시험 자체가 가지는 비중이 컸고 충격도 컸다. 다른 시험에 떨어졌을 때도 실망이 되고 허탈감을 맛보았다. 하지만 그건 잠시였다. 떨어지긴 했지만 열심히 한 공부가 무용한 것도 아니고 기회가 사라진 것도 아니기 때문에 곧 '다음'을 기약했다. 그런데 수시에 떨어졌다는 소리를 들었을 때는 가슴이 '쿵' 하고 내려앉는 느낌이었고, 기회는 아직 남아있다고 몇 번이나 되뇌었지만 마음의 혼란이 곧바로 수습되지 않았다.

도끼가 이리저리 날아다니는데도 웃음이 나는 어설픈 공포물을 보면서 나는 어쩔 수 없이 일어나는 실망감과 불안감 따위를 날려보내고 있었다. 너털웃음을 웃으면서 '시험에서 떨어졌다'는 기억을 지워가고 있었던 것이다. 실패는 빨리 잊어버릴수록 좋다고 생각했고 그러기 위해서는 과정이 필요했다. 황당한 비디오에 빠져 실실거리는 과정이 없었다면 그 다음날 바로 책을 잡지 못했을 것이다.

저녁에 들어오신 엄마는 '지금이 얼마나 중요한 때'인지를 강조하셨다. 그리고 그 동안 못마땅했던 것들에 대해서도 말씀하셨다. 엄마가 보시기에 나는 다른 수험생의 십분의 일만큼도 공부를 하지 않는데다가 수능의 중요성을 제대로 인식하지 못하는 철부지였다.

엄마는 무슨 일이든 "마음 먹었을 때 당장 시작하라"고 하신다. 그것은 말로만 하는 충고가 아니라 엄마 자신이 실제로 나에게 보여준 모습이다.

하지만 엄마는 내가 실패를 극복하는 방법은 인정해주시지 않는 것 같다. 나는 실패의 충격에서 가능한 빨리 벗어나 마음을 새롭게 해야 한다는 데는 동의하지만, 그게 "지금 당장"이어야 한다고 생각하

지는 않는다. 아무렇지도 않다고 스스로를 타이른다고 해서 실패의
충격이 금방 사라지지는 않는다. 마음이 흐트러져 있는 상태에서는
책을 펴놓는다고 공부가 될 리 없다. 나는 공부하는 데 하루 이틀이 그
리 중요하다고 생각하지 않는다. 그보다는 마음에 남아있는 미련과
패배감을 완전히 씻어내는 게 더 중요하다. 이 부분이 바로 엄마와 나
의 차이다.

대한민국 부모님들이 아셔야 할 것

성격 유형 검사인 MBTI 분류에 따르면 나는 ENFP이고 엄마는 ESFJ이다. ENFP형은 외향, 직관, 감정, 인식에 선호도가 강한 반면, ESFJ는 외향, 감각, 감정, 판단에 강하다. 여기서 엄마와 내가 자주 부딪히는 건 J와 P, 즉 판단과 인식적 측면이다. 판단형은 분명한 목적과 방향이 있으며 기한을 엄수하고 철저히 사전 계획적이며 체계적이다. 반면 인식형은 목적과 방향이 변화 가능하고 상황에 따라 일정이 달라지며 자율적이고 융통성이 있다.

판단형인 엄마는 어떤 일이든 분명한 목적 의식과 방향을 설정하고 결론을 신속하게 낸 후 치밀하게 계획을 세우고 의지를 가지고 추진한다. 그런데 인식형인 나는 출발부터 목적과 방향은 얼마든지 변화할 수 있다고 개방적으로 생각하고 상황에 맞추어 융통성 있게, 유유자적하게 진행해나간다. 엄마는 뭔가 계획을 세우면 그 목적을 달성할 때까지 어떤 일이 있어도 곧게 수행해 나가는데, 나는 방향만 설정해 놓고 상황에 따라 추진하는 스타일이다. 엄마는 계획성과 추진력이 있는 반면 유연성이 떨어진다면, 나는 융통성이 있는 대신 많은 일을 닥쳐서 허겁지겁하거나 마무리를 깔끔하게 하지 못하는 단점이 있다.

그러나 이건 옳고 그름의 문제가 아니라 선천적인 경향성의 차이다. 의지가 개입되기 이전에 나오는 행동과 선택이기 때문에 자신의 성향과 다르다고 일방적으로 상대를 탓해서는 안 된다. 엄마와 나는 다른 경향성을 갖고 있지만 다행히 그것을 인식하고 있고 이해하기 때문에 생각의 차이를 조절하기가 비교적 쉬웠다.

엄마에게는 어떤 문제의 여파가 상당히 오래 가는 대신 그것이 더 좋은 결과를 얻는 계기가 된다. '와신상담(臥薪嘗膽)' 이라는 말처럼 실패를 도약의 발판으로 삼는 셈이다. 그런데 나는 실패의 충격이 하루 이상 간 적이 별로 없다. 웬만한 일은 자고 일어나면 잊어버린다. 수시에서 떨어졌을 때는 상당한 충격을 받았지만 그 날로 털었다. 그 다음날도 내가 떨어졌다는 사실이 인식되긴 했지만 씁쓸한 감정에 매달려 있진 않았다. '모든 길이 막힌 건 아니다. 수능으로 가면 된다' 고 생각했다.

나는 이미 돌이킬 수 없는 지난 일에 미련을 두거나 오래 고민

전체는 없다

하지 않는다. 많은 시간과 노력을 투자한 일이라도 아니라고 판단되면 곧바로 다른 길을 찾는다. 또 이루지 못했다고 해서 공부에 쏟는 시간과 노력을 아까워하지도 않는다. 어떤 공부든 일단 해두면 어딘가에는 소용이 된다고 생각하기 때문이다. 만일 수능에서 떨어졌다 해도 나는 '두 번 공부하면 한 번보다는 더 확실하겠지' 생각하고 다시 열심히 공부했을 것이다.

이런 성격이 다른 사람들에게는 의아스러워 보이는 것 같다. 특히 엄마처럼 목표한 대로 이루어야만 그 일에서 벗어나는 사람들은 나 같은 유형을 이해하기 힘들다. 그래서 본의 아니게 엄마를 화나게 했던 것이다.

엄마와 나 사이에는 치명적이진 않지만 경향 차이로 인한 갈등과 긴장이 내재해 있었다. 특히 수능 준비를 할 때는 그 긴장의 강도가 한층 팽팽하게 당겨져 있었던 것 같다. 엄마 생각에 수험생은 밤낮을 가리지 않고, 주중과 주말에 상관없이 공부에 매달려 있어야 하는데 나는 그렇지 못했다.

나는 어떤 시험 준비를 하든 공부와 놀이를 적당히 병행했다. 놀이는 대부분 컴퓨터를 하는 것이었는데 엄마는 공부와 직접적인 관련이 없는 데 들이는 시간을 아깝게 생각하셨다. 밥 먹고 잠자는 시간 외에는 공부에 매달려 있는 수험생들 이야기를 많이 듣는 엄마에게, 쉬는 시간을 잘 챙기는 내 모습이 곱게 보였을 리 없었다.

하지만 그렇다고 나를 엄마 성에 찰 만큼 통제하려 하지는 않으셨다. 평일에 컴퓨터 앞에 앉아 있는 걸 보면 "지금 네가 그걸 하고 있을 때냐. 시간이 얼마 없다"라고 하시는 정도였다. 우리 집에서는 공부에 대해 특별히 간섭하는 사람이 없었기 때문에 엄마의 그런 압력조차 없었더라면 나 스스로를 통제하기 어려웠을지도 모른다.

하지만 만일 엄마가 만족스러울 만큼 깊이 공부에 간여하려 했다면 오히려 역효과를 낳았을 것이다. 열심히 공부해야 한다는 걸 모르는 것도 아니고, 하라고 윽박지른다고 되는 것도 아닌데 누가 시킨다고 고분고분 따랐을 것 같지는 않다. 서로 감정만 상한 채 갈등의 골이 깊어졌을 것이다.

다른 수험생들 역시 비슷한 갈등을 겪고 있을 것이라고 생각한다. 그래서 수험생을 둔 부모님들께 간곡하게 말씀드리고 싶다.

밤낮으로 공부에 매달려도 시원찮을 것 같은데 아침 저녁으로 펑펑 놀고 있는 걸 보면 속이 상하겠지만, 학생들도 아무 생각 없이 그렇게 놀고 있는 것이 아니라는 걸, 대한민국 부모님들이 좀 알아주셨으면 좋겠다. 특히 성적이 떨어졌거나 시험에 실패한 후에 보이는 행동에 대해서는 일단 이해하려는 마음이 필요하다고 생각한다. 시간이 촉박하다는 이유로 성급하게 휘어잡으려 들면 그 탄력으로 튕겨져 나가버린다. 시간이 급할수록 조급하게 몰아세우는 건 부모님에 대한 반발심과 미래에 대한 두려움만 자극할 뿐이다.

탈선의 충동은 누구나 갖고 있다. 심리적으로 불안할수록 흐트러지고 싶은 유혹은 강하고 잠시라도 모든 걸 잊을 수 있는 도피처를 찾게 된다. 그 도피처는 사람에 따라 여러 유형으로 나타나겠지만, 시간이 좀 흐르고 냉철한 판단이 돌아오면 다시 제자리로 돌아오게 되어 있다. 그런 때일수록 부모님들이 아이를 신뢰하고 마음을 정리할 여유를 주셨으면 좋겠다.

다행히 엄마와 나 사이에 흘렀던 갈등과 긴장은 나태해지려는 나를 추스르는 데 도움이 된 것 같다. 아마 서로의 다른 기질을 잘 알고 있었기 때문에 갈등을 극단적으로 증폭시키지 않을 수 있었던 것 같다.

어떤 원인에서든 마찰이 생길 때는 마음을 터놓고 나누는 대화가 굉장히 중요하다. 그런데 대화를 하더라도 상대방이 어떤 경향성의 사람인지, 극한 상황에 부딪혔을 때 그 경향성은 어떻게 작용하는지 알아두면 더 좋을 것 같다. 그래야 상대를 일방적으로 추궁하거나 서로 자기 주장만 내세우는 설전이 아니라 진정으로 마음이 오가는 대화가 될 수 있기 때문이다.

그런 의미에서, 기회가 주어진다면 MBTI 검사를 받아보라고 권하고 싶다. 심리 검사가 정확하다고도 말할 수 없고 절대적으로 의존할 것도 아니지만, 대화가 제대로 되지 않고 갈등이 지속된다면 시도해 볼 수 있는 방법 중 하나다.

성격 유형이 16가지로 표준화되어 있어 기계적으로 나눈 것 같지만 상담원이 실제 해석을 할 때는 각자의 정황에 맞게 아날로그적으로 설명을 해준다. 유형이 분명하지 않은 경우에도 적절하게 해석하는 방법이 있다. 그것을 통해 상대방을 객관적으로 바라보게 되고 문제의 실마리를 찾을 수 있다.

　심리 검사는 스스로를 진단하는 데도 아주 유용하지만, 자신과 너무 다른 상대를 이해하는 좋은 자료가 되는 것 같다.

목표를
수정하다

실패는 사람을 좌절하게도 하지만 목표를 다시 생각해
볼 기회가 되기도 한다.

수시를 보기 위해 서울대에 갔을 때 내가 정말 법대를 가려고
하는 목적이 궁극적으로 어디에 있는지를 다시 생각했다. 법을 학문적
으로 연구하기 위해서라기보다 고시를 보겠다는 목적 의식이 강했다.
구체적으로 말해 고시를 봐서 정보 관련 전담 검사가 되는 것, 그것이
궁극적인 목표였다. 그것을 위해 대학입시와 전쟁을 치르고 있는 것이
다. 그런데 그것이 정말 내가 하고 싶은 일인가. 그 외에 다른 목적은
없는 걸까.

많은 사람들이 고시에 도전하고 있다. 대부분의 사람들은 사회

를 정의롭게 하는 데 일조하겠다는 뜻을 품고 도전하겠지만 고시는 여전히 신분 상승의 수단이자 출세의 징표로 여겨진다. 내 마음 속에는 혹시 고시를 출세의 발판으로 삼으려는 욕망이 숨어 있는 건 아닐까. 고시를 통해 출세를 하는 것이 과연 내가 원하는 삶일까. 소신을 굽히지 않고 투철한 법 정신을 관철시키며 일하는 분들을 존경하긴 하지만 판검사나 변호사가 과연 나에게 맞는 직업일까.

내가 원했던 것은 인문학이든 컴퓨터든 기능적으로 적용하는 것보다는 학문적으로 연구하는 것이었다. 어느 한 분야를 깊이 있게 연구하는 학자가 되고 싶었다. 그래서 컴퓨터를 좋아하면서도 문과를 택하지 않았는가.

수시를 기점으로 나는 원점에 서서 다시 생각했다. 내가 추구하고 싶은 삶과 공부가 유리되어서는 안 된다고 생각했다. 내가 법을 택한 것은 연구하기 위해서가 아니라 법을 업무의 도구로 사용하는 사람이 되기 위해서이다. 하지만 내가 하고 싶은 건 어떤 도구를 능숙하게 사용하는 것이 아니라 한 분야를 창조적으로 연구하는 것이다. 그렇다면 고시 합격을 목표로 한 법 공부는 나와 맞지 않는 길이다.

생각이 여기에 이르자 나는 고시에 대한 미련을 접고 학문을 하는 쪽으로 마음을 굳혔다.

학문을 하기로 결정하고 나니 선택이 문학, 역사, 철학으로 좁혀졌다. 사실 내 적성이 문과와 이과 중 어느 한 쪽에 편중되어 있다고 생각하지는 않았다. 하지만 코앞에 닥친 수능을 생각할 때, 문과가 이

과보다 공부할 양이 적다는 점이 선택에 결정적인 요인이 되었다.

물망에 오른 문·사·철 중 일단 문학은 기질과 능력상 내 길이 아니라는 것이 명확했다. 역사와 철학은 두 분야 모두 관심도 있고 공부도 해낼 수 있을 것 같았다. 그렇다면 합격 가능성에 대한 현실적인 판단이 필요했다. 어느 한 쪽에 더 마음이 기우는 것도 아니라서 일단 점수를 보고 붙을 가능성이 있는 곳에 원서를 넣기로 했다.

수능 점수는 391.3점이 나왔다.

점수를 보는 순간 회심의 미소를 지었다. 이 정도라면 역사든 철학이든 무난히 갈 수 있을 거라고 생각했다. 그러나 그 미소는 곧 차갑게 얼어붙고 말았다. 만점에서 8.7이 모자란 내 앞으로 3천 명이나 몰려 있었던 것이다.

2000년 수능은 입시 담당 교사들이 갈피를 잡을 수 없을 만큼 점수 인플레이였다. 시험을 마치고 나와 답안을 맞춰봤을 때는 모두 "와~"하고 함성을 질렀지만, 그 다음날 바로 같은 입에서 "우-쉬!"하고 욕이 나왔다. 뉴스에서는 평균 30점이 올랐다고 했고 실제로 그랬다. 수능이 쉬워도 수험생이 힘들기는 마찬가지였다.

수시 다음에 특차를 낼 수 있지만 그 당시 서울대 인문대에는 특차가 없었다. 특차 응시를 하려면 사범대학에 내는 수밖에 없었다. 점수분석표를 가지고 내 점수로 갈 수 있는 곳을 따져보니 사범대 역사교육과, 국민윤리교육과 그리고 농경제사회학부였다. 일단 농경제

사회학부는 내가 원하던 학과와 거리가 멀었고 내가 할 수 있는 공부도 아니었다. 그렇다면 선택은 둘 중 하나였다.

결국 국민윤리교육과에 원서를 넣었다. 모험지원이었다. 학교에서도 약간 위험하다고 했다. 그러나 떨어져도 내가 공부하고 싶은 데 도전하고 싶었다. 설사 떨어진다 해도 정시 모집이 남아 있기 때문에 기회는 한 번 더 있었다. 정시 때는 철학과까지 써볼 생각이었다.

원서를 넣고난 후에는 교육학책과 철학책을 찾아 읽기 시작했다. 루소의 『에밀』, 칸트의 『순수이성비판』, E. H 카의 『역사란 무엇인가』, 토마스 쿤의 『과학혁명의 구조』 등을 이 때 읽었다. 당장은 면접을 위해서도 읽어둘 필요가 있었고 이 분야를 공부하려면 한 번쯤은 거쳐야 한다고 생각되는 책들이었다. 그리고 문 · 사 · 철이 서로 긴밀하게 연결되어 있다는 것을 면접장에 가서 실감했다.

"당신은 과거와 미래 중에 어떤 것이 더 중요하다고 보는가?"

이것이 면접장에서 받은 질문이었다. 나는 답변을 하면서 E. H 카를 유용하게 내세웠다.

"역사란 인과법칙을 통해 존재한다. 그래서 완전히 그것을 다 잡을 수는 없지만 그것을 통해 일종의 경향성을 발견할 수 있기 때문에 과거는 미래를 발견할 수 있는 가장 중요한 자료가 된다……."

얼마 후 합격 통지서를 받았다. 모험지원이라 약간 걱정스러웠는데 합격 소식을 들으니 모든 시름이 단번에 녹아내렸다.

특차에 붙으면 정시를 응시할 수가 없다. 철학과에 도전해보지 못한 것은 아쉬웠지만 윤리교육과도 만족스러웠다. 그리고 결과적으로 잘됐다고 생각한다.

합격한 후의 겨울 방학은 여유롭고 즐거웠다. 일단 시간에 구애받지 않고 마음껏 놀았다. 최연소 서울대 합격이라는 타이틀이 붙으면서 여기저기서 인터뷰 요청과 출연 제의들이 들어와 응하기도 했다. 학과가 정해진 만큼 틈틈이 전공에 관련된 책들과 철학 관련서들을 읽기도 했다.

꼭 그럴 필요는 없었지만 정식으로 졸업식을 하기 전까지 학교에는 꼬박꼬박 나갔다. 이제 이 학교에서 보낼 수 있는 시간이 얼마 없다고 생각하니 많이 아쉬웠다. 학원을 다니며 함께 공부한 친구들과 헤어지기 전까지 함께 보내고 싶은 마음도 있었다.

졸업식하기 2주 전부터는 빈 교실에서 친구들과 하루종일 보냈다. 끼들거리며 놀기도 하고 영어 공부도 좀 하고, 맛은 별로 없지만 급식도 얻어먹고, 선생님들과 이런 저런 이야기도 나눴다.

오랫동안 해온 일이 끝났고 다시 새 일을 하기 전에 잠시 주어진 가볍고 편안한 시간, 좀처럼 얻기 힘든 그 황금 같은 시간을 왜 하필 고등학교 울타리를 맴돌며 보냈느냐고 묻는 사람도 있을 것이다. 하지만 학교에서 보낸 그 두 주는 내게 색다른 추억을 만들어 주었고 유익했다. 그 기간은 공부를 떠나서 편안하게 쉴 수 있는 공간으로서의 교실, 성적과 상관없는 대화를 나눌 수 있는 선생님, 앞으로는 방문 차원으로나 오게 될 학교에 대한 아쉬움 등으로 추억된다. 이 때가 아

니면 느낄 수 없는 특별하고 애틋한 마음이다. 그것만으로도 나는 만
족한다.

일본,
가깝지만 낮선 나라

자신의 성장을 위해 여행만큼 좋은 것도 없는 것 같다. 여행은 세상 앞에 선 자신이 한없이 작다는 것을 인식하는 데서 출발한다. 다른 문화를 접하고 새로운 것들을 보고 생소한 경험을 하면서 나와 내 나라를 되돌아보게 만든다. 낯선 공간에서 겪는 문화적 차이들은 생각의 전환을 가져오고 세상을 바라보는 시선을 성숙하게 만든다.

수능을 본 다음날 나는 아버지와 함께 일본 후쿠오카로 가는 배를 탔다. 아버지는 업무차 나는 포상 휴가 차원의 여행이었다. 배가 후쿠오카에 닿자 우리는 곧 헤어졌다. 아버지는 조금 더 남쪽에 있는 도시 가고시마로 가셔야 했기 때문이다. 아버지는 우리가 묵어야 할 호텔 이름만 알려주고는 "저녁 때 거기서 만나자"고 하신 후 가고시마로 바로 가셨다. 나는 하루 동안 홀로 일본 땅에 남겨졌다. 아버지는 나의 생존력을 시험해보고 싶으셨던 것 같다.

　　그렇다고 광야에서 서바이벌 게임을 해야 하는 건 아니었다. 내게는 약간의 돈도 있었고 일본어도 할 수 있었다.

　　일본 땅을 밟는 건 처음이었지만 일본어는 익숙했다. 학교에서 제2외국어로 일본어를 했기 때문이다. 입시에 치중하는 인문계 학교는 영어에 집중해 제2외국어 교육에 소홀한 편이다. 하지만 인문계에 비해 입시 비중이 적은 우리 학교는 제2외국어인 일본어를 실속 있게 가르쳤고, 그 덕에 나는 일본어를 제대로 배울 수 있었다.

　　일본어는 내신에 반영되긴 했지만 상당히 자유로운 분위기에서 공부했다. 언어 공부는 꼭 입시 영어가 아니라도 소리 내어 달달 외울 수밖에 없는데 일본어는 어순이 우리말과 같아 접근하기가 수월했다. 다른 언어를 배우는 데 흥미도 있고 일본어가 할수록 재미있기도 해서 교과서 외에 다른 책들도 사서 열심히 읽었다.

　　그런데 일본어와 인연이 있으려고 그랬는지 운 좋게도 제2외국어가 수능 과목으로 채택되었다. 나는 입시를 준비하면서 단과 학원에 개설된 일본어 반에 등록했다. 학원 선생님은 아주 재미있는 분이었다. 인간적으로 상당히 시원하시고 서글서글하셨다. 일본어를 좋아하기도 했지만 선생님이 좋아서 더 열심히 공부했다. 일본어는 공부 할수록 매력이 있었다. 특히 문장이나 회화 연습은 할수록 흥미가 붙어서 입시 공부보다 더 심도 깊게 공부했다.

나는 하루 동안 여러 가지 일들을 시도했다. 지하철을 타고 돌아다니고, 음식점에 가서 주문하고 계산하고, 전자상가에 가서 컴퓨터 관련 제품들을 구경하고 값을 흥정하기도 하고, 단 16분간이었지만 그 유명한 신칸센도 타봤다. 빠르고 밝고 경쾌한 전동차였다. 그리고 아버지와 약속한 시간에 맞추어 예약한 호텔에 도착해 룸 열쇠를 받았다. 아버지가 내준 과제를 성공적으로 해낸 셈이었다.

　그 날 하루 내가 경험한 것들은 아주 사소하고 일상적인 것들이었다. 먹고, 사고, 이동하고, 전화하고, 찾고…… 낯선 땅에서의 첫날을 그렇게 보내면서 나는 언어가 얼마나 대단하고 유용한 도구인가를 깨달았다. 수능에서 만점을 받은 내 일본어 실력은 우아한 대화는 어려워도 먹고 사는 데는 지장이 없는 것 같았다. 영어든 일본어든 언어는 배워둘 만한 충분한 가치가 있는 도구였다.

　일본 여행에 특별한 목적은 없었지만 아무 생각 없이 다닌 건 아니었다. 수능은 끝났지만 면접을 앞두고 있었기 때문에 작은 현상 하나라도 다른 눈으로 보고 비판적으로 생각하고 총체적으로 사고하려고 노력했다.

　우리나라와의 문화적 차이를 가장 극명하게 느낀 곳은 신사였다. 단순히 종교적 숭배자를 모신 절이라고 생각했던 신사는 종교적인 장소라기보다 하나의 '일본적 문화 현상'으로 비쳤다. 신사의 형태나 상징들, 승려들, 신사 안에서의 상행위 등은 우리나라의 사찰과 많이 달랐다. 신사 풍경 하나만으로도 '먼 나라 이웃나라'라는 것이 얼마나 적절한 표현인지 실감이 났다.

　일본의 입시 열기도 그대로 드러났다. 우리나라 절에도 '합격 기원' 등을 달듯이 신사에도 '합격 기원'이라고 붙여 놓은 연필, 과자, 인형, 공책을 팔고 있었다. 등이나 연필이나 돈을 주고 사는 건 마찬가지인데도 신사의 물품이 다양해서인지 장삿속에 훨씬 밝아 보였다.

　2박 3일 동안 본 일본의 인상은 아기자기하면서도 뭔가 교묘하게 맞물려 있는 듯한 느낌이었다. 사회 전반적인 인프라 구축이나 사회간접 자본이 발달되어 있어서 합리적이고 깔끔한 인상을 주지만, 아웅다웅 사는 사람들 사이에서 풍기는 진하고 깊은 맛은 없었다. 그에 비해 우리나라는 투박하고 복잡하고 시끄럽지만 어울려 사는 맛이 있다. 미국 여행 후에도 들었던 생각이지만, 논리보다 감정이 승해 다소 우악스럽게 투닥거리긴 해도 나는 정 깊고 인간미 넘치는 우리나라가 좋다.

3부

사람을 얻고
사람에게서 배운다

내 사람을 얻겠다

대학에 들어오면 누구나 한 번쯤은 '어떻게 살 것인가'를 생각하게 된다. 거창하게 인생 전체를 설계할 수도 있겠지만 '어떤 대학 생활을 할 것인가'도 중요한 사안이다.

지금까지 열심히 공부만 했으니 이제부터는 열심히 놀아보겠다고 벼르는 사람이 있는가 하면, 이제 정말 하고 싶은 공부를 하게 되었으니 올곧게 학문에 정진하겠다는 사람, 전공이나 학문과 상관없이 일찌감치 취업 공부에 매달리는 사람, 공부보다는 취미나 관심을 살리기 위해 동아리에서 열심히 뛰고 싶은 사람도 있다.

나도 대학 생활에서의 목표를 세웠다. "내 사람을 얻겠다"는 것이다. 조금 색다른 듯하지만 사실은 아주 평범한 목표다.

"장사라는 것은 돈을 남기는 것이 아니라 사람을 남기는 것이다."

책으로도 베스트 셀러가 됐고 TV 드라마로도 인기를 누렸던 『상도』의 주인공, 조선시대 거상 임상옥의 말이다. 임상옥 같은 거상이 되고 싶진 않지만 나도 사람을 얻고 사람을 남기고 싶다. 사람을 얻는다는 건 사람을 거느리고 싶다는 것이 아니다. 인맥을 형성해 성공의 발판으로 이용하겠다는 것도 아니다. 사람을 얻겠다는 건 '나와 함께 하는 사람들을 통해 나 자신을 키워나가겠다'는 소박한 의미다.

나는 진심으로 사람들과 유대하고 그 사람들과의 관계 속에서 나를 성장시키고 싶다. 사람은 책과 학문을 통해서도 성장하지만 사람들과 부딪히면서 알아가는 가운데 참된 성장이 이루어진다고 생각한다.

사람을 만들려면 일단 사람들과 어울려야 한다. 어울림에는 진지한 대화와 적절한 유흥이 필수적이다. 나는 천성적으로 사람들과 어울리는 걸 좋아해서 자리가 있을 때마다 열심히 어울렸다. 그렇다고 수업에 지장을 줄 정도로 대책 없이 노는 건 아니다. 자리가 파할 때까지 꿋꿋이 여흥을 즐기지만 그 때문에 다음날 수업에 늦은 건 딱 한 번뿐이었다. 그 한 번은 우리 축구가 월드컵 8강에 진출하던 날이었다. 여럿이 함께 모여 TV로 축구를 봤는데 8강이 진출이 확정되자 밤새도록 광란의 축제를 즐겼다. 수업에 늦긴 했지만 후회스럽지 않은 시간이었다. 대학에 들어와서 가장 기억에 남는 일 몇 가지를 꼽으라면 8강

진출의 밤이 순위에 들 것이다.

　　대학 문을 들어서자마자 내 생활은 사람들과 어울림의 연속이었다. 국민윤리교육과는 서울대 내에서 규모가 작은 과에 속한다. 한 학년에 30명이 정원인데 01학번의 경우 그나마 한 명이 다른 대학으로 옮겨가는 바람에 29명이었다가, 나이 지긋한(?) 합격생이 등록과 동시에 군에 입대해 버렸다. 그래서 남은 사람은 28명. 한 학년에 300명도 넘게 모집해 세 반으로 나누는 공대의 기계항공공학부 같은 데 비하면 한 반의 3분의 1정도밖에 안 된다. 처음 보기에도 전학년이 한눈에 들어올 정도여서 오히려 생소하고 어색했다. 하지만 작은 만큼 짧은 시간에 더 친밀한 사이가 될 수 있겠다고 생각했다.

　　각 과마다 '과방'이라는 곳이 있다. 과 학생 전용 휴게실 같은 곳으로, 물건을 보관할 수도 있고 이야기를 나눌 수도 있고 나처럼 수면실로 이용할 수도 있는 방이다. 등록 서류를 바로 이 과방에서 받았고, 서류를 받는 날 선배들과 신입생들의 간단한 상견례가 있었다.

　　나를 소개할 차례가 되자 이렇게 입을 열었다.

　　"저는 학교에 조금 일찍 들어왔습니다."

　　이렇게 시작하면 그 다음은 당연히 "아, 그 최연소 입학생라는 아이가 너구나!" 할 줄 알았다. 그런데 사람들의 반응은 전혀 달랐다. 선배들이고 동기들이고 할 것 없이 어리벙벙한 표정들이었다.

　　"학교를 일찍 들어왔다면 최연소 입학생이란 말이야?"

　　"최연소 입학생은 한혜민이라는 여학생 아니었나? 얼굴도 최연소처럼 보이지는 않는데…….”

　　대부분의 선배들이 우리 과에 최연소 입학생이 있다는 사실은 알고 있었지만 남자일 거라고는 생각하지 않았던 것이다. 혜민이란 여성스러운 이름도 그러려니와 윤리과가 여초 현상이 두드러진 과여서 더욱 그랬던 것 같다.

　　우리 과의 여성 대 남성의 성비가 2-3:1정도였다(02학번의 경우는 귀찮게 성비를 나눌 필요도 없이 ‘여인천하’가 되었다). 게다가 입학 동기 중에는 정말 ‘초등학생’ 같은 천진한 분위기를 가진 여학우까지 있어서, 내가 입을 떼기 전까지는 모두 그 친구를 ‘최연소 입학생’이라고 믿어 의심치 않았던 것이다. 최연소라는 타이틀 덕분에 신문에도 꽤 오르내린 편이었는데도 사진이 실리지 않아서 그런지, 선배들도 한혜민을 여자로 알고 있었다.

　　‘한혜민이 바로 나’라고 밝히는 순간 선배와 동기들은 경악했고, 그들의 반응에 나는 충격을 받았다. 많은 신입생들이 나를 선배로 짐작하고 있었던 것이다. 나도 내 얼굴이나 목소리가 십대 후반이라고 우기기 어렵다는 건 알고 있었지만, 심지어 96학번까지 격상시키는 데는 정말 슬프지 않을 수 없었다.

　　‘청순하고 귀여운 후배’에 대한 선배들의 기대를 와르르 무너뜨렸지만 그 충격은 오래 가지 않았다. 나이가 어리다는 것은 특별하지도 나쁘지도 않은 개인의 프로필 중 하나일 뿐이었다. 선배와 동기들은 나를 ‘최연소 입학생’이 아니라 ‘국민윤리교육과 01학번’으로 대해 주었다. 나이 때문에 더하는 것도 덜하는 것도 없이 동등한 권리와 의무를 가진 학우였다. 어쩌다 말로라도 어리다고 무시하거나 얕보거나 하는 사람은 한 사람도 없었고, 나이가 어리다고 특별한 대우를 하지도 않았다. 나는 그 점이 정말 마음에 들었다. 좀 단순한 표현이 될지 모르지만 '윤리' '교육' 과에 걸맞는 사람들이 모였구나 하는 느낌이었다. 대학에 오면서 소박하게 세운 내 목표가 잘 이루어질 수 있겠구나 하는 기대감도 들었다. 정말 좋은 출발이었다.

고분고분하게 받아들이지는 않겠다

지금은 윤리교육과의 엔터테이너를 자처하고 다니지만 원래 나는 예체능 쪽에 재능이 별로 없었다. 특히 노래 실력은 젬병이었다. 그런 내게 윤리교육과의 오리엔테이션은 나의 한계와 가능성 그리고 선배와 동기들에 대한 경이로움을 두루 경험한 자리였다.

오리엔테이션은 선후배가 정식으로 상견례를 하면서 얼굴과 이름을 익히고 과 분위기를 파악하면서 공동체성을 갖게 하는 행사였다. 의례적인 통성명이 끝난 뒤에는 음주가무의 시간이 이어졌다. 상견례의 경직성과 어색함을 깨고 마음의 벽을 자연스럽게 허무는 놀이마당이었다. 바로 그 자리에서 수능 고득점자들은 오직 공부에만 일로 매진한 공부벌레들일 거라고 생각했던 고색창연한 선입견이 와장창 무너졌다. 음주는 둘째치더라도 선배와 동기들의 눈부신 '가무' 실력은 입이 다물어지지 않을 정도였다.

선배들은 선배들대로 신입생들은 또 그들대로 숨겨 놓았던 자신의 '끼(氣)'를 거침없이 발산했다. 춤이면 춤, 노래면 노래 도대체 못하는 것이 없었다. 서울대 윤리교육과에 FinKL과 SES가 존재한다는 것도 그 때 알았다. 낯선 관중들 앞에서도 자신의 가무 실력을 유감없이 발휘하는 그들을 보면서 나는 『삼국지 위지』 '동이전'에 나온다는 "연일음식가무(連日飮食歌舞)"라는 말이 사실(史實)이 아니라 사실(事實)로 느껴졌다.

러시안 룰렛 게임처럼 피할 수 없는 권총의 방아쇠가 드디어 내 손에 쥐어졌다. 내 차례가 된 것이다. 다른 사람들의 재주에 넋을 빼기긴 했지만 정작 나는 보여줄 것이 없었다. 그렇다고 피할 수도 없고, 정말 러시안 룰렛 게임에 뛰어든 것처럼 진땀이 났다.

'할 수 없다. 그냥 아무거나 부르는 수밖에. 못하는 대신 확실히 웃기기라도 하지 뭐.'

그래서 나는 씩씩하게 '울고 넘는 박달재'를 불렀다. 목청을 최대한 가다듬긴 했지만 내 입에서 나온 '울고 넘는 박달재'는 일종의 돌발상황이었다. 아무렇지도 않은 표정으로 박달재를 넘어가는 내 모습을 사람들은 어이없는 표정으로 바라보았다. 그리고 노래가 끝나자 야유가 쏟아졌다.

"그게 요즘 십대 소년의 노래냐?"

"야, 차라리 동요를 불렀으면 덜 놀랐겠다."

반응은 다양했지만 내용은 동일했다.

"한혜민, 웃기는 녀석이군."

잘 고른 노래 한 곡 덕에 나는 '최연소' 타이틀을 단숨에 떼고 최연'장' 합격에 윤리교육과 전속 '몸으로 때우는' 개그맨이 돼 버렸다. 우아한 출발은 아니었지만 나를 확실히 인식시키는 데는 성공한 셈이었다.

그 날의 만남과 어울림은 아주 유쾌하고 상큼했다. 공부를 잘하는 사람이 잘 놀 줄도 안다는 사실은 정말 충격인 동시에 신선하게 다가왔다. 고등학교에서도 훌륭한 선생님과 좋은 친구들을 만나 행복했는데 대학에서도 이렇게 매력적인 사람들과 함께 공부하게 되었으니 나는 얼마나 행운아인가. 내가 만일 다른 과에 갔더라면 이 사람들을 만나지 못했을 것이라는 생각이 들자 이들과의 인연이 더욱 소중하게 느껴졌다. 세상에는 얼마나 다양한 사람들이 있는지, 그리고 바로 옆 사람들을 통해 얼마나 배우고 깨쳐야 할 일들이 많은지 새삼 벅차게 다가왔다.

그리고 얼마 후 '새터'라는 무박3일의 신입생 MT를 통해 나는 윤리과의 전속 개그맨을 넘어 사범대 엔터테이너 엽기적인 멤버로 이름을 올렸다.

'새터'는 "새내기 새로 배움터"의 준말이다. 나는 신입생의 '우리말'인 '새내기'란 말이 참 좋다. 말 자체도 상큼하지만 '새내기'

로 불리는 동안 선배들의 전폭적인 사랑을 받게 된다는 것이 더 좋다.

새터는 과 단위가 아니라 사범대 전체가 떠난다. 시기는 2월 말, 장소는 동해안의 낙산 해수욕장이었다. 겨울 바닷가에서 무박3일 동안 어떤 일이 일어날까 궁금도 하고 기대도 되었다.

'새로 배움터' 라는 이름은 그냥 붙은 것이 아니었다. 자율보다 의무에 매어 있었던 우리들이 자유로운 인간으로 새롭게 태어날 수 있도록 많은 것을 배우는 자리였다.

"새터는 무박3일 사수" 라는 말이 있다. 무박3일이란 잠을 자지 않고 3일을 지낸다는 말이다. 그만큼 밤낮 없이 신나게 즐기라는 것인데, 실제로 순진하게 '무박3일' 을 실행한 사람은 나밖에 없었다. 새내기 때뿐만 아니라 2학년 된 올해 새터에서도 나는 무박을 지켰다. 아직 십대라는 것을 드러내는 건 체력밖에 없는 것 같다.

새터 둘째 날은 장기자랑이 있었다. 개인기를 발휘하는 것이 아니라 조별로 준비한 장기여야 했다. 선배들이 해준 말은 간단했다. "너희들끼리 알아서 해."

그 말에는 무한한 자유를 가지되 무언가 완성시켜야 하는 책임이 주어져 있었다. 누군가 지시를 해 주거나 앞에서 끌어주는 대로 따라가기만 했던 새내기들로서는 여간 부담스러운 일이 아니었다.

누구나 자율을 원하지만 그 속에서 스스로 뭔가를 만들어 가야 한다는 건 엄청나게 고통스러운 일이다. '자유의 역리' 라는 말이 있듯이, 자유가 주어지면 그 자유를 어떻게 누릴까 고민하는 것이 원래 자유를 모르던 인간의 속성이다.

머리 아프게 갑론을박한 끝에 내린 결론이 '연극'이었다. 종목은 정했지만 선수로 선뜻 나서는 사람이 없어 주연은 내가 맡았다. 어릴 때 놀부 역이 그랬듯이, 꼭 해야 하는데 할 사람이 없으니 내가 하는 수밖에.

내용은 없어도 볼거리는 있는 무대를 꾸며보자는 생각에 우리 조원들은 밥까지 굶어 가며 연습에 매달렸다. 선배들은 그런 우리들을 기특하게 바라보았다. 드디어 무대의 막이 열리고 주연을 맡은 나는 온몸으로 열연을 펼쳤다. 무대 바닥을 구르기도 하고, 여러 선배들에게 들려서 날아갈 듯 등장하기도 하고…… 적어도 몸으로 때우기에 나를 따를 사람은 없었다.

그러나 뭔가 보여주겠다는 우리들의 가열찬 노력에도 불구하고 관객들의 반응은 "작업하는 너희들끼리는 재미있었겠다"였다. 온몸으로 열연한 나로서는 좀 허탈한 평가였다. 그러나 무대에서 내려온 뒤 깨달았다. '아, 함께 재미있게 놀기란 얼마나 어려운가. 더구나 보는 사람들까지 더불어 재미있게 하기는 얼마나 더 어려운가. 자유선용 참 어렵구나!'

처참한 결과에 쑥스럽기도 했지만 개인적으로는 수확이 아주 없었던 건 아니었다. 전 사범대생들에게 '한혜민이라는 엽기적인 아이'의 출현을 고한 의미심장한 데뷔 무대였기 때문이다.

새터 프로그램에는 세미나와 토론도 있었다. 통일이나 교육 문제 등 주제는 다소 무겁지만 우리 사회를 바라보는 시각의 틀을 제시하고 토의하는 자리였다. '통일'이나 '현실' 등의 용어가 나오면 어떤 사람들은 '운동권'이나 '의식화' 등등을 떠올릴지도 모른다. 하지만 나는 지금 우리가 살고 있는 이 땅의 현실과 당면한 문제들을 올바로 인식하는 훈련 과정이 꼭 필요하다고 생각한다.

우리는 그 동안 교과서로 배운 것을 지식으로 알고 있었을 뿐, 사회라는 살아있는 조직을 나름대로 판단할 능력을 키우지는 못했다. 스스로 선택하고 책임질 일도 거의 없었다. 규정을 어기면 벌을 받거나 반성문으로 해결했다. 하지만 이제는 하고 싶은 일은 하되 책임은 스스로 져야 한다. 자율적으로 결정하고 그 결과까지 혼자 감당할 수 있어야 한다. 그러려면 사회를 보는 바른 눈과 판단력이 있어야 하고 그것은 훈련을 통해 얻어진다.

고등학교 교과서가 다 옳지 않듯이 대학 선배들의 견해가 다 옳을 수도 없다. 어떤 사실을 판단하는 데 한 가지 기준만 있는 것은 아니다. 무엇을 판단의 기준으로 삼을 것인지, 어떤 행동을 할 것인지 판단하고 선택하는 것은 자신의 몫이다. 아도르노의 말처럼 부정에 부정을 거듭해서라도 진리에 도달하려는 자세가 필요하다.

그러나 내게 가장 중요한 것은 사람들이 내 마음속으로 들어오고, 내가 다른 사람들 속으로 들어간다는 것이다. '음주가무'든 '의식화'든 결국 사람과 사람 사이의 일이다. 나는 다른 무엇보다 그것이 소중하다.

"대학 친구는 필요에 의해 만나고 필요에 의해 부른다"는 말이 있다. 나이가 들수록 사람과 사람 사이의 관계는 목적성이 강해진다는 의미일 것이다. 하지만 나는 그 말을 고분고분하게 받아들이지는 않을 작정이다. 큰 장사꾼만 사람을 남기란 법은 없기 때문이다.

　나는 새터를 통해 내 목표를 더욱 확고하게 굳혔다. 꿈의 실현은 그것을 이루고자 하는 자의 의지와 노력에 달려 있다. 내가 먼저 마음을 열고 손을 내밀 용기만 있으면 되는 것이다.

학구파와
학주파

"3월에는 아무도 공부하지 않는다."

3월의 캠퍼스 분위기를 보면 충분히 공감이 가는 말이다. 학기 초는 신입생이나 재학생 할 것 없이 이런 저런 절차를 밟느라 분주하고 어수선하다. 학기가 달라질 때마다 수강과목뿐 아니라 수강생들도 달라지기 때문에 서로 적응하는 시간이 필요하기도 하다.

하지만 '무엇무엇은 어떠어떠하다' 라는 말과 무관하게 사는 나는 3월에도 공부를 했다.

사람들은 도서관에 앉아서 열심히 학문에 정진하는 학생들을 '학구(學究)파' 라고 일컫는다. 하지만 나, 그리고 나와 뜻이 맞았던 몇몇 학우들은 스스로를 '학주(學酒)파' 라 명명하고, 이름에 걸맞는 삶을 살았다. '학주파' 의 특징을 가장 잘 드러내는 시간표를 대략 옮기면 이렇다.

아침 9시부터 시작해서 저녁까지 '쭈~욱' 수업.

저녁 식사 후 밤 12시까지 도서관에서 '쭈~욱' 공부.

여기까지는 지킬 박사의 시간이다. 3월에도 '쭈~욱' 공부하는 대학생 집단이라니, 대한민국의 미래가 밝게 느껴진다.

그러나 시계가 12시를 넘어 새벽 1시가 되면 하이드의 시간이 시작된다.

1시부터 3시까지 '쭈~욱' 유흥 타임. 주로 먹고 마시며 떠든다.

아주 단순해 보이지만 웬만한 수험생들보다 빡빡한 시간표였다. 고3이라는 철인 경기를 통과한 선수들이었지만 이런 스파르타식 일정을 견뎌낼 수 있는 사람은 별로 없었다. 어려서 체력적으로 우세했던 나와 무모할 만큼 정열적이었던 몇몇 학우들만 이 엄청난 시간표를 강행했다. 도서관에서는 4~5시간 책을 보며 학문의 불을 지피고 ― '블루리본 패널 보고서' 라는 것에 따르면 대학생은 하루 3시간 이상 복습이 필요하다고 한다 ― 그 이후 2~3시간 동안 학교 아래의 모처에서 술잔을 부딪치며 세상사와 인간사에 대한 이야기를 나누었다.

지킬 박사의 시간에 배우는 것 못지않게 하이드의 시간에 배우는 것이 많았다. 사람은 참 각인각색이었다. 같은 학교 같은 과 같은 학년이었지만 같은 생각을 가진 사람은 하나도 없었다. 그래서 어떤 때는 '턱' 하고 마음에 걸리는 이야기가 오갈 때도 있었다. 살아온 삶이 다르고 생각이 다른 사람들이 만났으니 당연한 과정이었다. 사람들과의 만남에서 중요한 건 얼마나 일치하는가가 아니라 다른 사람들의 생각을 듣고 내 생각을 점검하고 넓혀나가는 것이다. 그런 과정을 통해 나와 다른 상대를 이해할 수 있게 되면 더욱 좋겠지만, 모든 것을 다 수용할 수는 없다. 비교하고 판단하고 수용하고 버리는 과정이야말로 진정한 공부이기도 하다.

공부를 생각할 때마다 그 참뜻인 '쿵푸'를 떠올린다. 쿵푸라고 하면 고수들의 날렵한 무술을 떠올리기 쉽지만 쿵푸는 무술의 명칭이 아니다. '쿵푸'는 공부다. 책으로 하는 공부뿐만 아니라 우슈(무술), 그리고 화초에 물을 주는 것까지 쿵푸에 속한다. 사람을 알아가는 것은 책을 보는 것만큼이나 좋은 공부다. 특히 윤리를 전공하는 내게는 더욱 그렇다.

고등학교 교과서에 나와 있는 것처럼 윤리는 사람과 사람 간의 어울림에 관한 것이다. 이런 경험들이 앞으로 내가 하게 될 공부에 실제적인 거름이 될 것이다.

즐거운 '유흥'을 위한 연습도 내게는 소중한 경험이자 공부였다. 그 동안 전혀 드러나지 않았던 내 안의 끼를 끌어내는 것도 공부였고, 그 끼를 발산하면서 사람들 사이로 들어가는 것도 공부였다. 처음에는 몸으로 때우는 트로트 개그맨이었지만 지금은 '짜가' 채정안이나 '진짜' 하리수 정도의 무대 매너를 가진 엔터테이너가 되었다. 거듭된 공부로 내공이 쌓인 결과다. 투자하면 어떻게든 쌓이기 마련이다.

사실 나는 춤도 노래도 잘한다기보다 즐기는 편이다. 춤추고 노래하며 사람들과 어울리는 것이 좋다. 원래 사람들을 좋아하기도 하지만 공부의 목적도 거기에 두고 있기 때문이다. 도서관에서 하는 공부든 노래방에서 하는 노래 연습이든 궁극적으로는 사람들과 조화롭게 잘 어울리기 위한 것이라고 생각한다.

나는 무엇이든지 양극단으로 빠지는 게 싫다. 아니 성격상 안 맞는다는 편이 더 정확하겠다. 불가에서는 중도, 아리스토텔레스와 유가에는 중용이 있다. 나는 이 중용의 길을 걷고 싶다. 이도저도 아닌 어정쩡한 회색지대에 있겠다는 것이 아니라 어느 한 쪽도 소홀히 하지 않겠다는 것이다. 공부도 열심히 하고 사람들과도 신나게 어울리면서 대학의 특권을 최대한 누리고 싶다. 하고 싶은 만큼 하기는 힘들겠지만 적어도 내가 할 수 있는 만큼은 최선을 다할 것이다. 그것이 자신이 선택한 인생을 후회 없이 사는 방법이니까.

내 생애 가장 힘든 날

농활. 언뜻 들으면 '농촌 봉사 활동'의 준말처럼 들린다. 하지만 농활은 '농민 학생 연대 활동'이다. 단순히 봉사 차원에서 노동력을 제공하는 것이 아니라, 농민들 속으로 들어가서 농촌의 현실과 그분들이 겪는 고통 그리고 삶의 애환 등을 직접 경험하는 것이다.

나는 1학년 여름방학 때 농활에 참여했다. 일정은 11박 12일이었는데 나는 후발대로 5박 6일만 참석했다. 알레르기성 결막염 치료를 하느라 처음부터 합류할 수가 없었다. 다른 사람들보다 참석일수는 적었지만 얻은 것은 비할 수 없을 만큼 컸다. 새로운 경험에 대한 상투적인 표현이 아니다. 어떤 말로도 설명할 수 없는, 경험해본 사람들은 말없이 공유할 수 있는 고난이도의 체험이었기 때문이다.

농활은 대학교, 단과대, 과별로 지역이 배당된다. 서울대는 충청남도, 사범대는 당진군, 윤리교육과는 구룡리 이런 식이다.

내가 구룡리에 도착한 것은 농활이 한창 중반에 이르렀을 때였다. 후발대에게는 워밍업할 시간도 없이 벼락같이 일이 맡겨진다. 선발로 들어온 사람들이 많이 지쳐 업무 분담을 빨리 해주어야 하기 때문이다.

농활이 중반을 넘어서면 실어증이 생길 정도로 지친다. 어르신들은 돌도 삭힐 나이라고 하시지만 책상물림으로 공부만 하던 사람들이라 농사일도 서툰데다 뙤약볕 아래서 종일 움직여야 하니 장사라도 지칠 수밖에 없다. 저녁에는 온몸에 기가 다 빠져나가 버린 듯 축 늘어지고 정신은 멍한 상태가 된다. 어디든 바닥에 등을 대면 온몸이 녹아 흘러내릴 것만 같다. 꼭 필요한 말이 아니면 입도 뻥긋하기 싫고 심지어는 실어증 비슷한 증상이 오기도 한다. 융통성 있는 업무 분담을 통해 일을 나누지 않으면 생산적인 활동을 계속하기가 어렵다.

처음 내게 맡겨진 일은 '감자밭 매기' 였다.

감자는 거친 땅에서도 잘 자라기 때문에 씨감자를 뿌려 놓고 밭 관리를 거의 하지 않는다. 그렇게 무심하게 두었다가 감자를 캐기 전에 무성하게 자란 잡초들을 다 뽑고 밭을 깨끗하게 한 후 트랙터로 갈아엎는다. 내가 할 일은 바로 밭을 갈아엎기 전에 잡초를 뽑는 일이었다.

'흐흠, 잡초 뽑는 것쯤이야 누워서 식은 감자 먹기지' 했다.

정말 그럴까?

외우는 게 젬병인 나지만 감자밭을 매느니 차라리 감자에 대한 모든 것을 외워서 시험 보는 게 백 번 낫다는 걸 알았다. 감자밭에 도착한 세 사람의 일꾼은 눈앞에 펼쳐진 광야에 아연실색했다. 그건 잡초밭이 아니라 잡목숲이었다. 내 키를 훌쩍 넘게 솟아오른 풀들을 보며 나는 말했다. "'재크와 콩나무'가 그냥 나온 얘기가 아니구나." 정말 잘하면 타고 오르겠구나 싶었다.

상대해야 할 적의 기세로 보아 우리의 무기는 전기톱이나 도끼여야 했다. 그러나 배정받은 장비는 딸랑 낫과 호미 두 자루였다. 그 장비로 뿌리를 뽑자면 두 단계의 작업을 거쳐야 했다. 먼저 낫으로 도끼질하듯이 잡초나무를 여러 번 패서 줄기를 쓰러뜨린 후, 반복적인 호미질로 뿌리를 캐냈다. 이름값을 하느라 줄기도 뿌리도 얼마나 질긴지 낫질도 호미질도 장난이 아니었다. 밭을 매는 건지 나무 잡고 씨름을 하는 건지, 그늘 한 점 없는 뙤약볕 아래서 어설픈 벌목꾼들은 거의 죽을 지경이었다.

그런데 놀라운 건 어르신들이었다. 우리 세 사람의 나이를 합한 것과 맞먹을 연세의 아주머니, 아저씨들은 능수능란한 솜씨로 나무를 쳐내고 계셨다! 그 엄청난 손놀림을 망연자실하게 바라보면서 우리는 한숨을 쉬었다. 너무 힘이 들어 설렁설렁 하고 싶은 마음도 들었지만 쉬지 않고 일하시는 어른들을 보면 도저히 '농땡이'를 칠 수 없었다.

어찌어찌 잡초 패는 일이 끝났다. 하지만 한나절 동안 완전히 녹초가 된 우리를 기다린 것은 달콤한 휴식이 아니었다. 잡초만 패면 일이 끝날 줄 알았는데 그게 아니었다. 트랙터와 콤바인으로 밭을 갈아엎어 감자를 캐낸 후 그것을 분류하고 박스에 담아 트럭에 싣는 일이 남아 있었다. 햇볕 쨍한 대낮에 눈앞이 깜깜했다. 말로만 듣던 실어증의 경지가 바로 눈앞에 온 듯했다.

그럴수록 농촌 어른들은 정말 대단하다는 생각이 들었다. 한나절 일로도 눈앞에 별이 도는데 농촌 어른들은 어떻게 매일 이 일을 하시는지, 내 눈엔 그분들이 마치 터미네이터처럼 보였다. 농민들이 존경스럽다는 건 낫과 호미로 감자밭을 매보지 않은 사람은 결코 알지 못할 것이다.

'감자밭 전투'를 마치고 돌아갈 때는 거의 실신 지경에 이르러 있었다. 후들거리는 다리로 숙소인 마을회관까지 걸어 갈 생각을 하니 아득했다. 그 때 구세주가 나타나셨다.

"학생들, 내가 마을회관까지 태워줄 테니 타."

평소 우리 농활대원들을 친절하게 대해주신 아저씨 한 분이 경운기를 세우고 말씀하셨다. 우리는 '하늘이 돕는구나' 하는 심정으로 경운기 적재함에 폴짝 올라탔다. 경운기는 울퉁불퉁한 농로를 터덜터덜 달렸지만 우리에게는 사력을 다해 전투를 마치고 돌아가는 개선가도였다. 우리는 남은 힘을 다 짜내어 고래고래 소리를 지르며 개가를 불렀다.

그런데 갑자기 앞에서 '어어어~' 소리가 나는가 싶더니 경운기가 도랑 쪽으로 미끄러지기 시작했다. 마주 오는 자동차를 피하려다 경운기 바퀴가 고르지 못한 노면에 걸려 방향을 놓치고 아차 하는 사이에 도로를 벗어난 것이다.

경운기는 도랑 쪽으로 순식간에 미끄러져 들어갔고 나는 그 짧은 순간, 책에서만 본 주마등을 보았다. 한순간에 16년의 세월이 그야말로 말달리듯 휘리릭 지나가는 느낌이었다. 1초가 마치 10분처럼 느껴졌다. 본능적인 위급함을 느끼면 그런 현상이 일어나는 모양이었다.

'끝이다!' 하고 생각하는 찰나 경운기가 도랑가에 기우뚱하게 멈춰 섰다. 다행히도 경운기는 완전히 구르지 않고 90도 정도만 기울었다. 하지만 그 충격으로 우리는 모두 밖으로 튕겨져 나갔고 얼굴에 땅의 감촉이 느껴지는 순간 나는 생각했다. '살았구나!'

우리는 패잔병처럼 축 늘어져 숙소로 돌아왔다. 정말 '진 빠지고 얼 빠진' 하루였다. 죽도록 일한 것도 모자라 진짜 죽을 뻔까지 하다니, 운수가 나쁜 날인지 좋은 날인지 분간이 되지 않았다. 세 사람이 다 가벼운 찰과상만 입은 것이 불행 중 다행이었다.

정신적, 신체적 충격에도 불구하고 우리는 하룻밤만에 평정을 되찾았다. 그럴 수밖에 없었다. 한 사람이라도 빠져버리면 그 몫을 다른 대원이 감당해야 하니까.

감자밭에서 올린 전과 덕분에 다음날 우리 세 사람에게는 훨씬 쉬운 일이 배정되었다. 담뱃잎을 따고 말리는 작업장에서 하는 잡다한 정리 작업이었다. 난이도를 매기자면, 감자밭이 별 열 개라면 이 일은 별 서너 개 정도였다. 일에서 완전히 빼줄 수는 없지만 정상을 참작한 작업반장 선배의 배려였다.

　감자밭 매던 날은 육체적으로 내 생애 가장 힘든 날이었지만 또한 그만큼 나에게 소중한 체험이자 추억이 되었다. 며칠간의 '체험, 삶의 현장'으로 농민들의 삶을 다 알았다고 말할 수는 없다. 며칠 후에 나는 다시 사회적 특권을 누리는 '대학생'으로 돌아왔고 그 본분에 충실하게 편히 공부하고 즐겁게 놀았다. 하지만 누구에게나 공평한 태양 아래서 내 심신을 풀무질하듯 달군 그 여름의 흔적이 완전히 사라진 것은 아니었다. 농민들과 함께 사력을 다해 일한 그 며칠간은 땀과 땅의 의미를 더 깊이 생각하게 했다. 그리고 사람들 속에서 사람들과 함께 땀을 흘리며 살아야겠다는 내 꿈을 다시 한번 다졌다. 내가 세운 목표가 결국은 그런 삶 가운데서 이루어질 것이라는 걸 농활을 통해 확인했기 때문이다.

엽기적인 '비틀조'

대학에서는 조를 짜서 그룹 연구를 하는 일이 많다. 무슨 테마든 그룹으로 연구를 하면 혼자 할 때보다 폭넓은 공부를 할 수 있다. 조가 만들어지면 조원들 간에 연구 세목을 나누고 조절하는 역할을 하는 조장이 필요하다. 하지만 선뜻 조장을 맡으려 하는 사람은 별로 없다.

조장은 어렵다기보다 신경이 쓰이고 번거롭다. 공부할 분량을 적절하게 나누고 아이디어도 함께 짜지만 아무래도 조원보다는 부담을 가지게 된다. 조장이라고 가산점이 있는 것도 아니어서 생색은 나지 않고 힘만 들 수도 있다.

나는 자의반 타의반으로 조장을 맡을 때가 많다. 어린 나이를 빌미로 슬쩍 밀리는 경우도 있지만 나 스스로 나서기도 한다. 다소 무게감 있게 주어지는 일이나 책임을 두려워하지 않는 편인데다, 일단 맡으면 결코 녹록치 않게 조장의 역할을 수행한다. 내가 조장을 맡은 조는 항상 다른 조보다 더 많은 공부와 자료와 아이디어를 내야 한다. 조원들이 각자 읽고 토의해야 할 자료들도 다른 조의 두세 배가 넘게 분담된다. 그렇게 하려면 조장인 나는 더 많은 시간을 자료 찾기에 할애해야 하지만 나는 그 시간을 기꺼이 투자한다. 기왕에 해야 할 공부라면 기회가 왔을 때 제대로 하는 게 좋고, 더불어 그 과정과 결과를 주변 사람들과 함께 공유할 수 있다면 일석이조의 효과를 얻는 것이라고 생각한다.

조원들의 호응도 좋은 편이다. 주문이 많은 조장 때문에 다른 조보다 좀 피곤하긴 하지만 발표 후에 보면 우리 조의 조원들은 학점도 잘 받고 공부도 알차게 했다고 생각하는 것 같다. 나는 그런 성과들이 생기는 것이 좋다. 내가 고리가 되어서 어떤 사람들이 더 풍요로워지는 것. 적어도 내가 속한 곳에서는 그런 역할을 할 수 있었으면 좋겠다. 그것이 궁극적으로는 내가 앞으로 무엇을 해야 할지를 찾아가는 과정이라고 생각한다.

공부뿐 아니라 엔터테이너의 자리도 남에게 미루지 않는다. 타고난 엔터테이너의 끼에는 미치지 못하지만, 있는 끼를 갈고 닦아 무대에 선다. 1학년 '예오름' 행사(홈커밍 데이) 때는 선배님들의 여흥을 위해 기꺼이 록커가 되었다.

뭔가 튀는 행사를 기획하던 나는 평소에 친하게 지내던 선배 몇 사람과 4인조 라이브 그룹 '비틀조'를 결성했다. 연주곡은 팝이었고 보컬은, 물론 나였다. "오리엔테이션 때 '울고 넘는 박달재'를 읊었던, 징그러운 새내기 한혜민이 팝 그룹을 결성하다." 그것만으로도 '비틀조'의 탄생은 세인들의 주목을 끌었다.

우리는 마치 전국 투어 라이브 공연에 돌입하는 그룹이라도 되는 것처럼 연습에 혼신의 힘을 기울였다. 그리고 그 열의와 노력은 엄청난 관객 반응을 불러일으켰다. 비틀조가 현란하고 엽기적인 뮤직을 선보일 때마다 사방에서 엄청난 귤껍질이 날아들었던 것이다. 하이라이트는 단연 마지막 곡 "she's gone"이었다. 나는 '울고 넘는 박달재' 이후로 하리수, 채정안을 거치며 착실하게 다져온 내공을 "she's gone"으로 화려하게 폭발시킬 계획이었다. 그러나 굵고 낮은 내 목소리의 특성상 "she's gone"의 가슴을 찢는 듯한 고음 처리가 불가능했다. 대신 감정은 피를 토할 것 같이 잡았음에도 불구하고 청중들은 귤껍질을 마구 던짐으로써 아낌 없는 야유를 보냈다.

청중들의 귤껍질 세례가 나쁘지는 않았다. 그들에게 마음껏 귤껍질을 던질 수 있는 기회와 기쁨을 준 것만으로도 나는 만족스러웠다. 선배들과 연습하면서 보낸 시간들도 뜻있고 재밌었다. 매번 느끼는 것이지만 사람들과 함께 연습을 하고 무언가를 준비하는 것은 소중한 경험이다. 내가 가진 것으로 다른 사람들을 즐겁게 - 어디서 오는 즐거움이든 간에 - 해 줄 수 있었고, 연습을 함께 하는 사람들과 호흡을 맞추어 가면서 하나가 될 수 있다는 느낌이 정말 좋았다.

올해에도 어김 없이 예오름은 찾아왔다. 2학년이 되었으니 공연뿐만 아니라 뒷바라지에 적극 참여해야 했다. 선배들을 도와 지난해 예오름 장면 촬영해둔 것을 CD로 만드는 일, 그것을 프로젝터로 트는 일, 비디오 촬영하는 것 편집하기 등등. 하지만 여러 일이 겹쳐 열심히 못한 감이 없지 않다.

대신 이번 예오름에서는 색다른 공연을 준비했다. 작년에는 팝이었지만 이번에는 암중모색하며 갈고 닦은 클래식 무대였다. 내가 3개월 연습한 클라리넷 독주를 하면, 연주 경력 8년의 학우가 플루트 독주를 하는 것이었다. 이름하여 "극과 극." 결과는, 물론 뻔했다. 내가 연주한 클라리넷은 옆으로 새거나 앞으로 막힌 '삑사리'가 간간이 불협화음을 내며 아슬아슬하게 트로이메라이를 끝냈고, 플루트 연주는 너무나 훌륭해서 청중들의 열광적인 호응을 얻었다. 나는 다만 굴세례 없이 연주를 끝낸 것이 다행스럽고 인내심을 가지고 들어준 청중들에게 감사할 뿐이었다.

취미 활동이 됐든 학내 활동이 됐든, 과외 활동을 하면서 성적을 관리하기가 쉽지는 않다. 공부도 하면서 다른 일에 시간을 쪼개려면 몸이 두세 개라도 모자랄 정도로 바쁘다. 무리하게 두 마리의 토끼를 쫓다가 두 마리 다 놓칠 수도 있다. 하지만 시간은 사용하기 나름이고 성적은 관리하기 나름이다. '반드시 수석'이 목표가 아니라면 얼마든지 공부와 과외 활동을 즐겁게 병행할 수 있다.

대학이 좋은 건 공부할 수 있는 영역이 다양하게 열려 있고 원하는 대로 선택할 수 있다는 것이다. 학생으로서 함께 어울릴 수 있는 나이층 역시 다양하고 개방적인 편이다. 나는 대학생으로서 자신이 감당하고 책임질 수 있는 만큼 최대한 경험하고 누려야 한다고 생각한다. 자유라는 것은 사람의 그릇만큼 돌아온다. 그릇이 큰 사람은 똑같이 주어진 자유라도 더 많이 담아서 쓸 수 있고, 그릇이 작은 사람은 똑같은 자유가 주어져도 절반도 쓰지 못하고 흘려 버린다. 작든 크든 그 자유를 사용할 주인은 바로 자기 자신이다.

게임의 법칙,
인생의 법칙

삶이 계획대로 되는 것도 아니고, 어떤 일이 한 번에 결정 나는 것도 아니며, 행운이 나만 비껴갈 이유도 없으며, 행운이 모든 면에서 좋은 것만도 아니라는, 아주 복합적인 교훈을 한꺼번에 준 것이 있다. 바로 〈퀴즈가 좋다〉라는 프로다.

나는 1학년 때 〈퀴즈가 좋다〉라는 프로에 나가 운 좋게 '달인 중의 달인'이 되었다. 교양 오락 프로라서 가능한 것이었지만, 만 16살에 달인이라니, 정말 쑥스러운 타이틀이 아닐 수 없다. 달인이 된 나도 의외였지만 보는 사람들도 놀란 것 같다. 그래서인지 달인의 칭호와 더불어 비난도 거세게 받아야 했다. 오픈된 공간에서 규칙에 따라 게임을 해서 이겼는데 왜 비난을 받아야 했을까.

〈퀴즈가 좋다〉에 처음 출연한 것은 1학년 6월이었다. 그때는 본선 4단계에서 탈락했다. 서울의 사대문 현판 중 세로로 써 있는 게 어떤 것인가 하는 문제였다. ARS 찬스를 쓰려고 했는데 그 전에 지우개 찬스를 써 버려서 다시 찬스를 쓸 수가 없었다. 답은 숭례문이었는데 틀렸다. 아쉽기는 했지만 미련은 없었다.

그런데 9월쯤에 MBC에서 연락이 왔다. 탈락자 100명을 모아서 〈100회 특집 패자부활전〉을 한다는 것이었다. 출연료도 5만 원을 준다고 하기에 기꺼이 나가겠다고 했다. 예심은 통과하고 본선에 나가기전에 번호를 뽑았는데, 그게 묘했다. 66번인지 99번인지 분간이 잘 되지 않았다. 나는 66번보다는 순서가 늦은 99번이 좋을 것 같아 일단 99번이라고 우겼다. 그런데 찬찬히 모양새를 살펴보니 66번이었다. 잠시 머쓱했지만 곧 착오를 인정하고 66번을 달았다.

그런데 그 66은 행운의 번호였다. 첫 관문인 100강은 앞뒤의 홀수와 짝수가 대결을 했는데 100번 선수가 가장 촉망받는 우승 후보였던 것이다. 99번이라고 우겼더라면 그 막강한 우승 후보를 상대할 뻔한 것이다. 나는 66번을 단 가슴을 쓸어내렸다.

준결승까지 나는 운이 따랐다.

100명 중 한명을 단계를 거쳐 뽑으려니 룰도 단계별로 달랐다.

100강은 단판승이라 먼저 부저를 누르는 사람이 승자였다. 그런데 나는 첫 출발이 상대보다 늦었다. 문제는 "영국의 우표에 나타난 최초의 인물은 누구인가" 였다. 먼저 누른 상대가 말했다. "엘리자베스

여왕." 사회자가 애석하다는 듯 말했다. "아닙니다."

절호의 기회를 얻은 내가 대답했다. "윈스턴 처칠." 그리고는 곧 아차했다. '최초의 우표가 나온 게 19세기인데 윈스턴 처칠이라니! 이제 글렀구나.' 그러나 행운의 여왕은 내 편이었다. 상대방이 너무 긴장한 탓인지 우물쭈물하는 사이에 기회가 다시 나에게 넘어온 것이다. 이번에는 자신 있었다. "빅토리아 여왕!" "예, 정답입니다!"

다른 사람들은 단박에 올라간 50강을 나만 아슬아슬하게 올랐다.

50강은 단판 승부로 하되 한 사람이 연속 세 명을 이겨야 10강에 올라갔다. 그런데 여기서 후에 논란이 될 사건이 일어났다. "마피아의 본산인 이탈리아 섬의 이름은?"이라는 문제에 내가 "시칠리"라고 대답한 것이다.

진행자는 잠시 고민하는 듯했다. 시실리나 시칠리아가 정답인데 '시칠리'라고 했으니 애매했던 것이다. 결국 맞는 걸로 처리했지만 나중에 네티즌들의 항의를 받았다. 이 점은 나 역시 유감스러운 부분이다. 그래서 더더욱 내 달인 타이틀이 쑥스럽다.

10강은 기본점수 300점을 주고 한 문제에 플러스 마이너스 100점 해서 600점 채우는 사람이 먼저 올라가고 0점이면 탈락하는 방식이었다. 세 명은 초반에 쉽게 뽑혔고 남은 한 명을 놓고 일곱 사람이 한 시간 가량을 엎치락뒤치락했다. 점수는 500점부터 100점까지 다양하게 있었고 나도 한순간에 100점까지 내려가기도 했다.

그런데 승부는 아주 단순한 문제로 났다. 나와 다른 한 분이 500점이어서 둘 중 한 사람이 문제를 맞추면 게임이 끝나는 순간이었다. 문제가 던져지자마자 상대편의 부저가 울렸다. 문제는 "고속전철은 무엇으로 가는가"였다. 나는 '끝났구나' 했다. 그분이 대답했다. "자력." 기회의 여신이 다시 한 번 내게 미소를 보낸 것이다.

정말 드라마틱한 반전이었다. 그분은 순간적으로 고속전철을 자기부상열차로 착각하신 것 같았다. 게임을 하면서 얼마나 긴장했는지를 알 수 있게 하는 대목이다. 반면 100점에서 600점까지 오르락내리락하다가 막차를 탄 나는 게임의 오락성을 가장 강하게 보여준 캐릭터가 아니었나 싶다. 어쨌든 나는 이렇게 해서 '전기'로 가는 고속전철을 올라타고 아슬아슬하게 4강에 올랐다.

4강은 객관식을 1단계부터 10단계까지 푸는데, 10단계 문제를 맞추는 사람이 올라갔다. 단, 바로 전 단계의 문제를 맞추는 사람이 그 다음 문제를 먼저 풀 수 있는 기회를 가질 수 있었다. 승자는 문제를 많이 맞추는 사람이 아니라 마지막 문제를 맞추는 사람이었다.

4강에 올라간 네 사람 중 두 사람이 강력한 우승 후보였다. 한 분은 신문사 기자, 한 분은 한국통신에 근무하는 분이었다. 다른 한 사람은 이한준이라는 중학생인데 나보다 세 살이 적은 만 13살이었다. 성년 둘에 미성년 둘, 이른바 '2강 1중 1약' 구도의 게임이었다. 사람들의 관심은 2강 중 누가 승자가 될까에 쏠려 있었다. 그러나 게임의 법칙은 그렇게 단순하지 않았다.

6단계까지 주도적으로 게임을 리드했던 나는 7단계에서 주도권을 빼앗겼다. 그리고 마지막 10단계, 우선권은 상대인 한국통신 아저씨에게 있었다. 문제가 나왔다. "아기의 젖니가 나는 순서로 맞는 것은?" 어머니는 쉽게 맞출 수 있는 문제였다. 그러나 안타깝게도 아버지였던 그분은 그 문제를 놓쳤고, 나는 그 문제를 얼른 주워 담았다. 그 무렵 사방팔방으로 종횡무진 기어다니고 있는 사촌동생이 있어서 '아래, 위, 위, 아래'로 나는 이를 생생하게 지켜보았던 것이다. 결국 막강 1강을 누르고 어중간했던 1중이 결승에 올랐다. 이것이 최종 문제로 승패를 가르는 게임의 묘미였다.

1약 이한준도 나 못지않게 드라마틱한 공방을 펼쳤다. 그 친구는 5단계부터 우선권을 뺏기고 수세에 몰렸다. 그러나 불리한 조건에도 불구하고 결정적인 10단계 문제를 맞추면서 결승에 올랐다. 결승에 오른 두 사람이 다 10단계에서 전세를 뒤집은 것이다.

1중 1약이 2강을 누른 것, 결승에 오른 두 사람 모두 10단계에서 전세를 뒤집은 것, 그리고 그 두 사람 모두 십대인 것, 각본 없는 드라마라는 말은 바로 이런 때는 쓰는 말인 것 같았다. 예상치 못한 결과에 방송 관계자들도 놀랐고 참여한 사람들도 탄성을 질렀다. 네티즌들 사이에서도 이 절묘한 게임의 진행을 두고 의견이 분분했다.

드디어 마지막 관문인 결승이었다. 방식은 4강전과 같은데 문제가 주관식이었다. 9단계까지는 우선권 다툼이고 10단계 한 문제로 결정이 났다.

나는 담담했다. 결과가 어찌 되던 좋았던 것이다. 우승자에게 주는 상금 2천만 원도 매력적이지만, 져도 푸짐한 전자상품권이 기다리고 있었기 때문이다. 오히려 내가 절박하게 생각했던 게임은 4강이었다. 여기서 지면 제주도 여행권을 받게 되는데, 그 여행권은 그다지 효용가치가 없었다. 고등학교 때 어떤 퀴즈 대회에 나갔다가 상품으로 하와이 여행권을 받은 적이 있었다. 나는 학교 때문에 갈 수가 없었고 부모님도 가기 어려워 주변에서 이용할 수 있는 분을 찾느라 애를 먹었었다. 그 때의 기억 때문에 여행권만은 피하고 싶었다. 그런데 다행히 여행권에서 벗어났으니 뭐가 되든 좋았다. 출연료 5만 원에 혹해서 참여했는데 덤으로 전자상품권까지 얻는다면 그 이상 바랄 게 없었다.

마음이야 어쨌든 게임은 흥미롭게 진행되었다. 누군가 한 사람이 일방적으로 밀어붙이면 어렵게 올라와 싱겁게 끝날 수도 있었는데 우리는 우선권을 주고받았다. 6단계까지는 내가 우선권을 쥐고 있었다. 그런데 7단계에서 중학교 국어에 해당하는 문제가 나오는 바람에 주도권이 넘어갔다.

8단계 문제가 나왔다. "스테이지 별로 진행되는 게임을 말하기도 하고, 또 지하에 있는 쇼핑 몰 같은 것을 가리키는 용어는?"

우선권을 가지고 있던 한준이가 우물쭈물했다. 답을 모르는 것 같았다. 순간 내 얼굴에 미소가 번졌다. 기회가 내게 넘어왔고 나는 확신에 차서 말했다. "아케이드."

8단계에서 다시 우선권을 찾았고 9단계도 수월하게 넘어갔다.

이제 10단계의 한 문제가 남았다. 따지고 보면 이 문제 하나를 풀기 위해 그 수많은 문제를 거쳐온 것이다. 도대체 얼마나 대단한 문제일까.

"일본 천왕이 우리나라에 사과할 때 쓴 문구입니다. 00의 념을 금할 수 없다. 이 00에 들어갈 말은 무엇인가요?"

나는 안도했다. 쉬운 문제인지 어려운 문제인지 모르겠지만 아는 문제였다. 나는 자신있게 대답했다. "통석."

그로써 길고 긴 '달인 찾기' 게임이 끝났다.

'이변'의 반작용

7시에 녹화를 시작했는데 끝나고 보니 새벽 1시였다. 집에 가려면 택시를 타야 했다. 출연료 5만 원을 현장 지급받아 넉넉해진 나는 신림동 방향 세 사람을 모아 함께 택시를 탔다. 방청객들은 학생들이었고 방청료로 9천 원씩을 받았다. 예정 시간을 넘기는 바람에 3천 원이 오른 것이었지만 택시값이 더 나올 것 같았다. 나 때문에 오랜 시간 기다린 것 같아 미안하기도 했다. 일행 중에는 난곡에 사는 친구도 있었는데 기왕 서비스하는 거 철저하게 하자 싶어서 집까지 데려다 줬다. 좀 도는 바람에 택시비는 많이 나왔지만 기분이 아주 좋았다.

녹화를 하고 온 후 어떻게 됐느냐고 물어오는 사람들이 많았다. 나는 그냥 "방송을 보라"고만 대답했다. 어차피 알려질 일이기는 했지만 어쩐지 내 입으로 말하기는 쑥스러웠다.

방송은 녹화를 한 지 3일이 지난 토요일에 방송되었다. 방송이 나가자 30분 동안 전화에 불이 났다. 문자도 마구 날아들었다. 모르는 사람들에게도 축하 메일이 들어왔다. 방송의 위력이 얼마나 대단한지 실감했다.

그런데 빛이 있으면 그늘도 따르는 법이라서 축하만 쏟아진 건 아니었다. 방송 후 〈퀴즈가 좋다〉 인터넷 게시판에는 비난의 글들이 쏟아져 들어와 있었다.

네티즌들이 문제를 삼은 건 크게 두 가지였다. 하나는 50강 때 시칠리를 정답으로 한 것이 잘못이라는 의견이었다. 시실리도 시칠리아도 아닌 시칠리는 정확한 답이 아니기 때문에 정답 처리를 해서는 안 된다는 것이었다. 그것은 나에 대한 비난이라기보다 제작진들에게 진행 방법에 대한 문제를 제기한 것이었다. 요구하고 있는 답을 알고 있는 것은 분명하지만 발음상의 혼선이 있을 경우 어떻게 처리할 것인가가 관건인데, 이 문제에 대해서는 나도 별달리 할 말이 없었다. 논란이 생길 수 있는 애매한 경우라서 문제시하자면 문제가 될 수도 있다고 생각했다.

그 때 난처한 내 입장을 따뜻하게 감싸주신 분이 계셨다. 바로 그 문제를 두고 맞붙었던 상대자였다. 그분은 내가 달인이 되자 축하의 메일을 보내주셨고, 나는 감사의 답장과 함께 괴로운 마음도 솔직하게 토로했다. 그러자 다시 메일이 날아왔다.

답장 받고 놀란 아줌마.

혜민 씨가 답장을 해 주리라는 생각은 꿈에도 못했는데 멋진 답장 받고 놀랐어요.
꼬박꼬박 '아주머니' 라고 불러서 왠지 적응이 잘 안 되는 듯 하기도 하고.

지금 또 게시판에 들어가 봤더니 참 말이 많네요.
정말 사촌이 땅을 사면 배가 아프다는 속담이 거짓말은 아닌 가봐요.
출연자들 모두가 인정하는 실력들인데……
혜민 씨, 상관없는 사람들이 쉽게 하는 말에 마음 많이 상하지요?
그러려니 해요.
이틀만 지나면 없어질 이야기들인데요 뭐.
원래 남의 이야기는 얼마나 쉽게 하는지……
이런 이야기들에 상처받지 말아요.

퀴즈는 재미로,
혜민 씨 인생에 잠깐 추억을 남기기 위해서 나온 거지요?
그 추억을 남기는 것이 이렇게 좋은 결과를 낳았으니 얼마나 좋아요.

혜민 씨 나이는 아직 어리니까, 앞으로 무슨 일을 할지 진짜
기대돼요.
혜민 씨 앞으로 남은 무한한 가능성이 정말 기대돼요.
앞으로는 퀴즈 프로그램 말고 다른 일로 매스컴에서 많이 볼
수 있기를 바랄게요.

그 이상한(?) 웃음소리랑 담담한 모습, 다소 씩씩한 태도 정
말 다 기억에 남아요.
앞으로 정말 큰 일 하는 사람이 되세요.
지금 4살인 우리 아들이 크면
"저 아저씨가 옛날에 엄마랑 퀴즈에서 만났던 사람이란다"
라고 자랑할 수 있도록 말이에요.
자신에게 주어진 재능이 얼마나 축복인지를 알면 좋겠어요.
뭐든지 할 수 있는 가능성이 참 부럽네요.

건강하고, 뭐든지 열심히 하길 바랄게요.

이 메일은 우울했던 내 마음에 희망과 용기를 주었다. 특히 '아
들에게 자랑할 수 있는 사람' 이 되어 달라는 말이 가슴에 깊이 남았다.

하지만 그럼에도 불구하고 나는 괴로웠다. 프로그램 내용과 전혀 상관 없는 인신 공격 때문이었다.

공격의 표적은 결승 9단계에서 내가 보인 미소였다. 우선권을 가진 한준이가 '아케이드'를 몰라 당황할 때 내가 무심결에 지은 '그 미소'에 동정심 넘치는 네티즌들이 딴지를 걸었다. "자기가 아는 문제라고 곤경에 처한 나이 어린 상대 앞에서 웃다니, 니가 그렇게 잘났냐, 재수없다, 버르장머리없다……" 심지어 "얼굴을 쳐주고 싶다," "물은 왜 그렇게 많이 쳐먹냐"라는 것도 있었다. 한 여자분이 인신공격에 대한 반박글을 올리자 그 다음에 "너 걔 애인이지?" 하는 글이 올라왔다. 이렇게 무차별적으로 쏟아지는 비난과 야유에 처음에는 어이없고 화가 나더니 나중에는 슬퍼졌다.

그렇다. 내가 지어 보인 미소는 부인할 수 없는 회심의 미소였다. 하지만 단지 묘한 시점에 웃었다는 이유만으로 재수, 버르장머리 운운하는 것은 납득할 수가 없었다. 게임을 하는 사람은 반드시 포커페이스이어야 한단 말인가. 그것은 팽팽한 긴장 상태에서 기회가 왔다는 확신이 들자 무심결에 지은 미소였을 뿐이다. 그런데 그 때문에 일면식도 없는 사람들에게 난폭하게 욕을 먹어야 하다니, 나는 정말 억울했다.

게시판이 네티즌들의 비아냥과 인격 모독으로 도배된 그 며칠간은 정말 견디기 힘들 만큼 괴로웠다. 하지만 그 감정을 오래 끌지는 않았다. 그리고 시간이 지나면서 내 나름대로 정리를 했다. 내 미소에 비난을 퍼부은 사람들은 나보다 어린 한준이가 약자라고 생각했고, 약자가 곤경에 처한 걸 보고 웃는 (강자인) 내게 역한 감정을 느낀 거라고.

하지만 그렇게 정리를 하고도 내게는 여전히 풀어야 할 문제로 남는 것이 있었다. 예상치 못한 결과에 대한 네티즌들의 반응이 놀라움을 넘어 분노로 표현되었다는 사실을 어떻게 해석해야 하는가 하는 것이었다.

나는 그것이 '이변의 반작용'었다고 생각한다. 나는 처음부터 우승 후보도 아니었고 눈에 띄게 실력이 두드러진 것도 아니었다. 준결승까지 운이 따라서 진출했다고 생각한 선수가 유력한 우승 후보들을 물리치고 결승에 올라 최후 승자가 되는 이변을 사람들은 순순히 받아들이기 어려웠던 것이다.

2002년 월드컵에서 우리나라가 예상 외의 성적을 거두자 몇몇 나라들이 개최국 특혜나 판정 시비를 들고 나온 것도 그런 이유에서였을 것이다. 이겨야 마땅하다고 믿었던 팀이 약한 팀에게 졌을 때 생기는 부정 시비, 그것이 이번에는 인신공격으로 표출되었던 것 같다.

내가 공감할 수 있는 건 문제를 많이 맞춘 사람이 아니라 최종 문제를 맞춘 사람이 승자가 되는 게임의 방식에 대한 이의 제기다. 마지막 한 문제로 승부를 가리는 것은 과정의 가치를 무시하고 일종의 사행심을 조장한다는 비난을 받을 수 있다. 그런 게임의 방식이 나를 실력보다는 요행으로 승자가 된 사람으로 몰고 간 것 같다. 나는 정해진 룰에 따라 게임을 했지만 몇몇 사람들은 그 게임 자체가 정당하게 느껴지지 않았던 것이다.

그러나 정당해 보이지 않는 이 게임이 나에게는 깊은 교훈을 주었다. 바로 서두에 말했던 것들, 삶이 계획대로 되는 것도 아니고, 어떤 일이 한 번에 결정나는 것도 아니며, 행운이 나만 비껴갈 이유도 없으며, 행운이 모든 면에서 좋은 것만도 아니라는 것이다.

실력이 있는 사람이 일등을 하는 건 정당해 보인다. 그러나 어디에서든 실력만이 잣대로 작용한다면 그야말로 성공은 성적순이 되는 것이다. 그것은 오히려 공평하지 않은 게임이다. 공평하다는 건 누구에게나 같은 기회가 주어지는 것이고, 중요한 것은 기회가 왔을 때 잡을 수 있는 바탕을 기르는 것이다.

이 사건은 학문적으로도 중요한 화두 하나를 던졌다.

익명성이 보장된다는 이유로 예의 없고 근거 없는 인신공격이 난무하는 인터넷 문화에 대한 것이다. 나는 그 일을 계기로 정보윤리에 대한 소논문 한 편을 썼고, '타자 윤리학'에 관심을 갖게 되었다. 윤리는 자아에 대한 사색이 아니고 타자로부터 원칙을 도출해내야 한다는 것이 '타자 윤리학'이다.

나는 어떤 명제나 행위가 옳다, 그르다를 따지는 정의윤리보다는 타자와의 관계를 중심으로 다루는 관계윤리에 더 관심이 간다. 그래서 관계윤리 쪽의 공부를 더 체계적으로 해나가고 싶다. 나는 아무리 좋은 윤리관과 철학이라도 그것이 실천과 교육으로 연관되지 않으면 소용이 없다고 생각한다. 교육을 통해서 사람들이 알 수 있도록 해야 하고 그것을 실천함으로써 완성된다고 본다. 사람과의 관계에 초점을 두고 있는 내 삶의 방식과도 맞는 학문의 방향이다.

'달인' 이란 타이틀에 대해 사족을 붙이자면, 달인의 후광은 짧고 술자리는 길었다.

달인이 되면 빚더미에 오른다는 말이 있다. 상금보다 술값이 더 많이 나간다는 뜻이다. 당해보니 그 말이 농담이 아니었다. 상금은 한 달 뒤에 들어오는데 만나는 사람마다 한 턱 내라고 난리였다. 돈이 없다고 축하 턱을 미룰 수도 없어서 밥이든 술이든 사라는 대로 샀다. 덕분에 한 달 동안은 술값 밥값 대느라 쪼들리는 생활을 해야 했다. 풍요 속의 빈곤이었지만 그런대로 즐거웠다.

그렇다면 화면발의 위력은 얼마나 갔을까? 방송이 나가고 일주일쯤 후에 재미 삼아 도서관 통로에 앉아 있어봤다. 얼마나 많은 사람들이 나를 알아볼까 궁금했다. 한 30분 동안 거의 백 명 정도가 내 앞을 지나쳤지만 나를 알아보고 말을 건 사람은 5명이었다. 그 중에 3명은 아는 사람이었고 2명만이 'TV에서 본' 나를 알아봤다. 물론 말을 걸지 않고 지나친 사람들 중에도 알아본 사람이 몇 명쯤은 있었을 것이다. 그러나 극히 미미한 숫자였을 것이다.

방송 직후에 비난과 옹호로 들끓던 네티즌들의 반응을 생각하면 정말 TV무상이었다.

2002년 추석에는 〈왕중왕〉전이 있었고 나도 참여했다. 1~2차전을 나누어서 하는 방식이었는데 1차전에서 12명의 달인들이 1대1로 대결을 펼쳤다. 나는 거기에서 첫번째 만난 상대인 이화준 님의 높은 벽에 바로 좌절하고 말았다. 바로 전해에 내가 얻은 '달인 중의 달인' 이란 칭호가 무색했다. 사실 나는 처음부터 엄청난 태산에 부딪힌 것이었다. 이화준 님은 그 다음 주 2차전에서 준우승을 거머쥔 분이었다.

이 세상에는 나보다 더 높은 내공을 가진 분들이 무수히 많다는 것을 뼈저리게 느끼게 한, 또 하나의 게임이었다.

윤리란
무엇인가?

우리 나라는 나이에 따른 서열이 엄격하고 종적인 위계의
식이 강하다. 게다가 우리 말은 존대 체계가 복잡하고 민감해서 말트
기가 어렵다. 나이와 학번에 따라 부동의 서열이 매겨지고, 서열에 따
라 사용 어미가 달라지는 구조에서는 말을 들고 내리기가 조심스러울
수밖에 없다.

나는 고등학교 때부터 동기들과 두세 살 정도 나이차가 났다.
하지만 고등학교 때는 등교 첫날만 존대말을 썼다. 그 다음부터는 그
냥 편하게 말을 텄다. 친구들도 속으로는 어떤 감정이었는지 모르지
만 무리 없이 수용했다. 대학 동기들과도 똑같이 지낸다. 대학은 재수
를 해서 들어오는 사람들도 많아서 한두 살 차이가 그리 문제되는 것

같지 않다.

　　많은 사람들이 학연과 지연을 우리 사회의 고질적인 문제점으로 꼽는다. 하지만 거기서 자유로운 사람은 많지 않은 것 같다. 나는 학연과 지연에서 자유로우려면 동문이나 선후배 운운하는 풍토를 깨야 한다고 생각한다. 학교를 중심으로 한 서열 문화는 일제시대에 들어온 것이다. 우리의 전통은 동문수학한 사람들끼리 선학 후학으로서의 예의를 지켰을 뿐, 지금처럼 학번 운운하면서 서열을 따지지는 않았다. 선후배라기보다는 같은 스승 아래서 공부하는 동반자로서 서로를 존중했다. 그런데 유교적 전통을 혐오스러운 허물처럼 벗어던지고 있는 21세기에, 동문 선후배나 학번을 중심으로 한 서열은 오히려 강고하게 고착화되어 권력적인 양상을 띠기도 한다. 그러니 학번이든 나이든 자기가 반 계단이라도 우위에 설 수 있는 기준을 고집하게 된다.

　　친구들 중에는 간혹 "학교는 어쨌든 입학 연도가 기준이니 네 밑으로 들어오는 후배들에게는 깍듯하게 존대를 받아라"라고 말하는 사람도 있다. 학번이 중해서라기보다 나이 때문에 아래 학번들에게 무시당할까봐 하는 충고다. 하지만 나는 어떤 의미로든 학번을 내세울 생각이 없다. 내가 만일 '존중받기 위해' 학번을 내세운다면 동기들보다 어린 나이를 더욱 의식하는 것처럼 보일 것이다. 나는 학번이나 나이 때문이 아니라 인간 그 자체로 존중받아야 한다고 생각한다.

　　나는 나이 많은 동기들과도 친구처럼 지내고 있고 한 학년 아래인 02학번들과도 동기들처럼 스스럼없이 지내고 있으며, 앞으로 들어오는 03, 04학번들과도 그렇게 지낼 것이다. 먼저 경험한 사람으로서의 조언 정도를 할 수 있는 좋은 친구, 그것이 나보다 학교를 늦게 들어온 동문들에게 보여주고 싶은 모습이다.

이런 내 생각에 영향을 미친 분은 할아버지시다.

"중요한 건 나이가 아니라 사람의 됨됨이와 그에 대한 존중이다."

이것이 할아버지의 지론이셨다. 서너 살 위아래는 친구로 지낼 수 있어야 한다는 맹자님 말씀이나, 30년이 넘는 나이차에도 불구하고 학자로서 서로를 공대한 이황과 이이의 이야기를 들려주신 분도 할아버지셨다. 연세가 높으면 고루할 것이란 선입견이 있지만 우리 할아버지는 합리적이고 진보적인 사고를 가지셨다. 6.25 때 미군에서 군복무를 하셨는데 그 때의 경험이 할아버지의 의식에 많은 영향을 끼친 것 같다. 아버지도 한두 살 차이가 나는 분들과 격의 없는 친구로 지내신다. 그런 걸 보면 나이보다는 살아온 환경과 개인적 경험이 그 사람의 가치관을 결정하는 것 같다.

나는 정해진 틀에 맞춰 사는 걸 재미없어 하고, 그래서 제도 교육이 쳐놓은 울타리를 내 식대로 넘나들었지만, 공동체 사회의 기본적인 윤리와 규범에 애정을 가지고 존중한다. 그러나 중요한 건 생물학적 나이에 따른 서열이 아니라 인간에 대한 예의라는 생각에는 변함이 없다.

사람과 사람 사이의 관계를 설정하고 이끌어나가는 것은 사회적 통념과 개인적 의식이 달라 일반화해서 적용하기가 쉽지 않다. 그런데 한편으로는 아주 쉬운 것, 알고 있다고 전제하고 있는 것의 실체가 오리무중으로 느껴질 때가 있다. 내가 공부하고 있는 윤리학이 그렇다. 사람들은 '윤리'를 '이미 다 알고 있는 따분한 설교' 쯤으로 생각한다. 정말 그럴까?

그렇다면 "윤리란 무엇인가?" 라는 질문에 사람들은 얼마나 정확하게 대답할 수 있을까.

윤리학과를 선택한 나에겐 구체적인 목표가 있었다. 정보화 사회에서의 '정보윤리'를 연구하겠다는 것이었다. 디지털 환경에 맞춘 새로운 윤리가 필요하다고는 생각했지만 윤리 자체를 어렵게 생각하지는 않았다. 그 때까지 쌓아온 내 자신의 편견과 아집을 바탕으로 "이렇게 하는 것이 옳은 것이다!"라고 단정한 것이 한두 가지가 아니었다. 그러나 본격적인 학문으로서 윤리와 처음 맞닥들였을 때, 윤리는 말 그대로 '밑도 끝도 없었다.'

강고한 선입견을 깨고 사고의 틀과 방향을 새롭게 하려면 자기 한계를 깨닫게 하는 실제적인 경험과 공부가 필요하다.

요즘 내가 주로 읽고 있는 것은 동양 철학 관련서와 넬 나딩스의 『배려윤리학』, 엠마누엘 레비나스의 『타자윤리학』 등이다. 이 책들의 공통적인 명제는 "다른 사람과의 만남, 그리고 관계속에서 만들어지는 윤리"다.

나는 윤리란 사람들 속에 살아 숨쉬는 것이라고 생각한다. 당연하고 밋밋한 이 말의 방점은 '사람들 속' 즉 '관계'에 찍힌다. 누누이 강조했듯이 나는 결국 사람들 사이에서 실마리를 찾고 결실을 맺어야 한다고 믿는다.

　　많은 사람들과 만나고 여러 사람들을 알아가면서 나는 새로운 철학들에 관심을 갖게 되었다. 법조문처럼 완결되어 존재하는 것이 아니라 사람들과의 관계 속에서 살아 숨쉬고, 그 안에서 성장해가는 윤리를 생각해보게 된 것이다. 컴퓨터와 관련해 연구하고 싶었던 정보윤리 역시 사람과 사람 사이의 윤리가 연구의 기초이자 근간이다. 사회가 아무리 정보화되어도 결국 그것을 생산하고 사용하는 주체는 사람들이기 때문이다.

　　윤리는 고고한 완성자로 존재할 수 없다. 윤리의 주체자가 사람이기 때문이다. 사람을 떠난 윤리학은 항구를 잃은 배처럼 표류할 수밖에 없다.

　　나는 이제 겨우 내 앞에 놓인 여러 갈래의 길 중 마음이 가는 한 길의 초입에 들어선 상태다. 학문의 길은 눈앞에 보이는 곳에 목표가 있는 것은 아닌 것 같다. 평생을 하나의 과제만을 가지고 씨름해도 끝을 보기 어렵다.

　　내 앞에는 윤곽이 보일 만큼 다다르기에도 아직 먼 길이 남아 있다. 하지만 나는 그 길을 꾸준히 걸을 것이다. 그것이 나를 지금 여기에 있게 한 많은 사람들에 대한 보답이라고 생각한다. 아직 아득하고 어둡지만 두려워하지 않을 것이다. 끝이 보이지 않는다고 걷지 않는다면 끝이 존재한다 해도 결코 다다를 수 없기 때문이다.

아직은 보이지 않는 그 길의 끝에 한 걸음이라도 더 다가가기 위해 나는 오늘도 레비나스의 『타자윤리학』 페이지를 넘긴다.

사람에게서
사람을 배운다

2학년이 되면서 컴퓨터공학부에 부전공을 신청했었다. 컴퓨터는 어떤 형식으로든 계속 공부를 해갈 생각이고, 정보윤리를 공부하자면 필요하기도 하다. 정보 사회의 핵심이 되는 컴퓨터에 대해서 기본적인 지식 없이 설득력 있는 주장을 제시하기 어렵다고 생각한다.

컴퓨터공학 공부는 고되다. 매주 나오는 프로젝트 숙제며 네 번에 걸친 퀴즈 등, 따라가기가 벅찰 때도 있다. 여름학기에는 〈자료구조〉라는 전공 과목을 수강했다. 역시 팀 프로젝트가 있었다. 프로그래밍 조의 팀장을 맡은 2주간은 제대로 잠을 잘 수 없었고, 3일은 팀원들과 함께 날밤을 새웠다. 몸은 망가지고 정신은 피곤하다. '이렇게 사서 고생할 필요가 있을까' 하는 마음도 든다. 전공자들은 실무 경험으로 나아가기 위한 경험이지만 나는 그렇지도 않다.

하지만 내가 얻는 것은 따로 있다. 육체적 정신적 극한에 도전해 보고, 그것을 내 스스로 기획하고 이끌어가는 능력을 기르는 것이다.

그런데 요즘 나는 또 다른 학문에도 촉수를 뻗치고 있다. 바로 천문학이다. 나는 이미 신청한 수학과 부전공을 취소했다. 천문학 복수전공으로 전환할까 생각하고 있기 때문이다.

1학년 1학기 때 교양으로 천문학과의 〈인간과 우주〉라는 과목을 수강했다. 과 동기들이 모두 〈과학사 개론〉 쪽으로 몰려 천문학 강의를 들은 사람은 나 혼자였다. 천문학은 만화백과사전 시절부터 관심이 많았다. 유치원에 다닐 때는 망원경을 사달라고 졸랐고, 여섯 살 때 쓴 〈문명의 세계〉에서도 천문학이 상당 부분을 차지했다. 고등학교 때에도 과목 비중이 작긴 했지만 여전히 관심을 가지고 공부했었다. 단한 가지, 함께 들을 동지가 없어 외롭다는 게 흠이었지만 나는 〈인간과 우주〉를 택했다. 그런데 그 외로운 선택이 대학 전반 아니 대학원까지의 공부 방향에 큰 영향을 미치게 될 줄은 몰랐다.

교양강좌는 말 그대로 교양적 성격이 강해, 강의는 개론에 머물고 학생들은 학점 따기 편한 쪽으로 간다. 하지만 나는 '동양철학'과 '사이버 윤리'에 연관된, 전공 관련 교양 과목들에서 그랬던 것처럼 〈인간과 우주〉도 거의 전공 수준으로 매달렸다. 조사, 과제, 보고서 등도 논문 수준으로 써내려고 노력했다. 이유는 단순 명쾌했다. 재미있으니까! 전공하고 관련도 없고 실용성이 있는 것도 아닌데 나는 이런 분야의 학문이 너무나 재미있다.

천문학 자체도 흥미로웠지만 복수전공까지 하고 싶은 마음을 갖는 데 결정적인 영향을 미친 건 '사람'이었다. 나는 〈인간과 우주〉를 강의하시는 박창범 선생님께 아주 깊은 감명을 받았다. 박창범 선생님은 우주론과 고천문학 분야를 연구하고 계신다. 우주론은 아인슈타인이나 스티븐 호킹 박사가 대표적인 연구자로, 우주의 시작과 구조를 연구하는 학문이다. 고천문학은 옛날 우리 선조들의 천문학에 대한 분석, 천문학의 역사를 주로 다룬다. 학문의 실용성에 있어서는 '굶어 죽기 딱 좋은' 분야다.

서울대 교수라는 직함에는 두 가지 상반된 인식이 공존한다. 존경과 선망의 대상이자 특권 의식과 정치성 등으로 비난받는 집단이기도 하다. 블루리본 패널 보고서에 따르면 서울대는 미국 주립대 수준으로 올라 있다. 그걸 보고 이른바 대한민국 일류 대학이 그 수준밖에 못 되느냐고 비아냥거리는 사람도 있다. 나는 내가 다니는 학교라고 무조건 감싸고 싶은 생각은 없다. 하지만 현실을 정확하게 인식할 필요는 있다. 서울대는 미국 주립대의 절반도 안 되는 지원에 교수당 학생 수는 두 배가 넘는다. 국제 경쟁력에 비추어보면 열악한 환경과 처우에도 불구하고 세계적으로 주목받는 놀라운 연구 성과를 내고 계신 교수님들이 많다. 자기 학문에 대한 정열이 없으면 할 수 없는 일이다.

박창범 선생님은 학문에 대한 진지함과 지식인의 사회적 책임에 대한 뚜렷한 소신을 가진 분이다. 학자로서의 소신과 열정은 그분의 〈고천문학〉 연구 성과에서 볼 수 있다. 선생님은 우리나라에서는 과학의 한 분야로 인정해주지 않았던 〈고천문학〉을 천문학의 한 분야로 정립하는 데 결정적인 역할을 하셨다. 나는 선생님에게서 시류에 영합하지 않고 학문의 바탕을 치열하게 연구하는 학자의 자세를 배웠다.

　　내가 받은 감동은 학문에의 열정만이 아니었다. 선생님은 사회적인 문제에도 적극적으로 발언하셨다. 그 대표적 사례가 불합리하게 재임용에서 탈락한 교수의 복직운동 등에 적극 참여하신 것이다. 학교의 행정적 결정에 정면으로 맞선다는 것은 자신에게 돌아올지도 모르는 미지의 불이익을 감수하는 행위다. 그건 단지 동료애만으로 감당할 수 있는 일이 아니다. 이 사회의 지식인으로서 해야 할 책무를 수행하는 것이다. 그것은 학자로서가 아니라 인간으로서, 학문에서가 아니라 인품에서 느껴지는 감동이다.

　　미국의 석학 노엄 촘스키가 세계적으로 존경받는 지성인인 이유는 그가 뛰어난 언어학자이기 때문이 아니라, 지성인으로서 불합리한 사회에 마땅히 가해야 할 준엄한 비판과 실천을 보여주고 있기 때문이라 생각한다. 자신의 지위, 심지어는 생명의 위협에도 불구하고 단순한 지식 전달자가 아닌 지성인으로서의 의무를 저버리지 않고 불의에 대항하는 그의 모습에 나는 숙연해진다.

　　가장 큰 감동은 사람 그 자체로부터 온다.

　　사람에게서 사람을 배우겠다는 생각 때문인지 학문적 진로를 결정하는 데 있어서도 스승의 인간적인 면모를 보고 빠져드는 것 같다. 존경할 수 있는 스승이 있고, 그 스승 아래서 가르침을 얻을 수 있는 나는 정말 행복한 사람이다.

'짱돌 한혜민의 윤리와 21세기'

나는 다양한 경험을 하고 싶지만 도저히 못 해볼 것 같은 일이 있었다. 바로 수능 과외 선생이다. '콕 찍어 외우기' 식 공부는 배우는 것도 가르치는 것도 내 체질에 맞지 않기 때문이다. 그런데 참 이상한 일이다. 그런 내가 수능 강의를 하게 되었다. 그것도 내가 수능 공부를 하면서 가장 고전했던 〈수리탐구 II〉 강의를.

"〈수탐 II〉 강의의 달인을 모십니다." 이투스.

학과 게시판에 붙은 광고가 눈길을 끌었다. 한 인터넷 사이트에서 수능 강사를 모집하는 광고였다. '인터넷 강사라……'

때는 2학년 6월, 새내기는 벗어났으니 한번 해볼 만했다. 카메라에 별 저항감도 없었고 강의를 해보는 것도 재미있을 것 같았다. 쟁쟁한 경쟁자들이 몰릴 것 같아 면접이라도 볼 수 있을까 싶었지만 일단 원서를 넣었다. 인터넷 접수 원서에 희망 과목에 '윤리'라고 적어 넣으면서도 '설마 될까' 싶었다. 그런데 얼마 후 연락이 왔다.

"카메라 테스트 받으러 오세요."

설마가 사람 잡은 것이다.

카메라 테스트에는 신경이 좀 쓰였는데, 테스트를 받고 곧 윤리 강사로 확정되었다는 통보를 받았다. 얼떨결에 행운을 거머쥔 것 같았다. 탤런트 누군가처럼 친구 따라 오디션에 갔다가 일등으로 뽑힌 느낌이었다. 그러나 행운의 진실은 따로 있었다. '윤리'과 지원자가 오직 '나 한 사람'뿐이었던 것! 무심코 휘두른 내 칼이 운 좋게 허를 찔렀던 것이다.

어쨌거나 나는 열심히 강의 준비를 했다. 준비 과정이 쉽지는 않았다. 강의 내용과 구성을 전부 혼자서 짜내자니 처음에는 허공에 집을 짓는 느낌이었다. 입시생들을 위한 강의라고 하면 사람들은 '쪽집개 과외'를 생각한다. 시험에 나올 것들을 뽑아내 알약처럼 간편하게 처방해서 투약하는 방법이다.

하지만 나는 좀 시간이 걸리더라도 내 식의 강의안을 준비했다. 내 식이란 바로 '베이직 학습법'으로 내가 공부해온 방법이다. 어떤 문제를 볼 때 그 문제 자체만 보는 것이 아니라 그것의 백그라운드를 파내는 것이다. 예를 들어 '양명학'을 이야기하면서 단지 양명학의 개요만 정리하는 게 아니라, '정호-정이'의 이정과 '육상산의 심학'에 대해서도 함께 다루는 것이다. 물론 이런 것들은 윤리 교과서에 나오는 내용이 아니다. 하지만 양명학에 대한 정확한 이해를 돕기 위한 방법으로 백 그라운드를 든든하게 깔아 두는 것이다.

나는 이런 방법이 당장 눈앞에 보이는 효과를 내기는 어려워도 기초를 든든하게 쌓는 것이라 생각한다. 기초가 든든하면 그 위에 성을 쌓아올리기도 쉽다. 또 한편으로는 한 가지 토픽을 주변의 환경이나 상황 등과 연관해서 생각하는 힘을 기르는 것도 중요하다. 그 힘은 공부뿐 아니라 삶의 전반에도 적용된다.

다행히 내 강의는 많은 호응을 얻었다. 인터넷 게시판에는 많은 칭찬과 격려의 글들이 올라왔다. 하지만 이런 식의 강의를 계속 할 수 있을지는 아직 미지수다. 기초부터 차근차근 공부하기 위해 인터넷 강의를 듣는 수험생들은 그리 많지 않다. 특히 수능을 앞둔 수험생들은 한입에 먹기 편한 인스턴트 스타일을 선호할 것이다. 나는 그런 요구를 수용할 마음도 능력도 없다. 하지만 나는 나 같은 생각을 가진 강사도 필요하다고 생각한다. 다수는 아니라도 몇몇 사람들은 내 강의방식을 신선하게 여길 것이고 그로 인해 생각을 바꿀 수도 있기 때문이다.

도무지 입시 지도와는 거리가 멀 것 같았던 내가 수능 강의를 하는 것처럼, 인생은 어느 곳에 어떤 기회를 숨겨 두고 있는지 모른다. 나는 그런 기회들을 열심히 찾고, 주어진 기회는 최대한 활용할 것이다.

이투스 역시 그런 기회의 장이다. 강의 준비도 철저하게 하지만 '강의하는 것' 그 자체가 중요한 것이 아니다. 온라인에서든 오프라인에서든 이투스를 통해서 만난 사람들에게 많은 것을 배운다. 클릭 한 번으로 내 강의가 화면에 뜨기까지, 보이지 않는 곳에서 일하는 사람들을 통해 배우고, 그 강의를 듣고 여러 형태로 반응해 주는 분들에게도 배운다. 그리고 이런 배움들이 내 삶과 꿈을 한 걸음씩 이끌어간다.

말하기
두려운 것

부드러운 대화를 위해 절대 화제로 올리지 말라는 두 가지 테마가 있다. 바로 종교와 정치다. 그래서 무척 꺼내기가 조심스럽지만, 종교 이야기를 좀 하고 싶다. 내 삶의 화두와 연결되어 있기 때문이다.

윤리와 종교에 대해 카톨릭 신자인 한 선배가 아주 공감이 가는 말을 했다.

"종교라는 것은 형이상학적 세계에 있는 것이고, 윤리학은 그러한 형이상학적 위치에 있는 진리와 선의 지평을 형이하학의 세계에서 바라다보는 것이고 그것을 끌어내리려고 노력하는 것이다."

나는 그 말에 동의했고 깊은 감명을 받았다.

윤리학은 단순히 이성이나 수학적으로 판단할 수 있는 것이 아니고 도덕 감성을 긍정하고 있다. 도덕 감성이 결국 인간의 윤리적인 의식의 가장 근본에 자리하고 있는 것이다. 근대 서양 철학자인 데카르트나 칸트 같은 사람들이 윤리를 이성의 범주에서 판단하려고 했던 데 비하면 상당히 동양적인 사고다. 철학으로서든 종교로서든 나는 동양학에 깊은 매력을 느끼고 있다.

윤리 공부를 시작하는 첫 학기 때는 서양 철학사를 주로 읽었다. 그런데 2학기 때 동양학 강의를 들으면서부터는 동양 철학에 관심을 갖게 되었다. 처음에는 동양인이자 한국인으로서 동양의 것을 알아야겠다는 단순한 논리로 출발했는데 공부를 해나갈수록 동양 철학이 내 체질에 맞는 학문인 것 같다.

서양철학과 동양철학은 확연한 차이를 가진다. 서양학은 절대적이고 이분법적인 경향이 강하다. 어떤 대상이나 개념을 딱 잘라 규정하고 배타적이고 이성 중심적이고 개별지향적이다. 그런데 동양학은 상대적이고 관계지향적이고 상호보완적이다. 어떤 개념에 대해 구체적으로 말하지도 않지만 비어 있지도 않다. 개개 독자의 개별성을 인정하되 그것을 하나로 묶어낼 수 있는 관계를 중시한다.

동서양의 구분 자체가 서양 사람들이 만들어낸 것이기 때문에 이런 이분법에도 이의를 제기할 수 있겠지만, 동서양의 사고 체계와 관계 방식이 다른 것은 부인할 수 없을 것 같다.

동양학의 특성들은 인간관계나 공부에 있어 관계지향적인 내

기질에 잘 맞는 것 같다. 1학년 2학기 때는 한국정신문화연구원에서 공모한 '인터넷 정보화 시대의 가족문제' 에 대한 논문 모집에 응모해 장려상을 타기도 했다. 이 논문에서도 나는 퇴계 이황과 율곡 이이의 가족 관계를 통해서 정보화 사회의 가족 문제에 접근했다. 사이버 시대에도 여전히 동양 윤리는 유효한 철학이라고 생각한다.

윤리가 전공인 이상 동서양의 철학을 골고루 공부해야겠지만 동양 쪽 좀더 무게를 둘 생각이다. 방학 때는 학교 수업과는 별개로 논어 공부를 하고 있다.

동양철학을 공부하기 위해서는 유교의 사서 삼경을 위시해 불경, 노자 도덕경, 장자 등을 두루 섭렵해야겠지만, 유불도에 대한 기본적인 탐구가 끝나면 본격적인 공부는 불교를 중심으로 해나갈 생각이다. 여러 동양 철학 중에서도 불교에 마음이 기우는 건 학문적 탁월함 때문이 아니라 내가 태어난 날부터 하루도 빠지지 않고 불공을 드리신 할머니의 영향인 것 같다. 종교로서나 학문으로서나 내게 불교를 강조하신 적은 한 번도 없지만 은연중에 그 분위기가 내게 전달된 것인지도 모른다.

불교 중에서도 특히 관심을 갖고 읽는 책들은 민중불교나 불교 사회학, 불교 경제학 쪽의 책들이다. 불교를 학문에 국한해서 탐독하는 것이 아니라 사회참여적인 면을 많이 생각한다. 불교에 있어 깨달음도 중요하지만 보살행을 위해서는 사회참여가 필요하다. 자연히 불교 철학이나 불교 사회학적인 측면에서 사회에 이바지할 수 있는 길을 연구하게 된다. 이를테면 정보윤리와 불교도 실천적으로 연관될 수 있는 부분이 있는 것 같다. 아직 구체화하기 어렵지만 사이버 에티켓이라는 측면에서도 불교적인 맥락으로 네티즌에게 어필할 수 있는 부분이 있다.

　　나는 불교를 단순히 철학적 차원으로 받아들이는 사람은 아니다. 개인적으로 불경을 읽을 때는 종교 경전으로 받아들이고 부처님의 가르침을 따르려고 노력한다. '따른다' 라고 단정적으로 말할 수 없는 것은 내가 "깨달음을 얻고자" 하는 발심의 단계에도 미치지 못하고 있기 때문이다. 종교로서의 불교에 아주 초보적인 수준에 머물러 있긴 하지만 나는 불교도인 셈이다.

　　종교는 인간에게 있어 가장 중요한 부분이거나, 가장 중요한 부분 중 하나일 것이다. 논리적 변증의 문제가 아니라 개인의 믿음에 기초한 아주 본질적인 세계인 만큼 종교에 대해 이야기하는 것은 언제나 두렵고 조심스럽다.

　　종교 자체에 대해 말하기는 어렵지만 종교가 이 세상에서 해야 할 일에 대해서는 말할 수 있다. 그것은 너무나 단순하다. '평화와 사랑과 자비' 를 실현하는 것이다. 종교의 이름으로 증오와 미움, 전쟁과 고통을 일으키는 것은 종교의 외피를 두른 사악한 탐욕일 뿐이다.

　　기독교, 불교, 이슬람교 등 종교의 이름은 다르지만 진리를 깨달은 예수, 부처, 마호메트가 인간들에게 전하고 했던 것은 하나 '조건 없는 사랑과 자비' 였다. 그래서 종교가 위대하고 아름답고 강한 것이다. 인간의 삶에서 가장 중요한 위치를 점할 수 있는 것도 바로 종교의 이런 초월적 속성 때문이다.

　　부처님의 가르침을 따르려 하는 것은 단순히 내 자신의 복을 빌기 위해서거나 부귀 영화를 누리기 위해서가 아니다. 불경스러운 말장난으로 들릴지 모르지만 기복에 대해 나는 이렇게 생각한다. 이 세상의 15억이 넘는 불교 신자들이 자신의 일이 안 될 때마다 부처님께 빌고, 부처님이 그것을 일일이 다 돌보아 주시려면 얼마나 바쁘고 힘드시겠는가. 더구나 그들의 바람이 서로 상충되고 불꽃이 튀며 충돌할 때는 어떻게 해야 하나. 아무리 대자대비하신 부처님이라도 공평무사하게 해결하기 어려울 것이다. 나라도 그 짐을 덜어드려야 할 것 같다.

　　인간이 불완전한 존재이기에 부처님께서 기복을 하나의 삶의 방편으로 허락하셨겠지만, 그 방편에만 집착하면 진정한 깨달음을 얻는데 방해가 되고 오히려 '고(苦)'만 가져오게 될 것이다. 아직 세상의 쓴맛을 제대로 보지 못해서 경솔하게 하는 말일는지 모르겠지만 적어도 내 심경의 변화를 가져올 만한 어떤 큰 일이 일어나지 않는 한, 내 개인의 복을 빌기보다는 '참 깨달음〔正覺〕'이 무엇인지 알기 위해 평생 헤매야 할 것 같다.

　　내가 부처님의 가르침으로 돌아가려고 하는 것은 이 세상에서 내가 해야 할 일이 무엇인지 알기 위해서다. 나는 앞으로도 나에게 맞는, 내가 할 수 있는 연구 분야를 찾기 위해 여러 가지 다양한 과정을 거치게 될 것이다. 그런 가운데 내가 사람들에게 어떻게 보살행을 베

풀 수 있는지, 희망과 행복을 주기 위해 어떤 일을 해야 하는지 찾아나
갈 것이다.

나의 삶
나의 꿈

"**나는** 나는 자라서 무엇이 될까요? ㅇㅇ나라 지키는 국군이 될 테야."

이것이 내 꿈에 관련된 가장 오래된 기억이다. 유치원을 다니던 그 때 나는 "나는 나는 자라서 무엇이 될까요? 공산당 박멸하는 공군이 될 테야"라고 노래 불렀다. 왜 내가 공군이 되겠다고 했는지 앞뒤 사정은 기억나지 않는다. 다만 공산당 운운한 걸로 보아 세뇌된 반공 교육의 효과가 아니었나 싶다. 가장 먼저 가졌던 꿈이 내 의지와는 상관 없이 '동족 박멸'이었던 걸 보면 나도 반공 교육의 희생양이었던 것 같다. 적어도 지금은 이런 섬뜩하고 참혹한 노래를 부르는 아이는 없을 것이란 사실이 정말 다행스럽다.

꿈을 이야기하라면 어떻게 살 것인가와 무엇이 될 것인가로 나누어야 할 것 같다.

어떻게 살 것인가를 처음 의식했던 것은 초등학교 4학년 때인 것 같다. 그 때 나는 막연히 '사람이 되고 싶다' 고 생각했다. 무슨 이유로 그런 생각을 하게 되었는지 기억이 없는 걸 보면 특별한 계기가 있었던 것 같지는 않다. 할아버지가 늘 강조하신 "정의롭고 바르게 살아야 한다"는 말씀이 '사람이 되자' 로 각인된 것인지도 모르겠다.

자신의 삶에 대해 어느 정도 윤곽을 그릴 수 있을 만한 고등학교 때도 나는 뭐가 되든 '바르게 살면 좋지 않겠나' 하는 정도의 생각만 했을 뿐이다. 그 생각은 지금도 변함이 없다.

반면 무엇이 될 것인가는 경험과 사고의 폭이 넓어지면서 변화해갔다.

맨 처음 되고 싶었던 것은 컴퓨터 프로그래머였다. 초등학교 1학년 때 컴퓨터와 놀면서 갖게 된 꿈이다. 어떤 프로그램을 만들겠다는 구체적인 생각이 있었던 게 아니라 그냥 막연한 프로그래머였다. 고등학교에 들어가서는 응용보다 이론을 연구하는 쪽으로 마음이 많이 기울었고 대학에 가서 컴퓨터공학을 전공하고 싶었다. 방향은 달라졌지만 컴퓨터에 관계된 일을 하겠다는 생각에는 변함이 없었다.

그런데 사법고시를 계기로 컴퓨터 정보 관련 전문 법조인으로 다시 한 번 방향을 틀었다. 내가 좋아하는 컴퓨터와 인문학의 절묘한 조화라고 생각했다. 하지만 지금 나는 정보윤리학을 연구하기 위해 윤리와 컴퓨터를 함께 공부하고 있다. 법보다 윤리가 내겐 더 잘 맞는 것 같다.

윤리교육과에 들어와서는 어떻게 살 것인가에 대한 생각이 확실하게 굳어졌다. "사람이 되고 사람을 만들자"라는 것이다. 말의 내용에 차이는 있겠지만 표현상으로는 초등학교 4학년으로 돌아간 것이다.

그럼 도대체 "사람이란 무엇인가" 하고 묻는다면 비트겐슈타인과 노자의 입을 빌어 대답할 수밖에 없다. 비트겐슈타인은 말했다. "말할 수 없는 진리에 대해서는 입을 다물어야 한다." 노자도 도덕경 첫머리를 "도가도비상도 명가명비상명(道可道非常道 名可名非常名)"이라는 말로 시작했다. '사람'이란 말 자체를 내 힘으로 정의하거나 설명할 수는 없다. 다만 내가 할 수 있는 말은 불교에서 말하는 보살행하고 싶다는 것이다. 기독교적인 표현으로는 '사랑의 실천' 정도가 될 것이다.

전공 필수 과목 강의 중에 발표로 진행된 과목이 있었다. "어떻게 살 것인가"의 문제를 단순히 지식 철학적 측면으로 전개하는 것이 아니라 현재 자신의 윤리적 입장에서 발표하는 것이었다.

나는 이렇게 발표했다.

불교에서 말하는 자비는 베푸는 것이다. 물질적인 것이든 정신적인 것이든 다른 사람들에게 베풀어 이 세상이 극락이 될 수 있도록 하는 것이다. 그런데 닫힌 계에는 에너지 보존법칙이 존재한다. 외부로부터의 영향이 차단된 닫힌 계에서는 에너지가 어떤 일을 함으로써 변환해 물리적 화학적 변화가 일어나도 전체 에너지양은 항상 일정하다. 계를 유지하는 전체 에너지의 총합은 감소하지도 증가하지도 않고 보존되는 것이다. 인류가 살고 있는 세계를 하나의 계로 보자. 내가 가지고 있는 것을 조금 덜어낸다면 누군가 받아갈 것이다. 반대로 누군가가 나에게 덜어줄 수도 있다. 이것은 자발적인 에너지의 교환이다. 그런데 만일 자신은 아무것도 베풀지 않으면서 얻으려고만 한다면 누군가는 반드시 피해를 보게 되어 있다. 한정된 에너지로 운용되는 세계에서는 내가 가진 만큼 누군가는 빼앗기게 되는 것이다. 내가 남보다 많은 것을 가지고 있다면 다른 누군가는 그만큼 부족하다는 말이다. 가진 사람이 자꾸 욕심을 내면 더 많은 사람이 박탈당할 수밖에 없다. 결국 내가 필요 이상 많이 가지려고 할수록 다른 사람을 고통 속에 몰아넣는 것이다.

　　다른 사람들에게 베푼다는 것은 가진 것을 덜어낸다는 뜻이다. 자신을 희생해가면서 주는 것은 어렵지만 욕심을 덜고 여력을 더는 것은 그리 어려운 게 아니다. 자신이 덤으로 가진 것은 다른 사람들이 덜어낸 것이거나 혹은 빼앗긴 것이니 다시 돌려준다고 생각하면 된다. 내가 덜어낸 만큼 누군가 받아서 행복해질 수 있다는 생각을 공유하고 실행에 옮긴다면 이 사회가 훨씬 아름다워지지 않겠는가.

물리학과 불교 철학을 접목시킨 이론이었다. 논리적으로 보면 비약이 심하다고 할 수 있겠지만 호응은 상당히 좋았다. 동기 중 한 사람은 "상당히 과학적인 접근을 시도했음에도 인간적인 면이 물씬 풍겨 나온다"고 했다.

어떤 과제를 두고 생각해도 나에게는 관계지향적인 면 그리고 동양철학적인 사고가 드러나는 것 같다. 인생관이나 꿈에 대해서 이야기하라고 하면 정의로운 사람이 되겠다, 선한 사람이 되겠다는 말을 많이 한다. 그런데 나는 정의 윤리보다는 관계 윤리적 측면에서 더 많은 생각을 한다. 서양의 윤리 사상에서도 새롭게 제기되고 있는 배려 윤리론이나 타자윤리론 같은 관계윤리 지향적인 윤리 이론들에 더 관심을 가지고 있다.

나 자신이 천성적으로 사람을 좋아하고, 다양한 사람들과 어울려 더불어 살아가는 세상을 꿈꾸기 때문에 제도화되고 규정된 윤리보다는 상호 관계적인 윤리를 추구할 수밖에 없다. 그리고 올바름이라는 것도 홀로 있는 것이 아니라 바로 그런 관계 속에 내재하지 않을까 생각한다.

나에겐 아직 가야 할 길이 많이 남아 있다. 해야 할 공부도 많고 수양도 더 쌓아야 한다. 하지만 어떤 과정을 거쳐 어떤 길을 걷게 되든 나는 "사람이 되고 사람을 만드는" 삶을 추구할 것이다. 그것이 사람들과 더불어 살아가는 삶의 의미이기 때문이다.

| 혜민이 | 어머니의 | 이야기 |

욕심을 버리고
지켜보는 즐거움

위명자

나는 아이에게
교육을 맞추었다

"혜민이가 공부만 열심히 해서 중고등학교 기간을 단축하고 입시에서 좋은 성적을 받아 서울대에 가고, 그걸 발판으로 다른 아이들보다 빨리 성공하기를 바라는 것이 아닌가 진지하게 생각해 보세요."

내가 혜민이의 중학교 검정고시에 대해 이야기했을 때 주변 분들이 한 이야기다.

누구나 할 수 있는 아주 평범한 질문인 것 같은 이 말은, 앞으로 아이의 장래뿐 아니라 아이의 교육에 대한 내 생각을 묻는 정말 중요한 문제였다.

'나는 정말 혜민이가 명문대를 나와 빨리 출세하기를 바라는

가?'

그러나 몇 번을 되물어도 내 대답은 "아니다"였다. 내가 바라는 건 혜민이의 행복한 삶이었다. 중학교에 가서도 만족스러운 학교 생활을 할 수 있다면 굳이 다른 길을 모색할 필요가 없었다. 하지만 혜민이의 왕성한 호기심과 욕구를 만족시키고 재능을 제대로 키워나가기 위해서는 아이에게 맞는 교육환경이 필요했다.

초등학교 때부터 혜민이는 학교 선생님이 감당하기 힘든 아이였다.

유아기 때부터 호기심이 강했는데 학교에 들어가고 학년이 올라갈수록 지적인 욕구가 따라잡기 버거울 만큼 커갔다. 1학년 때부터 백과사전을 끼고 살았고, 어지간한 역사책은 다 꿰고 있었다. 『삼국지』『수호지』를 몇 번씩이나 읽어 복잡한 인물 계보가 머릿속에 다 정리되어 있는가 하면, 『먼나라 이웃나라』 전 권을 읽고 그 책에서 다루고 있는 나라들의 역사와 자연, 문화를 거의 다 이해하고 기억했다.

호기심이 많아 알고 싶은 건 무슨 수를 써서라도 알아내고, 새로 얻은 지식을 이미 알고 있는 것들과 연관지어 이해했기 때문에 지식의 범위가 넓어지고 늘어갈 수밖에 없었다.

과학과 인문사회 분야에는 특히 관심이 많아, 어떤 질문들은 중학교 사회 교사인 내가 감당하기 벅찰 정도였다. 내가 아는 분야에 대해서는 설명을 해 주었지만 내가 해결해 줄 수 없는 질문들이 늘어갔다. 대답을 해줄 수 없어 곤란할 때마다 "엄마는 사회 선생님이니까 사회에 관련된 것만 물어" 하면서 빠져나가곤 했다.

　　나는 그런 아이가 한편으로는 대견하면서도 한편으로는 걱정
스러웠다. 상급학교에 올라갈수록 성적 위주의 입시 교육을 받게 될텐
데 그 과정에 잘 적응할 수 있을지 의문스러웠다. 지금처럼 모든 교육
이 대학입시에 집중되어 있는 상황에서는 성적 이외의 것들은 일단 무
시될 수밖에 없다. 중학교에 간다고 아이의 왕성한 호기심이 줄어들
것 같지도 않았고, 나 역시 모든 걸 접고 공부에만 전념하라고 권하고
싶진 않았다.

　　학교 교육은 개인의 문제가 아니라 제도의 문제다.

　　현재 우리나라의 중학교 교육은 다수의 아이들을 대상으로 하
기 때문에 보편에 기준을 둘 수밖에 없다. 따라서 개성이 뚜렷한 한 아
이만을 지도해 줄 특별한 프로그램이나 여력을 갖고 있지 못하다. 누
구보다 교사인 내 자신이 그런 상황을 잘 알고 있기에 아이가 학교에
들어가고부터 진로에 대한 고민이 끊이지 않았다.

　　혜민이는 다방면에 관심이 많았지만 특히 컴퓨터를 좋아했고
자신의 장래도 그 쪽에서 찾고 싶어했다. 나는 아이가 원하는 걸 할 수
있도록 해주고 싶었다. 그리고 그렇게 하기 위해서는 학교의 틀을 벗
어나 볼 필요가 있다고 생각했다. 전 과목 성적에 신경을 써야 하는 학
교의 틀 안에서는 자신이 좋아하는 분야를 집중적으로 공부하기 어렵
기 때문이다.

　　물론 그런 생각의 바탕에는 혜민이가 중학교에 진학하지 않고

도 그 과정을 공부할 수 있을 거라는 믿음이 있었다. 백과사전 식으로 다양하게 읽은 책들을 통해 이미 중학교 각 교과 과목에 대한 기초 이해는 되어 있었기 때문에 가족들이 조금만 도와주면 중학 과정은 충분히 해낼 수 있을 것 같았다. 다행히 할아버지와 남편도 나와 같은 생각이었다.

하지만 내게는 한 가지 더 생각해야 할 문제가 있었다. 한 아이의 엄마로서가 아니라 학생들을 가르치는 교사로서의 고민이었다.

'중학교 교사인 사람이 정작 자기 아이는 중학교에 보내지 않은 걸 다른 사람들에게 어떻게 설명할 것인가. 동료 교사들은 물론이고 학부형들 중에는 도저히 납득할 수 없는 분들도 있을 것이다. 학생들과 학부모들의 신뢰를 얻어야 하는 교사로서 이것이 과연 옳은 선택인가.'

나는 아이의 행복이 최우선인 엄마와 제도 교육의 틀 안에 있는 교사 사이에서 갈등했다. 그러나 생각에 생각을 거듭하면서 나는 교사로서의 내 입장보다 아이의 미래가 더 중요하다는 결론을 내렸다. 아이에 관한 문제인 만큼 아이의 행복 외에 다른 것은 생각하지 않기로 했다.

마음의 결단을 내리고 보니 혜민이처럼 일찍 자신의 꿈과 진로를 스스로 설정한 아이에게 맞는 특별한 프로그램이 필요했다. 나는 본격적으로 대안교육 방법을 찾아보았다. 혜민이에게 특별한 관심을 보여준 초등학교 담임선생님을 만나 상담을 했고 대안학교들도 찾아가 보았다.

제도의 안과 밖을 넘나들면서 가능한 여러 형태의 교육을 생각해 보았지만 결국 검정고시를 보기로 결정을 내렸다. 그것이 중학교 교과 과정을 충분히 소화하면서도 자기가 원하는 컴퓨터와 그 외의 다양한 호기심까지 충족할 수 있는 방법이었다. 나는 교육의 틀에 아이를 맞추기보다 아이에게 교육을 맞추고 싶었다.

혜민이가 검정고시를 보기로 결정했다고 하자 주변에서는 상이한 두 가지 반응이 나타났다.

"잘 생각하셨어요. 혜민이는 잘 해낼 거예요"라는 지지와 격려.

"그냥 두어도 잘 할 아인데 괜히 엄마가 욕심을 부려 이상한 방향으로 끌고 가는 거 아냐" 하는 부정적인 반응.

충분히 예상을 했으면서도 부정적인 이야기를 들을 때는 내 마음도 흔들리고 두려웠다. 혜민이의 능력과 재능 그리고 환경을 신중하게 고려한 결정이었지만, 모든 것이 우리 생각대로 되리라는 보장은 없었다. 하지만 그렇게 생각하면 어떤 결정을 해도 불안한 건 마찬가지였다. 이 세상에 보장할 수 있는 일은 아무것도 없으니까.

나는 "어려운 결정이지만 잘했다"라고 말해준 사람들에게서 힘을 얻었다. 단지 우리의 결정에 찬성해 주어서가 아니라 그분들이 혜민이의 할아버지와 할머니 그리고 나와 혜민이를 오랫동안 보아온 동료들이었기 때문이다.

지금도 그렇지만, 내 주위엔 전교조 초창기에 교육 문제를 함께 고민하던 동료 교사들이 많았다. 우리는 자주 모여 토론도 하고 공부도 했는데 그 때마다 유치원생인 혜민이를 데리고 다녔다. 혜민이는 어른들의 모임이 끝날 때까지 책도 읽고 관심이 가는 게 있으면 묻기도 하면서 시간을 보내곤 했다. 그렇게 어린 시절부터 혜민이를 보아 온 동료들은 대부분 내 결정을 지지해 주었다. 나를 잘 알고 혜민이가 어떤 아이인지도 잘 아는 분들의 격려였기에 나는 마음이 놓였다.

신나게 놀기,
재미있게 배우기

　　혜민이는 어렸을 때부터 자기 관심을 뚜렷하게 표명했고 성취욕도 강했다. 가족들은 그런 아이의 호기심들을 충족시켜 주려고 애를 썼다. 특히 할아버지는 아이의 관심과 호기심을 언제나 백퍼센트 이상 만족시켜 주셨다. 남편도 나도 하느라고 했지만 할아버지의 정성과 끈기를 따라갈 수 없었다.

　　혜민이에 대한 할아버지의 사랑은 엄마 이상으로 극진하셨다.

　　어려서 혜민이는 누구의 아들이 아니라 누구의 손자로 알려져 있었다. 어쩌다 내가 아이를 데리고 나가면 "아, 아주머니가 얘 엄마시군요. 할아버지는 어디 가셨어요?" 하는 인사를 자주 들었다. 늘 할아버지가 혜민이를 데리고 다니셨기 때문이다.

혜민이가 태어나기 전부터 할아버지와 할머니는 첫 손자를 기다리시며 희망으로 벅차하셨다. 특히 할아버지는 첫 손자에 대한 기대가 크셨다. 젊은 시절 돈벌이에 바빠 당신 자식들을 제대로 돌보지 못하셨다는 아쉬움이 늘 마음에 남아 있었기 때문이었다. 그래서 손자가 생기면 사랑과 성심으로 키우겠다고 말씀하시곤 했다.

할머니는 "아이들이 할아버지 뜻대로 커주겠느냐"며 아직 태어나지도 않은 손자에게 너무 큰 기대를 하는 할아버지를 안쓰럽게 생각하셨다. 그러나 혜민이는 할아버지의 기대에 어긋나지 않았다.

혜민이가 태어난 것은 집안의 큰 경사였다. 우리 부부에게뿐 아니라 집안의 첫 아이인지라 제대로 울어보지도 못할 정도로 돌봐주는 사람이 많았다. 할머니 할아버지를 비롯해 삼촌 고모까지 온 가족의 손에 익숙해진 혜민이는 바닥에 누워 자려고 하지 않았다. 그 때마다 할아버지와 할머니는 교대로 밤을 새워 안고 재우셨다.

할아버지는 어린 손자에게 가능한 많은 것을 보여주시고 들려주시려고 애를 쓰셨다. 그리고 늘 자연을 호흡할 수 있도록 배려하셨다. 철따라 산을 찾아 나무와 꽃을 보여주시고 아름다운 새소리를 들려주셨다. 자연을 닮아 품성이 반듯하고 따뜻한 사람이 되길 바라셨기 때문이다.

따뜻한 마음과 인내심에 있어서 할머니도 뒤지지 않는 분이었다. 할머니는 혜민이가 태어나는 날부터 하루도 빠짐없이 절에 다니셨다. 자손의 건강과 복을 비는 마음은 어느 부모나 똑같을 것이다. 그러나 십 수년을 하루같이 몸으로 공을 드리기란 쉽지 않다. 조급함이 없는 인내심과 마음의 평화로움이 없으면 할 수 없는 일이다. 할머니의 한결같은 사랑과 공덕이 쌓여 어떤 상황에 처하든 혜민이의 몸과 마음이 밝고 건강한 것 같다.

혜민이의 어린 시절을 돌아보면 할아버지와의 생활이 거의 전부라는 생각이 든다.

할아버지의 사랑과 정성은 구체적이고 실천적이었다.

혜민이가 유모차를 탈 때가 되자 할아버지는 유모차에 라디오도 달아 주셨다. 그리고 여기 저기 유모차를 밀고 다니면서 혜민이에게 기차와 강과 나무를 보여주셨다. 첫돌이 지나자 혜민이를 자전거 앞에 앉혀 여기저기 다니면서 자연과 세상을 보여주셨다.

조금 더 커서는 할아버지 자전거 앞에 앉아 기본적인 교통질서와 환경의 중요함을 배웠고, 사람이 많이 모이는 목욕탕 등에서는 공중도덕을 익혔다.

할아버지의 가르침은 넘치거나 모자람이 없었고 그 덕에 혜민이는 '걸어다니는 공중도덕' 이라는 별명을 가지게 되었다. 서너 살 때도 시내버스를 탈 때는 꼭 차비를 내야 했고, 물을 아끼고, 교통질서를 지키지 않는 사람을 보면 꼭 잘못을 지적하면서 할아버지의 축소판이 되어갔다.

할아버지는 혜민이에게 가장 큰 스승이셨다. 혜민이의 눈높이에 맞추어 주변의 평범한 것들을 통해 조용히, 차근차근 모든 것들을 가르치셨다. 어릴 적 혜민이의 놀이기구는 자연과 주변에서 흔히 볼 수 있는 생활 도구들이었다.

　나는 혜민이를 데리고 장난감 가게를 지날 때 전혀 부담을 느끼지 않았다. 혜민이는 장난감을 사 달라는 소리를 한 적이 한 번도 없었던 것 같다. 남들이 조기교육이다 영재교육이다 하면서 어린 나이부터 여러 학원을 전전할 때 혜민이는 할아버지 손을 잡고 자연과 생활 속에서 필요한 것들을 하나씩 배워나갔다. 지금도 혜민이가 환경이나 윤리 문제 등에 관심을 가지는 건 어릴 적 경험이 바탕이 된 것이라 생각한다.

　아이를 대하는 자세나 가르치는 방법에 있어서 할아버지는 진정한 교육자셨다.

　나는 학부모들에게 "아이의 질문에 짜증내지 말고 친절하게 대답해 주세요"라고 말한다. 하지만 그것을 실천하기가 얼마나 어려운지 누구보다 잘 알고 있다. 혜민이의 밑도 끝도 없는 질문에 오래도록 시달렸기 때문이다. 처음엔 아이의 질문이 기특해 부드럽게 대답해주다가도 질문이 꼬리를 물고 30분 이상 이어지면 "이제 그만 좀 물어." 하고 목소리의 톤이 올라가곤 했다. 하지만 할아버지는 한 번도 짜증을 내거나 '그만'이라고 말씀하신 적이 없었다. 혜민이의 백 가지 질문에 백 번 다 선하게 대답해 주셨다.

　혜민이에게 뭔가를 가르치는 방법 역시 교사인 내가 고개가 숙여질 정도였다. 무엇이든 아이가 호기심을 가질 때 가르치시고, 천천히 확장시켜 나가셨다. 학습 도구 역시 차 번호판이나 목욕탕 굴뚝, 나무젓가락, 달력 등 우리 주변에서 흔히 볼 수 있는 사물을 사용하셨다. 아이는 할아버지와 이야기하고 놀면서 자연스럽게 사물의 이치를 파악했고 순발력 있게 응용하는 능력을 길렀다.

유치원에 들어가서는 또래 아이들과 협동해서 노는 법을 배웠다. 그리고 자신이 맡은 일에 아주 열심을 냈다. 학예회 때 놀부 역할을 맡았는데, 자기에게 어떤 역할이 주어졌다는 기쁨에 어찌나 열심히 하던지 작은 아이가 아름다워 보였다.

초등학생이 되자 잘하는 것과 못하는 것이 구분되어 나타나기 시작했다. 일기를 쓸 때는 조리 있게 의사 표현을 분명히 할 줄 알았으나 부모를 닮아 그림을 잘 그리지 못했고, 체육시간에는 선생님이 걱정하실 정도로 운동 능력이 떨어졌다. 그러나 혜민이는 자신이 못하는 것이라도 아주 적극적으로 참여했고 열심히 하려고 노력하였다. 그림은 못그렸으나 화가들의 삶을 존중했고 미술관에서 그림 보는 것을 좋아했다. 운동을 못했지만 친구들과 하는 운동에 빠지지 않았다. 야구를 할 때는 심판을 보거나 공을 줍는 일 같은 허드렛일을 하더라도 자기가 맡은 역할에 최선을 다했다.

이런 혜민이를 보고 주위 사람들은 운동을 배우게 하거나 미술학원에 보내보라고 권하기도 했다. 하지만 우리 가족은 무엇이든지 혜민이가 하고 싶어 하고 아이가 행복해하는 것이 아니면 다른 사람들이 말하는 기준에 맞추려 하지 않았다. 능력이 떨어지는 부분을 과외로 보충해 모든 것을 잘하는 아이로 만드는 게 결코 좋은 건 아니라고 생각한다. 그렇게 하면 무엇이든 평균적으로 할 수 있는 사람이 될 수는 있겠지만 어느 것도 특출하게 하거나 행복하게 하는 사람이 되기는 어려울 것이다.

아이를 학원에 보내지 않고 학교 생활에만 충실하게 했다고 하면 말만 그렇게 하는 것이라고 생각하는 사람들도 있을 것이다. 혜민이의 경우는 내가 원해서 보냈던 피아노 학원에 다닌 몇 개월을 제외하면 초등학교 6년 동안 한 군데 학원만 다녔다. 바로 컴퓨터 학원이다.

초등학교 1학년 여름방학 때부터 혜민이는 컴퓨터를 사달라고 졸랐다. 그냥 조르기만 한 것이 아니라 어릴 때부터 모은 용돈을 다 내놓으면서 꼭 갖고 싶다고 했다. 아이가 너무 원하니 우리가 절반을 보조해서 컴퓨터를 사 주었다. 그리고 컴퓨터를 잘 배우고 싶다며 학원에 보내달라고 해서 보낸 것이 유일한 과외였다.

그 후에 혹시 학교 공부에 부족한 것이 있지 않을까 해서 학습지를 한 번 사준 적이 있었다. 처음 보는 학습지라서 처음에는 흥미를 갖더니 20분만에 다 풀어버리고는 "재미없다"고 했다. 그 후로는 내 손으로 다시 학습지를 사지 않았다.

혜민이는 학교 선생님의 지시는 문자 그대로 완벽하게 지켰다. 시험지에 낙서를 하지 않으려고 산수 문제를 암산으로 푸는 것처럼, 때로는 너무 어리숙한 게 아닌가 싶은 행동을 하기도 했지만 우리는 그런 면을 답답해하거나 핀잔을 주지 않았다. 수업시간에는 아무리 아는 내용이라도 열중하였다. 커서도 이런 태도를 그대로 고수하는 것으로 보아 어릴 때 수업태도를 바로잡아 주는 것이 꼭 필요하고 아주 중요하다고 생각한다.

재능은 계발되고
성품은 습득된다

　　아이의 진로를 생각할 때 어떤 결정을 하든 불안한 요인이 있기 마련이다. 우리가 검정고시를 검토하면서 불안해했던 건 공부가 아니라 생활이었다. 집에서 혼자 공부를 하다보면 정서적으로 위축될 수도 있고, 선생님이나 친구들과의 접촉이 없어 대인관계에 문제가 생길 수도 있다. 혜민이는 충분히 할 수 있다고 했지만 혼자 해내는 건 무리였다.

　　그런 상황에서 우리 부부가 믿은 건 할아버지와 할머니였다. 할아버지는 교육자로서 또한 철학자로서 혜민이를 충분히 이끌어줄 수 있는 분이었다. 할아버지의 보살핌이 없었더라도 혜민이가 공부를 할 수는 있었을 것이다. 그러나 세상을 바라보는 따뜻한 시선과 사람들과의 편안한 어울림, 삶의 여유 등은 얻기 힘들었을 것이다.

혜민이가 건강한 생활을 할 수 있는 데는 할머니의 보살핌도 컸다. 혜민이는 고등학교 3년 동안 할머니 덕분에 아침을 한 번도 거르지 않고 학교에 다녔다. 할머니의 규칙적이고 건강한 식습관은 아이가 자신의 생활을 체계 있게 꾸려 가는 데 큰 힘이 되었다.

지금도 많은 사람들이 혜민이의 인간관계에 대해 염려하신다. 나이와 서열을 중시하는 한국 사회에서 자기보다 나이가 많은 사람들과 동기로 어울리는 데 어려움이 있을 거라고 짐작하는 것이다. 하지만 그 부분에 대해서 문제 의식을 느껴본 적은 없다. 오히려 친구나 선후배들과 훨씬 부드럽고 유연한 관계를 만들어가고 있는 것 같다. 어려서부터 할아버지 할머니와 생활하면서 자연스럽게 체득된 사람에 대한 유대감이 선생님들, 선후배들, 친구들과의 관계를 따뜻하게 만드는 것 같다.

혜민이는 무슨 일이든 사람을 먼저 생각한다. 그 점에 있어서는 엄마인 나도 감탄스러울 때가 있다.

한 번은 내 친구의 아들이 몸이 좋지 않아 장기 입원을 하게 되었다. 친구는 그 기간 동안 혜민이의 노트북 컴퓨터를 빌릴 수 없겠느냐고 물어왔다. 오랜 시간을 병원에서 보내야 하는 아들이 안쓰러워 어렵게 부탁을 한 것이다. 내 맘 같아서는 선뜻 빌려주고 싶었지만 혜민이가 평소에 너무나 아끼는 물건인지라 확답을 하기가 어려웠다.

그런데 조심스럽게 사정 이야기를 했더니 혜민이는 뜻밖에도 그냥 "선물로 주겠다"고 하는 것이었다. 입원해 있는 동안 심심할 거라며 몇 가지 게임까지 준비해 주고는 "아파서 힘들어 하는 동생이 빨리 건강해지길 바란다"고 말했다.

이렇게 가끔씩 어른인 나도 미처 생각하지 못한 말이나 행동을 해서 사람을 놀라게 할 때는 내가 낳은 아이지만 '도대체 저 아이 속은 어떻게 만들어져 있을까' 하는 의문이 들곤 했다.

아이의 성품은 유전적으로 타고나는 부분도 있지만 가족들의 품성으로부터 영향을 받으며 자연스럽게 습득되는 면도 강한 것 같다.

혜민이는 어릴 때부터 알고자 하는 욕구는 강했지만 장난감이나 옷, 신발 등에 관심을 가진 적이 없다. 딱 한 번 블록 세트에 욕심을 낸 적이 있었다. 다른 아이들은 한 세트만 가지고 노는 것을 꼭 두 세트를 사야 한다고 했다. 아파트를 만들려면 두 세트가 필요하다면서. 하지만 이런 예외적인 경우가 아니면 굳이 장난감을 가지고 놀려고 하지 않았다.

옷이나 신발 등, 자기를 치장하는 데도 거의 신경을 쓰지 않았다. 멋보다는 편한 걸 우선한다.

혜민이가 우리에게는 하나밖에 없는 자식이지만 사 입힌 옷보다 얻어 입힌 옷이 더 많다. 하나밖에 없으니 매번 새옷을 입혀 키울 수도 있지만 옷을 사주더라도 물려줄 동생이 없으니 얻어 입히는 것이 합리적이라고 생각했다.

어려서부터 그렇게 자라서인지 혜민이는 사준 옷이든 얻어준 옷이든 상관하지 않고 입었고 지금도 마찬가지다. 심지어 대학 1년 반 동안 흔히 건빵바지라 부르는 검정바지만 입고 다녔다. 대학 입학하면서 사준 구두는 얼마나 신고 다녔는지 2학년 여름방학때 보니 밑창 앞이 손가락 두 개가 들어갈 정도로 닳아 있었다. 보기가 측은해서 새 구두를 사주마 했더니 추석에 사겠다고 했다. 하지만 추석에 새 구두를 사주었는데도 여전히 헌 구두를 신고 다녔다. 그만큼 신었으면 버려도 된다고 했더니 정말 신지 못하게 될 때까지 신다가 버리겠단다. 앞창이 벌어졌지만 아직 신고 다니기에 불편하지 않고 헌 구두를 신는 게 발이 더 편하다고. 더 이상 말릴 수 없는 노릇이다.

　　이렇게 무심하고 소탈한 면이 있는가 하면 좋아하는 것은 꼭 갖고야 마는 마니아적인 기질도 있다. 백과사전이 그랬고 컴퓨터가 그랬다. 어려서부터 뭔가 갖고 싶을 때는 언제나 구입 목적, 사용 계획, 자금 계획 등을 적어서 가족들에게 보여주고 설득시켜 필요한 것을 손에 넣었다. 검정고시를 준비할 때는 노트북 컴퓨터가 필요하니 사달라고 했다. 그 때도 그냥 사달라는 것이 아니라 갖고 싶은 사양을 정확하게 말하고 노트북을 살 때는 인터넷으로 미국 쇼핑몰을 서핑해서 가장 적합한 기종의 사양서와 초등학교 6년간 저축한 돈을 함께 내밀었다.

　　자기가 필요한 걸 얻기 위해 경제적인 힘을 보태는 건 지금도 마찬가지다. 자기에게 전부 또는 일부라도 물건을 구입할 능력이 생기지 않으면 아무리 필요해도 사달라는 소리를 하지 않는다. 지금 가지고 있는 소형 노트북 컴퓨터와 PDA도 제 힘으로 구입한 것이다.

지금까지 한 혜민이에 대한 이야기는 자칫 아이에 대한 자랑으로만 비칠 수 있다. 하지만 내가 하고 싶었던 이야기는 '한 사람의 인격 형성에 주변 사람들이 미치는 영향이 얼마나 큰가' 하는 것이었다.

　아이의 성품과 자질은 선천적으로 타고나는 부분이 있겠지만, 타고난 품성의 장점과 잠재된 재능을 제대로 꽃피울 수 있는 환경을 만드는 건 어른들의 몫이다.

　나는 혜민이의 엄마지만 정작 혜민이의 성품과 가치관 형성에 깊은 영향을 끼친 분은 나보다 할아버지 할머니셨다. 그분들께서 바르고 따뜻하고 평화로운 마음을 가진 분이었기에 혜민이가 사람들과 어울리기 좋아하고, 도전과 실패를 두려워하지 않고, 어디에서든 상처받지 않고 살 수 있는 심성을 갖게 되었을 것이다. 왕성한 호기심과 지적 욕구, 무엇이든 기초부터 탄탄히 쌓아가는 여유, 생활의 검소함 등도 유아기 때부터 할아버지 할머니가 서두르지 않고 안정감 있게 돌보셨기 때문에 계발된 자질이라고 생각한다.

　혜민이도 나도 두 분께 받은 은혜가 크고 깊다.

내 소망과
아이의 꿈은 다르다

할아버지 할머니는 우리에게 늘 "부모가 아이를 끌고 가려 하면 안 된다. 아이가 자신감을 갖고 자신의 길을 걸을 수 있도록 조금 뒤에서 지켜봐 주는 든든한 버팀목이 되어야 한다"고 말씀하셨다. 그러나 이 '말이 얼마나 실행하기 어려운지 나는 잘 알고 있다.

학부모들과 이야기를 하다보면 요즘 아이들 '징그럽게 말 안 듣는다' 는 말을 자주 듣는다. 그런데 그렇게 말하면서도 '특별한' 혜민이는 다를 거라고 짐작한다. 하지만 혜민이 역시 요즘 아이다. 어렸을 때도 그랬지만 지금도 '하라고 하는 것은 안 한다.' 자기가 하고 싶고 관심 있는 일은 시키지 않아도 알아서 하지만 그렇지 않은 일은 시켜도 꿈쩍하지 않는다. 아니 어찌 해볼 여유조차 주지 않는다.

내가 시키고 싶은 일과 아이가 하고 싶은 일을 놓고 혜민이와 나는 일찍 그리고 크게 대립했었다. 혜민이의 표현을 빌자면, 이른바 '피아노 투쟁' 이다.

나는 혜민이에게 피아노를 가르치고 싶었다. 그저 연주할 수 있는 정도가 아니라 세계적인 피아니스트로 키우고 싶었다. 막연히 생각만 했던 것이 아니라 아이가 태어나면서부터 치밀하게 계획한 원대한 프로젝트였다.

피아노는 어릴 적 내 꿈이었다. 내가 초등학교를 다닐 무렵에는 많은 아이들이 피아노를 배우러 다녔다. 피아노가 있는 집은 많지 않았지만 웬만하면 피아노를 가르쳤다. 꼭 필요해서라기보다 일종의 유행이었던 것 같다.

나도 피아노를 배우고 싶었다. 몇몇 친구들이 그랬던 것처럼 그냥 멋으로 피아노 책가방을 들고 싶었던 게 아니라 정말 피아노 연주를 하고 싶었다. 음악이 좋았고 피아노 연주자가 세상에서 가장 아름답게 보였다. 하지만 부모님은 그런 나를 이해하지 못하셨다. 내가 피아노를 배우고 싶다는 말을 꺼냈을 때 어머니는 "공부하기 싫으니까 피아노 시켜 달라고 한다"고 야단만 치셨다. 학교에 보내는 것 외에 과외 활동을 시킬 수 없는 집안 형편을 잘 알고 있었던 나는 더 이상 부모님을 조를 수 없었다. 레슨비를 내 힘으로 마련해볼까 하는 생각도 해보았지만 돈을 벌 방법을 알 수 없었다. 나는 눈물을 흘리며 피아노에 대한 꿈을 접었다.

그러나 그 꿈이 완전히 사라진 건 아니었다. 나는 내가 못 이룬 꿈을 아이에게 투사했다. 혜민이를 피아니스트로 키울 생각을 한 것이다. 그래서 이름도 부드럽고 예술가적인 느낌이 드는 단어를 골라 혜민이라 지었다. 남자보다는 여자에게 더 어울리는 이름이라고들 했지만 상관없었다. 나는 혜민이가 세계적인 피아니스트가 되어 전세계를 순회하며 청중을 열광시키는 상상을 하며 행복해했다.

하지만 그것은 내 꿈이었을 뿐 아이는 결코 내 뜻대로 움직여 주지 않았다.

일곱 살이 되기 전까지 혜민이는 내 의도대로 따라오는 듯했다. 가르치는 대로 건반을 두드렸고 그다지 어려운 기색을 보이지 않았다. 나는 아이를 피아노 앞에 앉혀 놓고 사진을 찍어 주면서 흐뭇하고 즐거웠다. 그러나 아이가 따라온 건 거기까지였다.

초등학교에 들어가고부터 혜민이는 피아노 앞에 앉으려 하지 않았다. 온갖 좋은 말로 설득도 하고 부드럽게 구슬리기도 하고 윽박지르기도 해보았지만 그 때뿐이었다.

"엄마, 나는 피아노보다 컴퓨터 공부를 하고 싶어요."

아이는 어렸지만 자기가 하기 싫은 일과 하고 싶은 일이 분명했고, 자기가 하고 싶은 공부를 하겠다는 의지도 확고했다. 나는 아이를 억지로 피아노 의자에 앉힐 수는 있었지만 아이의 손가락을 움직이게 할 수는 없었다. 결국 혜민이의 고집에 내가 손을 들었다.

한동안은 내 말 안 듣고 제 고집 피우는 아이에게 섭섭하고 속이 상했다. 나는 너무나 하고 싶었지만 못했고, 그래서 자식을 통해서라도 이루어보려고 했던 내 꿈이 끝내 무참하게 깨져버린 것이다. 한편으로는 어린 게 어쩜 저리 고집스러울까 싶어 기가 차기도 했다.

하지만 오래지 않아 깨달았다. 나는 우리 부모와 똑같은 잘못을 반복하고 있었던 것이다.

나는 피아니스트가 되고 싶은 내 마음을 몰라주고 공부 타령만 하는 부모님을 원망했었다. 아무리 하고 싶어도 공부 외의 취미나 재능 따위는 우리 가족과 무관한 영역이었다. 부모님의 바람은 오로지 공부 잘해서 좋은 직업을 갖는 것이었다. 그렇지 못했던 당신들의 삶이 고단했기 때문이다.

부모들은 대부분 자기 경험의 테두리에서만 사고한다. 지금도 오직 공부만을 강요하는 부모들이 많다. 자신이 못했기 때문에 한이 있거나, 공부만이 희망이라고 생각하기 때문이다. 나 역시 마찬가지였다. 다만 추구하는 영역이 달랐을 뿐이다.

나는 공부에 미련도 희망도 없었다. 공부라면 할 만큼 했고 최선을 다했다. 공부가 좋아서가 아니었다. 할 수 있는 것이 공부밖에 없어서였다. 집안 형편은 어려웠고 그 어려움에서 벗어날 수 있는 길은 공부를 발판으로 좋은 직업을 갖는 것이었다. 그러나 열심히 공부해서 안정된 직업을 얻은 후 내린 결론은, 공부를 잘하는 것이 행복한 것도 아니고 많이 하는 것이 바람직하지도 않다는 것이다.

'아무리 공부를 잘해도 그것이 행복한 삶을 보장해 주는 것은 아니다. 삶의 만족이나 보람과도 관계가 없다. 사람은 자기가 하고 싶은 것을 하고 살 때 가장 행복하다. 그래서 나는 자식에게 공부를 강요하는 엄마가 되지는 않겠다고 생각했었다. 하지만 나 역시 방향만 달랐을 뿐 공부를 강요하는 엄마와 똑같은 생각으로 아이를 몰아세웠던 것이다.

"공부는 못해도 좋지만 피아노는 열심히 쳐야 한다. 그래서 세계적인 피아니스트가 되어라. 그건 세상에서 가장 멋진 일이고 너는 행복할 것이다."

그러나 그것은 내가 느끼는 행복이지 아이의 행복과는 무관한 것이었다.

자식을 사랑하고 행복해지기를 바라는 마음은 어느 부모나 같다. 하지만 정말 아이에게 필요한 건 무조건적인 사랑이 아니라 인격체로서의 존중인 것 같다. 존중은 아이가 정말 원하는 것, 하고 싶은 게 뭔지 아는 데서 출발한다. 나는 고집 센 아들 덕분에 그걸 일찍 깨달은 셈이었다.

갈등을 겪는 동안은 괴로웠지만 지금 생각하면 참 다행스러운 일이다. 아이의 생각을 일찍 알았기 때문에 포기할 건 포기하고 서로 만족할 수 있는 방향을 잡았기 때문이다. 그렇지 않았더라면 더 많은 시행착오를 겪어야 했을 테고 방황도 길었을 것이다.

만일 그 때 혜민이가 고분고분하게 내 말을 받아들였거나 내가 억지로 아이를 끌고 갔더라면 어땠을까. 아마 혜민이는 어느 예술고등학교에 진학해서 그럭저럭 지내고 있을 것이다. 특출하지도 그리 뒤지지도 않는 어중간한 연주 실력을 유지한 채, 여전히 피아노 건반보다는 컴퓨터 자판 두드리기에 더 열을 올릴 테고, 그런 아이가 못마땅해 나는 닦달을 해대고…… 상상만으로도 정말 아찔하다.

다른 사람들의 평가에서
자유로워야 한다

　　혜민이가 영특하니 영재교육을 시켜보라는 사람들이 있었다. 하지만 우리는 영재교육에 관심이 없었다. 혜민이가 영재라고 생각하지도 않았고 영재로 키우고 싶지도 않았다. 재능과 능력은 사람마다 다르겠지만 사회적 테두리 안에서 기본을 충실하게 배우는 것, 좋은 인간관계를 쌓아놓는 것이 가장 중요한 교육의 바탕이라고 생각했다.

　　그런데 많은 학부모들이 그 바탕을 무시하는 것 같다. 오직 공부를 위해 아직 어린 아이들을 외국으로 떠나보내는 걸 보면 나는 마치 허약한 기초 위에 무거운 블록을 쌓는 것 같아 불안하다. 이질적인 풍토에 잘 적응할 수 있을지도 의문이고, 적응한다 하더라도 그 아이들은 결국 남보다 위에서 생존하는 것만 생각하게 될 것이다. 나 외의 사람들을 모두 경쟁자로 인식하고, 경쟁에서 이겨야만 자기 존재를 인정받는 삶이 행복하다고 할 수 있을까.

나는 혜민이가 중학교 과정은 검정고시로 마쳤지만 고등학교는 다니게 하고 싶었다. 공부보다 인간관계를 형성하는 게 중요하다고 생각했기 때문이다. 추억을 함께 나눌 친구도 사귀고, '잊을 수 없는 '내 선생님'도 만나게 해주고 싶었다. 동기생들과 나이 차이가 조금 나긴 하지만 공부하고 어울리는 데 문제가 될 정도는 아니라고 생각했다.

처음부터 뜻을 두었던 건 아니었지만 혜민이가 실업계 학교를 간 것은 지금 생각해도 참 잘한 결정이었다. 학교를 결정하는 게 쉽지는 않았다. 우리가 원하는 환경을 찾아 몇몇 학교를 찾아다니는 동안 마음 고생을 하기도 했다. 하지만 그 덕분에 너무나 좋은 학교를 찾았다.

무엇보다 대진은 혜민이에게 더 없이 좋은 학습 환경을 제공하는 학교였다. 좋아하는 컴퓨터를 마음껏 공부할 수 있고 입시 부담도 적었다. 교사들은 열정적이었고 학생들은 순수했다. 학부모로서 더 바랄 게 없을 정도로 만족스러웠다.

혜민이가 그 학교에 간 것은 다른 학부형들에게도 도움이 되었다. 학부형들 중에는 혜민이가 그 학교에 들어오기 전까지, 또 자기 아이가 그 학교에 들어가서 재미있게 공부하는 모습을 보기 전까지, 단지 실업계 고등학교에 갔다는 사실만으로 자기 아이가 벌써 인생을 실패했다고 생각하거나 아이를 부끄럽게 여긴 사람들도 있었다. 그 학교에서 무엇을 어떻게 가르치는지는 알아보지도 않고 '실업계는 대학과 멀다. 그러니 좋은 학교가 아니고 좋은 학생도 아니다'라고 단정한 것이다.

그런데 내가 만나본 혜민이의 친구나 선배들은 모두 속이 깊고 멋진 아이들이었다. 나는 그런 아이의 진면목을 엄마들에게 말해 주었다. 혜민이가 그런 친구들과 함께 공부할 수 있었던 것만으로도 큰 행운이라고 생각한다. 사람들은 혜민이를 부러워하지만 나는 혜민이의 선배들과 친구들 중에 혜민이보다 훨씬 멋진 아이들이 많다는 것을 알고 있다. 나는 그 아이들이 든든하고 자랑스럽다.

대부분 부모들은 자기 아이의 재능과 역량을 잘 알고 있다. 그럼에도 불구하고 무조건 학교 이름에 매달리는 것은 주변의 평가 때문이다. '우리 애가 이 학교를 갔다고 하면 사람들이 어떻게 생각할까'에 신경을 쓰기 때문에 아이를 무조건 입시 명문으로 몰아간다. 하지만 정작 중요한 건 놓치고 있다. 다른 사람들이 정말 신경 쓰는 건 자기 자식의 장래지 내 아이의 행복은 아니다.

학교에 관해서라면 남의 시선이나 평가를 일단 무시하고 과감해져야 한다. 아무리 명성이 있는 학교라도 아이가 견딜 수 없다면 좋은 학교가 아니다. 따라서 명성 있는 학교인가보다는 아이에게 맞는 학교인가가 우선이다. 혜민이와 우리 부부가 학교를 선택한 기준도 바로 그것이었다.

부차적이긴 하지만 혜민이가 실업계 고등학교를 간 것은 내게도 다행스러운 일이었다. 나에 대한 학부형들의 신뢰가 무너지지 않았기 때문이다. 만일 혜민이가 과학고에 들어갔더라면 그렇잖아도 뭔가 의심스러운 눈초리로 우리를 지켜보고 있던 사람들은 "역시 검정고시는 아이를 빨리 공부시켜 좋은 학교에 보내기 위한 술책이었어" 라고 단정했을 것이다.

혜민이가 합격해 놓은 K고를 포기하고 실업계를 선택한 것도 우리의 의도를 보여준 것이었다. 물론 그런 우리의 선택을 도무지 납득할 수 없다는 사람들도 많았다. 그러나 자신의 선택에 남의 기준이 적용될 수는 없다. 다른 사람들의 판단이나 이해와 상관없이, 혜민이가 평생을 함께 할 친구들과 사랑과 존경이 함께 한 선생님들을 만나게 된 대진정보통신고등학교는 최선의 선택이었고 지금도 그 생각에는 변함이 없다.

갈등 없는
인간관계는 없다

　　아이들이 사춘기를 지날 무렵 부모와의 갈등도 심각해진다. 이 시기에는 말 그대로 '질풍노도'의 시대라고 할 만큼 감정의 기복이 심하고 충동적이 된다. 그래서 조그만 일에도 감정적으로 반발하고 부모와 기성 세대 전체에 대한 반항으로 증폭되기도 한다. 성장을 위한 통과의례이기는 하지만 이해하고 감당해야 하는 부모에게나 홍역처럼 치러내야 하는 아이에게나 힘들고 어려운 시기다.

　　지금 생각해 보면 혜민이에게는 사춘기가 없었던 것 같다. 혹시 표나지 않게 혼자 앓고 지나갔을 수도 있겠지만, 어쨌든 엄마인 나로서는 아들의 사춘기를 거의 느끼지 못하고 살았다. 사춘기를 겪을 만한 나이에 컴퓨터와 시험 준비에 온통 몰입되어 있었던 것 같다. 어쩌면 혜민이는 자신의 지적인 욕구를 충당하기 위해 사춘기까지도 스스로 소멸시켰는지도 모르겠다.

그렇다고 혜민이와 나 사이에 갈등이 없었던 건 아니었다. 오히려 우리 둘 사이의 갈등은 어느 한 시기에 머물렀던 것이 아니라 긴 세월 동안 크고 작은 사건을 통해 반복적으로 나타났다. 그것은 의견 대립에서 오는 것이 아니라 기질적 차이에서 오는 갈등이었다.

정도의 차이가 있긴 해도 자식은 부모를 닮기 마련이다. 혜민이는 나와 남편을 반반쯤 닮았는데 기본적인 기질은 아무래도 아빠 쪽을 더 많이 닮은 것 같다.

나는 일단 목표를 세우면 그 목표를 향해 초지일관하고, 한 번 마음을 먹으면 어떤 어려움이 있어도 해내는 형이다. 계획에 충실하고 책임감도 강하다. 혜민이는 일단 계획을 하면 뚝심 있게 밀고 가는 편이지만 반드시 계획한 대로 실천하는 형은 아니다. 항상 새로운 가능성을 추구하고 창의적으로 일을 시작하는데, 가끔씩은 아주 즉흥적이어서 한 가지 일이 다 끝나기도 전에 몇 가지 다른 일을 벌이기도 한다. 아빠를 닮은 부분이다.

이런 기질적 차이로 우리는 가끔씩 부딪혔다.

혜민이가 초등학교 4학년 때의 일이다. 남편과 나, 혜민이 셋이서 아침 6시에 영어 회화 공부를 한 시간씩 하기로 했다. 나도 영어 공부를 하고 싶었고 혜민이도 영어에 흥미가 있었다. 각자 학원에 가서 배우느니 테이프를 사서 모여서 공부하면 좋겠다고 했더니 남편도 혜민이도 찬성했다.

그런데 그 계획이 첫날부터 어긋났다. 약속대로 6시에 일어난 사람은 나뿐이었다. 남편도 혜민이도 잠자리에서 일어나질 못했다. 남편을 흔들어 깨웠더니 '내일부터 하자'며 돌아누웠다.

그러나 나는 이불 속으로 기어드는 두 부자를 간신히 일으켜 책상 앞에 앉혔다. 첫날이라 힘든 건 알지만 그렇다고 봐주면 아예 계획이 무산될 것 같았기 때문이다. 하지만 그 후로도 틈만 있으면 공부를 빼먹으려 했다. 변명도 많았다. 머리가 아프다, 감기 기운이 있다, 너무 피곤하다…… 아버지와 아들이 똑같았다.

나는 아무리 몸이 아파도 일단 일어나서 할 일은 하고 눕는데, 남편은 귀찮고 머리 아프면 뒤로 미뤄버린다. 나는 계획한 것은 아무리 어려워도 밀고 나가는데, 남편은 꼭 해야 할 이유가 없으면 안 해도 된다고 생각한다. 하지만 세상에 꼭 해야 할 이유가 있는 일이 얼마나 있을까.

이런 기질적 차이는 어릴 때 자란 환경의 차이에서 비롯된 것 같다. 자기 앞길을 알아서 개척해 나가야 하는 환경에서 살아온 나는 의지가 굳은 편인데, 유복한 환경에서 부모님의 따뜻한 보살핌을 받고 자란 남편에게는 독한 마음이 없다. 성품이 부드럽고 여유가 있지만 그것이 험난한 세상을 살아가는 데 꼭 좋은 것만은 아니다.

나는 계획한 것은 어렵더라도 최선을 다하는 모습을 보여주는 것이 중요하다고 생각했다. 할 수 없는 것과 게으름을 피우는 것은 다르기 때문이다. 하기 싫은 영어 공부를 억지로 시킬 수는 없다. 그러나 하기로 했고, 할 수 있는데도 귀찮아서 뒤로 미루는 걸 용인해서는 안 된다. 세상을 하기 좋은 일만 하면서 살 수는 없다. 자기가 하고 싶은 일을 하기 위해서는 하기 싫거나 어려운 일을 해내는 과정을 거쳐야 한다.

따라서 어렸을 때부터 괴롭고 힘들더라도 해야 할 일은 인내하면서 해내야 한다는 걸 가르쳐야 한다. 그것은 무엇이 되는가가 아니라 어떻게 살 것인가 하는 삶의 태도의 문제이기 때문이다.

어떤 상황에 대한 대처법 또한 혜민이와 나의 기질적 차이가 극명하게 드러나는 부분이다.

나는 혜민이가 어떤 기질의 아이인지, 어떤 부분이 나보다 남편을 닮았는지 잘 알고 있다. 그런데 아는 것과 인정하는 것은 다르다. 알고는 있어도 막상 부딪히면 이성보다 본성이 앞서기 때문이다.

혜민이가 학교장 추천으로 서울대 법대에 지원했다 떨어진 날이었다.

떨어졌다는 소식을 들은 나는 오후 내내 가슴이 아팠다. 서울대에 떨어져서가 아니라 아이가 받았을 충격과 상처 때문이었다. 학교장 추천은 내신으로 하기 때문에 기대할 만했다. 실업계 학교라거나 나이가 어리다는 선입견만 없으면 충분히 가능한 성적이었다. 학교에서도 기대가 컸다. 혜민이도 말은 안 해도 내심 기대하고 있었을 것이다.

그런 상황에서 떨어졌으니 어린 마음에 상처를 받았을 것 같았다. 기회는 아직 남아 있지만 수능 시험을 보기도 전에 자신에게 실망하고 좌절하게 될지도 몰랐다.

　　나는 마음을 가다듬었다. '얘가 풀이 잔뜩 죽은 채 책상 앞에 앉아 있겠지. 가서 괜찮다고 말해 줘야겠다. 특차도 있고 정시 모집도 있고 기회는 아직 많으니까 흔들리지 말고 기운을 내라고 용기를 북돋워 줘야지. 학교장 추천은 내신으로 가는 거라서 그 동안 공부에 좀 소홀한 감이 있었는데, 오늘부터는 머리를 싸매고 앉아 특차 준비를 하겠구나.'

　　생각을 정리하고 얼굴을 밝게 하려 했지만 무거운 마음이 완전히 가시지는 않았다.

　　그런데 집에 와서 현관문을 열자마자 나는 다시 문을 닫고 뛰쳐나와 버리고 말았다. 남편과 혜민이가 희희낙락하며 비디오 앞에 앉아 있었던 것이다.

　　화가 났다기보다 정말 어이가 없었다. 나로서는 도저히 납득할 수 없는 상황이었다. 시험에 떨어진 아이와 아빠가 어떻게 저렇게 천연덕스러운 모습으로 있을 수 있단 말인가. 실의에 빠져 있을 아이를 위로하겠다고 표정을 가다듬은 내 모습이 오히려 우스웠다.

　　혜민이의 태도에 실망이 되니까 그 동안 마음에 차지 않았던 공부량까지 떠올라 화를 돋우었다. 내 생각에는 밤을 새워도 시원찮을 것 같은데 혜민이는 다른 수험생들의 절반만큼도 공부하지 않는 것 같았다. 자기 공부 자기가 알아서 하겠지 하면서도 나는 그게 내심 못마땅했었다. 특히 컴퓨터 게임을 하는 것에 대해서는 강한 거부감이 있었다.

컴퓨터를 워낙 좋아하는 아이라는 건 알지만 공부에 아무런 도움도 될 것 같지 않은 게임에 매달려 있는 것을 보면 시간이 아까웠다. 그러나 혜민이는 아무리 싫은 소리를 해도 컴퓨터 게임을 열심히 했다. 심지어 새로운 게임을 구입하면 그 게임을 완전히 섭렵할 때까지 보름이고 한 달이고 내내 컴퓨터 게임에만 매달리곤 했다. 보다 못해 야단을 치면 "이 게임을 완전히 정복해야 다음 공부를 할 수 있으니 야단치지 말라"고 말했다.

그 말은 사실이었다. 일단 게임을 완전히 정복하고 나면 누가 뭐라고 하지 않아도 공부를 시작했다. 정복해야 할 새로운 게임이 나올 때까지. 그런 아이의 성향을 잘 알고 있었지만 컴퓨터 게임에 대한 내 거부감은 여전히 사라지지 않았고 대학에 들어가기 전까지 갈등의 원인이 되었다.

일단 밖으로 나와 걸으면서 마음을 정리한 나는 집에 들어가 남편에게 먼저 따졌다.

"지금 혜민이가 태평스럽게 비디오나 보고 있을 때예요?"

문을 열자마자 다시 닫고 나가는 걸 본 남편은 내 반응을 이미 예상하고 있었다.

"기왕에 떨어진 건 어쩔 수 없는 거고. 혜민이도 충격을 받았을 테니 잠시 머리를 식힐 시간이 필요해. 공부는 내일부터 해도 되고."

정말 남편다운 생각이었다.

"충격을 받은 만큼 더 열심히 해야지, 비디오 보면서 풀어질 시간이 어딨어. 할 거면 지금 당장 시작해야지, 왜 내일로 미뤄."

이게 남편과 나, 혜민이와 나의 차이였다.

나는 생각이나 행동이 치열해서 결과를 볼 때까지 틈을 두지 않는데 남편은 쉬어가면서 하자는 식이었다. 혜민이도 마찬가지 생각이었을 것이다. 하지만 오늘 쉬고 내일부터 할 만큼 시간이 넉넉한 시점이 아니었다. 나는 이번 결과를 계기로 각오를 새롭게 하고 그 동안 느슨하게 했던 공부에 고삐를 죄야 한다고 생각했다.

혜민이에게도 지금이 얼마나 중요한 때인지 강조했다.

"떨어진 것 때문에 마음은 아프겠지만 기회는 아직 많이 있고, 너는 그 기회를 잡기 위해 최선을 다해야 해. 너는 지금까지 너무 안일했어. 오늘 일을 계기로 좀더 열심히 해."

"알았어요, 엄마. 해이해지지 않고 열심히 할 테니까 너무 걱정하지 마세요."

혜민이는 나를 안심시킨 후 책상 앞에 앉았다. 내 말이 설득력이 있어서였는지 아니면 변명을 할 상황이 아니라고 판단해서였는지 모르지만, 다행이었다. 만약 혜민이가 내 말에 반발을 하고 나왔다면 서로의 감정이 얽혀 더 큰 상처를 받았을 것이다. 자기도 하고 싶은 말이 있었을 텐데, 일단 내 감정이 격앙되어 있다는 걸 알고 자기가 물러선 것이다.

기질이 다르면 어쩔 수 없이 부딪히게 된다. 타고난 기질은 마음에 안 든다고 바꿀 수 있는 것도 아니다.

혜민이와 나는 기질적 차이 때문에 갈등이 있긴 했지만 극한 대립까지 가지는 않았다. 서로 감정을 조절하는 훈련을 한 덕에 큰 충돌을 피하고 상처를 줄일 수 있었던 것 같다.

부부 사이도 그렇지만 부모와 자식도 서로 다른 기질을 이해하려는 노력이 필요하다. 부모라고 해서 아이에게 일방적인 복종을 요구하는 것도 문제지만, 반대로 모든 것을 일방적으로 아이에게 맞추는 것도 좋지 않다고 생각한다. 어려서부터 시간을 충분히 두고 서로의 감정을 조절하고 조화를 이루는 훈련을 해야 시행착오를 줄일 수 있다. 그러는 가운데 아이들은 다른 사람들과 조화를 이루며 살아가는 방법도 터득하게 될 것이다. 부모 자식 간의 관계는 혈연을 떠나 모든 사회적 관계의 출발이기 때문이다.

머리 좋은
아이의 함정

간혹 학부형들과 상담을 하면서 '우리 아이는 이렇게 했어요' 라고 예를 들 때가 있다. 실제 사례가 어떤 이론보다 박진감 있고 설득력이 있기 때문이다. 그런데 '우리 아이' 라는 말에 바짝 관심을 보이다가도 그 '우리 아이' 가 혜민이라는 걸 알면 정색을 하고 말한다.

"걔는 특별하잖아요."

그리고 한 마디 더 덧붙인다.

"우리 애는 백날 해도 그렇게 안 돼요."

내가 우리 아이를 예로 든 것은 '이렇게 하면 혜민이처럼 만들 수 있다' 는 뜻이 아니었다. 지금의 결과보다는 그 동안의 경험을 통해 '욕심 부리지 말고 아이의 재능을 살리도록 도와주는 것이 서로 행복해지는 길'이라는 걸 알았다고 말하고 싶어서였다.

학교에 있어 보니 대부분의 아이들은 자기 자신을 잘 알고 있고, 누구보다 자기 인생을 사랑하는 것 같다. 그래서 욕망도 크다. 아이들에게 뭐가 되고 싶은지 적어보라고 하면 나쁜 사람이 되고 싶다는 아이는 하나도 없다. 누구나 한 가지씩은 이루고 싶은 꿈을 품고 있다. 차분하게 말을 시켜보면 속도 차 있고 나름대로 세상을 바라보는 눈도 있다.

문제는 아이의 자리보다 부모의 자리에 있는 것 같다. 부모는 아이의 생각을 듣고 일단 그 판단을 신뢰하는 자세를 가져야 한다. 부모가 자신을 신뢰한다는 걸 인식할 때 아이도 자신의 문제를 더욱 진지하게 숙고하게 된다. 어른들은 대체로 앞에서 끌고 가려고만 하는데 이제 위치를 바꿔야 한다. 바르게 가는지 뒤에서 잘 지켜보다가 어른의 손이 필요할 때 잡아주거나 밀어주는 것이다. 또 가끔은 새로운 길을 보여주고 안내하면서 그 안에서 자신만의 길을 만들 수 있는 기회를 줘야 한다. 그래야만 자기 인생을 스스로 헤쳐나갈 수 있는 의지와 힘을 기를 수 있다. 아무리 자식을 사랑해도 그 인생을 대신 살아줄 수는 없기 때문이다.

뭐든 머리가 좋아야 된다고 말하는 사람들도 있다.

머리가 좋으면 유리한 건 사실이다. 그러나 머리가 좋다고 다 잘 하는 건 아니다. 학교에서 봐도 그렇다. 아이큐가 높은 아이들은 많지만 아이큐 높은 아이들이 공부를 잘하는 건 아니다. 아이큐만으로는 의지를 가지고 열심히 하는 아이들을 따라갈 수 없다. 특정 분야에 관심을 갖고 꾸준히 파고드는 아이들에게도 뒤쳐진다.

때로는 좋은 머리가 걸림돌이 되기도 한다. 머리가 좋으면 남보다 덜 노력해도 남만큼의 성과를 낼 수 있다. 한두 번 그런 성과를 내면 자만심에 빠진다. 자만심에 빠지면 결과가 나빠도 반성하지 않는다. "안 해서 그렇지 조금만 하면 금방 따라갈 수 있다"고 장담하고 자위한다. 그러나 열심히 하는 것은 항상 '다음'으로 미뤄진다. 결국 좋은 머리는 제대로 쓰이지 못하고 남는 건 아무런 의미도 힘도 없는 높은 아이큐뿐이다.

남편은 아이큐의 허와 실을 잘 아는 사람이다.

남편은 풍족한 집안에서 자랐다. 아이큐 136에 공부를 잘하는 편이었는데도 경제적 여유가 있어 과외까지 했다. 5학년 때는 담임 선생님께 특별 과외지도까지 받았다. 학부모들 사이에 담임에게 과외를 받아야 '클 수 있다'는 말이 돌았기 때문이다. '큰다'는 게 성적이 오른다는 걸 의미한다면 맞는 말이었다. 담임 선생님께 한 과외공부는 시험문제와 직결되었다. 자연히 공부를 하건 안 하건 그 과외만 받으면 성적이 올랐다. 우등상도 따놓은 당상이었다. 좋은 아이큐에다 성적이 좋으니 학교에서도 우수한 학생으로 대우받았다.

하지만 '그 우수한 학생'은 스스로 공부하는 법을 몰랐다. 그에게는 과외 교사가 시키는 대로 하는 것이 공부였다. 성적은 좋았지만 그것은 과외의 성과였지 실력은 아니었다.

중학교 입학 시험부터 서서히 과외공부의 한계가 드러나기 시작했다. 1차 시험에서 떨어진 것이다. 자존심에 타격을 받으며 2차 학교에 들어갔는데 들어가자마자 구겨졌던 자존심은 곧 회복되었다. 입학 후 첫 시험에서 일등을 했고 아이큐 검사에서 149가 나왔기 때문이다. '1차 시험에서는 운이 나빠 떨어졌지만 머리가 이 정도면 고등학교나 대학은 마음먹은 대로 갈 수 있겠지. 공부를 조금만 하면 될 테니까.' 남편은 그렇게 생각하고 안심했다.

그러나 상승세를 탄 기간은 잠깐이었다. 두 번째 시험에서는 11등으로 떨어졌고, 그 후로 한 번도 아이큐에 상응하는 성적을 내지 못했다. 좋은 머리에 대한 믿음만 있었을 뿐 공부하는 법은 몰랐기 때문이다.

어렸을 때부터 과외로 다져온 성적은 허상에 불과했다. 과외로 유지한 성적은 과외가 끝나는 순간 바닥을 드러낸다. 누군가 빨간펜으로 테두리를 쳐준 것만 외우기 때문이다. 아무리 오래 공부를 해도 자기 스스로 공부하는 방법을 모르면 공부하는 것이 아니다.

남편은 149라는 높은 아이큐와 질리도록 한 과외 공부가 지금의 삶과 아무런 연관이 없다고 생각한다. 그래서 지금도 '공부시키기'에 대한 이야기가 나오면 시큰둥하게 말한다.

"자기 스스로 공부하는 법을 찾지 못하면 아무리 책상 앞에 오래 앉아 있어도 헛일이야. 그 당시에 뭐 때문에 그렇게 목숨 바쳐가면서 과외를 했는지 모르겠어."

자기 경험을 반면교사로 삼은 남편은 아이에게 시키려 드는 게 없다. 다만 무언가에 조금만 관심을 갖고 시작하려 하면 과감하게 거들어준다. 혜민이가 고등학교 때 고시공부에 관심을 갖자 서울 고시학원 근처에서 엄청나게 많은 책들을 사다 주며 전폭적인 지원을 했다. 그러나 단 한 번 시험을 본 뒤 더 이상 하고 싶지 않다고 하자 그 많은 책들에 눈길 한 번 다시 주지 않고 "그럼 네가 하고 싶은 공부를 하라"고 했다.

"하기 싫은 걸 자꾸 하라고 다그치면 엇나가거나 뛰쳐나갈 수밖에 없지. 도저히 못 견디니까."

하고 싶어서 하는 공부가 아니라면 잘하는 것, 정말 하고 싶은 것이 나타날 때까지 기다려야 한다는 게 남편의 지론이다.

남들이 '특별하다' 고 말하는 혜민이의 아이큐는 111, 보통아이들의 아이큐와 비슷하거나 약간 높은 정도다. 아이큐만으로 따지자면 웬만한 학생들은 다 혜민이만큼 할 수 있다. 그러나 아이큐는 사람이 가진 기초적인 조건 중 하나일 뿐이다. 타고난 머리가 아무리 좋아도 저절로 되는 건 하나도 없다.

혜민이를 지금까지 성장시키고 이끌어 온 것은 아이큐가 아니라 자신의 분명한 선택과 그 선택에 대한 부모의 신뢰와 좋아하는 공부를 할 수 있는 환경, 훌륭한 선생님 그리고 좋은 친구들이다.

성장한다는 것은 어떤 방향을 설정하고 추구하고 수정해 나가는 과정의 연속인 것 같다. 사람마다 주어진 배경과 환경이 다르기 때문에 이 과정도 다를 수밖에 없다. 어떤 사람에게서 영향을 받거나 새로운 아이디어를 얻을 수는 있지만 그대로 답습해서는 자기 것이 될 수 없다. 각자 자기에게 맞는 자신만의 길이 있게 마련이다. 선천적으로 주어진 조건을 얼마나 잘 계발하고 현명하게 활용하는가는 머리보다 노력에, 기대보다는 신뢰에 달려 있는 것 같다.

처음 제도권에서 벗어난 길을 택했을 때는 두렵기도 했지만, 무엇보다 아이의 재능과 성격을 최우선에 두고 한 우리의 선택이 옳았다는 생각이 든다.

사람들은 우리에게 "용기 있다"고 말한다. 그러나 나는 "욕심을 부리지 않았다"고 말하고 싶다. 어느 학교를 가야 하고, 무엇이 되어야 한다는 틀에서 자유로울 수 있다면 누구나 자기에게 맞는 길을 찾을 수 있을 것이다. 그 길을 찾을 때까지 얼마나 아이를 신뢰하고 인내할 수 있는가가 부모의 몫으로 남아 있을 뿐이다.

좋은 부모되기의
어려움

혜민이를 아는 사람들은 이 아이가 어떤 일을 하게 될지 궁금해
하고 기대도 한다. 학교 생활이 평범하지 않았기 때문에 사람들의 궁
금증도 큰 것 같다. 또 같은 이유로 사회생활을 잘 해나갈 것인지에 대
해서도 걱정과 관심이 많다.

나는 혜민이가 그 나이에서 볼 수 있는 어린애다운 면이 있기는
하지만 기본적으로 합리적이고 따뜻한 인간애를 지녔다고 생각한다.
그래서 교육 발전에 도움이 되는 일을 했으면 싶었다. 대학도 사범대
를 갔으니 윤리교육학과에서 배운 윤리와 철학을 바탕으로 좋은 교육
행정가가 되었으면 했다. 많은 사람들이 조기 유학이나 이민을 떠날
정도로 심각한 이 나라의 교육 문제를 풀어나가는 데 혜민이가 도움이

될 수 있다면, 다른 어떤 일보다 보람 있을 것 같았다. 그래서 슬쩍 교육행정고시 이야기를 꺼냈다.

"너 교육행정고시를 봐서 우리나라 교육에 일조해 보면 어떻겠니?"

그러자 혜민이는 재미있다는 듯 되받았다.

"그거 좋겠네. 교육행정고시를 보면 내가 엄마보다 빨리 진급할 수도 있겠네요."

그러더니 나름대로 생각을 해본 모양인지 며칠 후 진지한 어조로 말했다.

"엄마, 사시든 행시든 고시 쪽은 내 길이 아닌 것 같아요. 검사도 좋고 교육 행정도 좋지만 나한테는 별로 의미가 없어 보여요. 나는 학문을 계속해서 사람들에게 필요한 뭔가를 남길 수 있었으면 좋겠어요. 그게 뭔지는 아직 좀더 찾아봐야겠지만."

교육행정가를 포기하라는 말이었다. 내 소망이 두 번째로 거부당한 셈이지만 더 이상 권할 생각은 없었다.

혜민이는 할 수만 있다면 다른 사람들이 미처 공부하지 못한 분야, 이를테면 과학철학 같은 분야를 공부하고 싶다고 한다. 결과가 당장 눈에 보이는 것이 아니라서 약간은 서운한 감이 있지만 나는 혜민이의 판단을 믿고 존중한다. 자신이 좋아하는 과학과 철학을 함께 공부할 수 있으니 좋고, 또 필요한 공부일 거라는 생각도 한다.

단지 부모로서 마음 쓰이는 게 있다면 유학 문제다.

어떤 쪽이든 공부를 계속할 결심을 하면서 아이는 자연히 유학을 생각하는 것 같았다. 나 역시 유학에 대해 생각하지 않을 수 없었다. '공부는 아이가 하겠지만 경제적인 문제를 어떻게 해결할 것인가.'

혜민이도 내가 유학 문제로 고민하는 걸 알았는지 어느 날 말했다.

"유학은 내가 알아서 갈 테니까, 걱정하지 마세요."

나는 마음이 아팠다. "너는 가고 싶은 학교로 가서 공부만 열심히 해. 돈 걱정은 하지 말고"라고 말해 줄 수 없었기 때문이다. 대학을 졸업한 후 지금까지 성실하게 일했고, 아이도 하나밖에 없고, 공부도 썩 잘하는데, 그 아이가 하고 싶은 공부를 충분히 뒷받침해 주지 못하고 학비 걱정을 해야 하는 현실에 속이 상했다.

내가 이런 속내를 이야기하면 사람들은 "그런 걱정은 하지 마세요. 혜민이 같은 아이가 돈이 없어서 공부를 못하는 일은 없을 거예요. 오히려 너무 풍족하게 자라 세상 물정 모르는 아이보다 혜민이가 훨씬 성숙한 사람이 될 거예요"라고 말한다. 그게 얼마나 행복한 고민이냐고 말하는 사람도 있다.

나도 내 고민의 상대적인 무게를 알고 있다. 그리고 내 아이의 문제가 아니었으면 나도 그렇게 말했을 것이다. "조금은 어려움을 겪으면서 크는 것이 아이에게 훨씬 좋은 거예요"라고.

하지만 모든 일이 그렇듯이, 객관적으로 충분히 판단이 되는 일도 막상 자신의 문제로 닥치면 감정이 앞선다. 나는 부모로서 혜민이에게 다른 도움은 주지 못하더라도 공부하는 동안은 편안히 공부만 할 수 있도록 뒷바라지해 주고 싶다. 부모님께 아무런 도움도 받지 못하고 혼자 힘겹게 공부하면서 다른 부모와 내 부모를 비교했던 아픈 경험이 있기 때문이다. 내가 자식으로서 겪은 아픔을 부모가 되어서 다시 겪고 싶지는 않다.

개인적 체험이 달라서인지 아니면 기질적 차이 때문인지 남편은 유학에 대해서도 "제 문제는 제가 알아서 잘 할 것"이라며, 아직은 크게 걱정하지 않는 눈치다.

사실 나도 학비 문제로 혜민이가 부모를 원망하거나 비교할 거라고 생각하지는 않는다. 또 지금도 장학금으로 공부하고 있는 것처럼 학비가 없어서 혜민이가 유학을 포기하는 일은 없을 거라 생각한다. 그럼에도 불구하고 자식에게 보다 좋은 환경을 마련해 주고 싶은 마음과, 힘들었던 학창 시절의 경험이 나를 경제적인 문제에 민감하게 만드는 것 같다.

그리고 또 다른 이유도 있는 것 같다. 내 마음 한 구석엔 항상 부모로서의 자리를 지키고 싶은 마음이 있다. 자신의 모든 것을 스스로 결정하고 처리해 나가는 아이를 대견스럽게 바라보고 지지하지만, 다른 한 편으로는 부모의 자리 아니, 엄마의 자리가 무시되지 않을까 하는 은근한 염려가 자리잡고 있다.

혜민이는 요즘 겨울방학 때 남부 유럽의 미술관과 박물관들을 둘러보고 오고 싶다면서 배낭여행을 준비하고 있다. 여행에 드는 모든 경비와 일정 등은 혼자 힘으로 해결하겠다고 한다. 여행에서 돌아온 다음 유학에 대한 문제도 결정하겠다고 말한다. 아이는 홀로 서는 연습을 철저히 해나가는 중인데 나는 아직 아이에게서 완전히 독립하지 못한 것 같다. 그것이 아이를 통해 내가 극복해야 할 숙제로 남아있다. 아이가 커갈수록 깨닫는다. 좋은 부모되기가 얼마나 어려운지…….

지금 혜민이는 행복해 보인다.

혜민이는 자신이 속한 곳에 대한 자긍심과 애정이 크다. 내 가족, 내 고장, 내 나라, 내 학교, 어떤 영역이든 자신이 있는 자리를 가장 좋은 곳으로 여기며 사랑한다. 어떤 때는 그 만족감이 더 큰 발전을 저해하지 않을까 걱정도 되지만 그보다는 자신이 가진 조건과 환경에 대한 사랑이 보다 행복한 삶을 만들어 가는 바탕이 되는 것 같다.

중학교 검정고시, 실업계 고등학교 출신 등의 평범하지 않은 이력에도 대학 생활을 하는 데 별다른 어려움은 없어 보인다. 대인관계 폭도 넓고 공부도 자신의 소망대로 문이과를 가로지르며 열심히 하고 있다. 원하는 분야의 책도 많이 읽고 관심 있는 분야에는 논문도 제출하고 학술발표회에도 참여하고, 공동과제를 해야 할 때도 앞장서서 더 열심히 하고, 가끔은 형, 누나들과 학과 사무실에서 교육에 대해서 토론도 하고 술자리에 어울리기도 하면서 자신의 지적 호기심을 채우며 산다.

이렇게 자신의 능력과 한계를 잘 알고 자신만의 길을 개척하며 사는 아이가 나는 가끔 부럽다.

지금 나는 수련기관에서 전통음악을 가르치는 행복을 누리고 있다. 어렸을 적 음악가의 꿈이 조금은 실현된 셈이다. 아이를 통해 성취하려 했지만 결국 내 몫으로 돌아온 것이다.

내가 간절히 원했던 그 때에 바로 음악 공부를 했더라면 지금보다 더 나은 삶을 살고 있을지 모른다. 그러나 그때 난 '용기'가 없었다. 내 미래를 스스로 개척할 의지도 부모님을 설득할 확신도 없었다. 혜민이처럼 자신이 하고 싶은 일, 자신이 설계하는 미래에 대한 단호함이 있었다면 나는 아마 훨씬 더 빨리 행복해졌을지 모른다. 그랬더라면 이렇게 돌고 돌아서 먼 길을 오지 않았을 것이다. 하지만 지나온 길은 돌이킬 수 없고, 내 몫의 미래는 아직 남아 있다.

오늘도 혜민이는 늦게 시작한 엄마의 대학원공부를 염려하고 격려해 준다.

사람의 배움은 끝이 없고 부모는 아이를 통해 배우고 성숙하는 존재인 것 같다.

한혜민의
베이직 학습법

공부법이라는 것은 백 사람에게 **백 가지가 있는 법**이다. 사람들의 체질, 성격이 모두 다 다르기 때문에 **"이것이 왕도다"** 하고 내놓을 수도 없고, 누구에게나 통하는 하나의 공부법이란 있을 수 없다. 다만 참고가 될 만한 **또 하나의 방법**이 있을 뿐이다.

여기에 제시되는 공부법은 나 혼자 만든 것이 아니라, 각 과목의 선생님들께 **조언을 얻어 만든 것**이다. 그렇기 때문에 어느 정도의 보편 타당성을 지닌 방법이고, 참고가 될 만한 것이라 생각한다.

❋ 언어영역

　　언어 영역은 배점이 120점인데다가, 신유형의 출현 빈도도 높다. 초입부터 길을 잘 들여놓지 않으면 지루한 장기전을 치러야 하는 영역이며, 진득한 '노동의 대가'로 점수를 얻는 과목이다.

　　언어 영역은 의외로 많은 시간과 노력이 들어가는 과목이다. 수학, 영어에 비해 우리가 일상적으로 쓰는 '국어라서 가볍게' 여기는 경향이 있는데, 이는 위험한 판단이다. 누구보다 나 자신이 그런 의식을 가졌다가 뒤늦게 고생을 한 사람이다. 그래서 공부의 방향이 늦게 잡히긴 했지만, 그럴수록 여유를 가지고 기초를 단단히 쌓기 위해 노력했다.

언어영역 문학 부분의 핵심은 많은 작품을 접하는 것이다.

　　문학 작품을 읽는 건 시간이 많이 필요하기 때문에 원론적으로 공부하자면 물리적인 시간 투자에 어려움이 있다. 따라서 수험생의 경우는 문학 참고서에 나와 있는 작품, 각종 해설서에 있는 작품을 중점적으로 읽는 것이 좋다. 시간이 난다면 재미있는 몇몇 작품을 골라 전문을 읽어보는 것도 상당히 유익하다. 수능에 기출되지 않은 문제라도 많은 문학작품을 접하는 것은 문학에 대한 공포심을 없애주고 시험 문제로 직면할 경우에 익숙할 수 있도록 도와줄 것이다.

　　작품을 읽을 때에는 부담 없이 그냥 죽 훑어보아도 좋다. 문학에 친근감을 갖기 위해서 그저 읽어보기만 하여도 효과가 있기 때문이다. 하지만 기왕에 읽는 것, 무언가 더 얻고 싶은 것이 있다면 작품을 읽으며 '생각' 을 하는 것이 더 좋다. '내가 작가라면 이 다음은 이렇게 시시하게 쓰지는 않았을 텐데…… 왜 이 사람은 이런 행동을 해야만 했을까…….' 이런 상상은 다각적인 생각 훈련도 될 수 있고 수능 문제와도 직결될 수 있다.

또 그저 수동적으로 받아들이지 않고, 능동적 '비판적으로' 작품을 읽는다면 상상력으로 얻을 수 있는 색다른 재미도 느낄 수 있다.

머리를 식힐 때에도 문학 작품을 근처에 둔다면 좋은 효과가 있을 것이다. 나는 머리가 복잡할 때나 잠시 휴식을 취할 때 책을 읽곤 하였다. 새로운 작품이 아니라 이미 읽은『삼국지』,『수호지』같은 부담 없이 재미있게 읽을 수 있는 작품을 쉬엄쉬엄 읽었다. 그렇게 해서 고3 일 년 동안에 삼국지 시리즈를 독파했으니 자투리 시간의 효용이 상당한 것이라 할 수 있다.

이렇게 틈틈이 가볍게 소설, 시를 읽는 것만으로도 언어 영역에서 문학 작품을 접했을 때 문제 풀이의 '마인드' , 그리고 '감' 을 잡는 데 도움이 될 것이다.

비문학 부분은 계속 학문을 할 사람에게 매우 중요한 파트가 아닌가 싶다. 출제되는 작품들이 상당히 잘 쓰여진 논설문, 학술문 등이기 때문이다. 따라서 수능 언어영역 비문학 부분을 공부하면서, 논술

시험은 물론이고 더 나아가 대학에 가서도 활용할 수 있을 정도의 탄탄한 실력을 기르는 것이 좋다.

그렇게 하려면 단순히 문제를 푸는 것이 중요한 게 아니라 글을 읽을 때부터 체계적으로 읽는 능력을 길러야 한다. 비문학적인 작품이라고 해서 단순히 '문제의 지문'으로 보지 말고, 자신이 감명을 받을 수 있는 글로 읽도록 한다. 그리고 그 글이 말하고자 하는 바가 무엇인지, 이 글을 통해서 나는 어떤 생각을 가져야 하는지를 생각한다. 문제의 차원을 수능 풀이에서 한 차원 더 높여 생각하는 것이다.

수능 마무리 기간에는 시간에 쫓겨 그런 여유를 갖기 힘들기 때문에, 언어 영역의 기본을 쌓아가는 첫 단계에서부터 그런 시도를 하는 것이 바람직하다. 수능 뒤의 논술을 위한, 그리고 진정한 '지성인'이 되기 위한 훈련을 처음 기초를 쌓을 때부터 해나가야 한다.

책읽기로 기반을 닦은 이후에 '많은 문제'를 접한다.

언어영역도 문제 푸는 기술이 중요하기 때문에 여러 유형에 익숙해질 필요가 있다. 어쩌면 수학보다도 더 많은 문제를 접할 필요가 있는 과목이 아닌가 싶다. 내 경우도 실제 풀어낸 언어영역 문제집의 수가 수학 문제집보다 더 많았다. 물론, 언어영역에 강한 사람이라면 그 정도로 문제를 많이 풀 필요는 없을 것이다. 그러나 나처럼 언어영역이 약한 사람이라면 언어 영역 문제 풀이를, 수학에 비해 소홀하지 않을 정도로 관심을 기울여야 한다.

✳ 수학

　　수학은 어려운 사람에게는 정말 어렵지만 쉬운 사람에게는 상당히 쉬운 과목이다.

　　대한민국의 수많은 수험생들이 수학 때문에 골치를 앓고 있다는 것을 잘 알고 있다. 나 역시도 첫 모의고사에서 수학 '54점'이라는 충격적인 점수를 받았다. 그러나 의외로 수학은 점수 올리기가 상당히 쉬운 과목이다. 집중적인 노력을 투자한다면 3~4개월만에도 가시적인 효과를 얻을 수 있다. 시간에 쫓기는 중하위권 수험생들은 오히려 막바지 기간을 수학에 투자하는 게 전략적으로 유리할 수도 있다. 나와 내 주변의 사람들도 모두 막바지에 수학에 집중 투자를 하였다.

　　수학은 언어영역과 달리 정확한 답이 도출되는 만큼 원리만 몸에 익힌다면 문제가 쉽게 풀린다. 다만 원리를 체득하는 과정이 어려운데, 이 과정에서는 어쩔 수 없이 수개월간 집중 훈련을 거듭해야 한다.

　　수학은 머리로 해결해야 하는 과목이다. 하지만 그 방법론적인 측면에 있어서는 손의 도움이 절대적이다. 눈으로 훑어보는 것으로는 결코 문제 풀이를 자기 것으로 만들 수 없다. 문제 풀이를 머리로 생각하기 이전에 손에서 먼저 나올 정도로 '손'에 익히는 훈련을 해야 한다.

다른 과목에 비해 많이 부족했던 수학 공부를 보다 전략적으로 하기 위해 내가 사용한 방법이 바로 〈오답노트〉 만들기와 손으로 반복해서 풀기였다. 한 번 틀린 문제는 〈오답노트〉를 만들어 두었다가 매일 복습하면서 꾸준히 손으로 풀었다. 같은 유형의 문제를 만났을 때 절대 틀리지 않을 정도로 두 번, 세 번, 문제를 보면 풀이가 손에서 저절로 나올 수 있을 정도로 네 번, 다섯 번, 많은 문제는 열 번까지도 반복해서 풀이했다. 그렇게 해서 같은 문제는 다시 틀리지 않을 때까지 반복하는 방식으로 기초 원리를 습득했다.

기초 쌓기 이후에는 여러 유형에 대한 응용 문제를 많이 접해야 한다.

외적 영역은 일단 튼튼한 기초가 기반이 되어야 한다. 총알이 많아야 총을 쏘았을 때 더 많이 맞출 수 있는 법이다. 수학이라는 전쟁에 있어 총알이 될 수 있는 것은 기본적인 공식이다. 손에 익은 공식이 많으면 어떤 외적 영역의 문제를 접하더라도 '써볼 만한 공식'이 한두 가지는 떠오르게 되어 있다. 일단 외적 영역의 문제라도 기본을 탄탄히 해둘 것을 강조하고 싶다.

실제 문제에 접했을 때 당황하지 않도록 연습할 당시에 많은 시도를 해볼수록 좋다.

문제를 풀 때는 이 공식, 저 공식 배운 공식을 총 동원하여 유의미한 답을 이끌어내려는 시도를 해야 한다. 문제의 해답을 보는 것은 반드시 그 이후, 할 수 있는 모든 시도를 다한 후여야 한다. 한두 번 시도해서 벽에 부딪혔다고 해답 풀이를 보기 시작하면 절대 자기 실력이 붙을 수 없다. 많은 공식을 이용하다보면 풀이에 있는 과정보다 더 간단한, 자신만의 풀이 과정을 만들 수도 있다.

　　손을 많이 쓰는 노력이 바로 수학 성적을 키워주는 밑바탕이 될 것이다. 수학은 시간도 많이 필요하지만, 얼마나 '손'을 많이 쓰느냐가 관건이 아닌가 싶다.

✳ 외국어영역

외국어 영역은 대학 진학 후에 오히려 더 중요한 학습 도구가 되는 과목이다. 따라서 고등학교에서의 공부가 대학까지 연계될 수 있도록 넓게 생각해야 한다. 단순히 수능에서 점수를 따기 위한 과목으로만 영어를 생각한다면 복잡하고 어렵기만 할 것이다. 영어 학습은 흥미와 재미를 느끼는 데서 출발해야 한다.

그렇다면 어떻게 영어랑 친해질 수 있을까?

우선 영어로 된 재미있는 글들을 접해보는 게 좋다.

내 경우는 일명 '스누피', 영어 정식 명칭으로 'Peanuts' 라는 만화책을 보았다. 영한 대역으로 되어 있는 것이었는데 별로 부담되지 않게 영어를 접할 수 있었다. 일단 가볍게 자신이 좋아하는 만화의 원작을 구해서 읽어본다면 도움이 될 것이다. 이미 내용을 아는 것이라면 한국어를 떠올리면서 자신이 직접 번역한 것과 어떤 차이가 있는지를 비교해가면서 읽는다면 더욱 유익할 것이다. 이러한 과정은 영어에 대한 공포심을 없애고, 친근감을 갖게 만든다.

이 이외에도 힘이 닿는다면 영어로 된 책, 신문, 잡지 등을 읽는 것도 좋다. 그렇다고 자신의 능력에 비해 너무 높은 수준의 책을 선정하는 것은 오히려 영어에 대한 흥미를 반감시키고 무력감만 느끼게 한다. 나는 〈TIME〉지에 야심에 찬 도전을 했었는데 몇 달 지나지 않아

잡지만 수북이 쌓이고 말았다. 너무 어려운 책에 도전하기보다는 문장이 재미있고, 흥미 있는 소재의 책부터 접근해나가야 지속적으로 실력을 쌓을 수 있다. 지금 나는 〈National Geographic〉을 읽고 있다. 신비한 자연의 모습과 인간 문화를 사진과 함께 소개하는 책인데, 사진도 많고 글도 쉽게 쓰여져 있어 재미있게 볼 수 있다. 자신의 취향에 따라 별을 좋아하는 사람은 Astronomy 계열, 컴퓨터를 좋아하는 사람은 PC 계열 잡지를 본다면 쉽고 친숙하게 영어에 다가설 수 있을 것이다.

수능 실전 영어를 공부하기 위해서는 끊임없는 반복이 중요하다.

무조건 암기하려고 하지 말고 반복해서 읽고 말함으로써 자연스럽게 암기되도록 하는 것이 좋다. 그리고 거시적인 측면에서 지문에 접근하기를 권한다. 단어 단위로 쪼개서 공부하기보다는 문장, 문단 단위 전체를 공부해야 한다는 것이다. 단어 단위로 공부하면 나중에 실전에서 지문을 접할 경우 해석하기 곤란한 경우가 생긴다. 문장은 단어의 조합으로 이루어져 있다. 하지만 단어와 문맥의 구조에 대한 이해 없이는 단편적인 사실만 파악할 수 있을 뿐 문장 전체를 제대로 해석할 수 없기 때문이다. 이러한 일을 방지하기 위해 문장을 읽을 때는 큰 구조로 파악해야 할 필요가 있다.

문장을 파악하는 구체적인 학습 방법은 역시 반복이다.

　　이 반복은 단순히 눈으로 읽는 것을 뜻하지 않는다. 수학과 마찬가지로 독해 역시 끊임없는 신체적 반복을 통해 좋은 결과를 얻을 수 있다. 배운 지문을 눈으로만 읽을 것이 아니라 끊임없이 연습장에 쓰고 또 입으로 읽어보아야 한다. 이렇게 해서 지문을 완전히 자신의 것으로 만들 때 비로소 그 부분의 영어를 정복할 수 있을 것이다.

　　그리고 암기는 앉아서 하는 것보다는 돌아다니며 웅얼거리는 편이 더 도움이 된다. 이것은 내 경험을 통해 효과를 체험한 것이기도 하지만 과학적 근거가 있는 방법이다. 근육에 자극이 갈 경우 기억 효율이 더 높아진다고 한다.

듣기도 끊임없이 쓰고 웅얼거리는 것의 반복이다.

　　처음에는 스쳐 지나가 들을 수 없었던 듣기 지문을 여러 번 접하다보면 들리기 시작한다. 받아쓰기를 열 번 정도 하면 정말로 다 들리게 된다. 그렇게 연습을 하기 시작하면 영어 듣기가 서서히 익숙해지게 된다. 하나의 지문을 반복적으로 연습하다보면 단어의 분절이 들리기 시작하고 문장이 들리기 시작한다. 그리고 그것과 비슷한 지문도 들리기 시작한다.

　　결국 모든 공부의 요령은 비례함수에서 비례상수에 불과하다. 결과와 정비례하는 것은 그만큼의 노력 투자인 것이다.

✳ 수리탐구 II

수리탐구II는 사회과학과 자연과학이 합쳐져 있어 공부해야 할 분량이 많다. 따라서 평소 사회, 과학 과목 시간의 수업을 잘 들어 둘 필요가 있다.

보통 수험생들은 고3이 되어서야 수리탐구II를 준비하려고 하는데 그것은 상당히 무리한 방법이다. 수리탐구II는 1학년 때부터 기본서를 준비하여, 수업 시간에 배운 내용은 자신이 공부하고 있는 교재에 붙여 놓는 방법을 사용하면 좋다. 꼭 이런 방법이 아니더라도 수리탐구II 영역은 자신만의 방식으로 꾸며진 'Do It Yourself 참고서'를 각 과목별, 또는 영역별로 한 권쯤 만들어 두면 나중에 유용하게 사용할 수 있다.

나는 〈오답노트〉를 항상 기록하는 방법과 'Do It Yourself 참고서'를 병행해서 나만의 수리탐구II 정리용 학습서를 만들었다. 내 경우에는 간단한 사과탐 요약집을 바탕으로 만들었지만, 충분한 시간을 두고 기본서 단계에서부터 이러한 작업을 진행한다면 상당히 충실한 학습서를 만들 수 있을 것이다.

수리탐구II를 정복하는 관건은 얼마나 많은 지식을 결집시키느냐에 달려 있다. 무리하게, 갑자기 많은 내용을 기억하려 하다보면 머리에 쥐가 나기 마련이다. 머리와 시간에 여유가 있을 때부터, 복습 시간이나 자투리 시간을 활용하여 머릿속에 확실하게 넣어두거나, 효율적으로 공부할 수 있는 준비를 해 두어야 한다.

수리탐구II 역시 많은 문제를 풀어보아야 한다는 점은 다른 영역과 똑같다. 워낙에 유형이 다양하기 때문에 자신이 만든 학습서와 함께, 많은 양의 문제를 꾸준히 풀 필요가 있다. 이 과정에서 〈오답노트〉 작성이 병행되어야 하는 점도 중요하다. 피드백이 없는 학습은 의미가 없다. 틀린 문제는 언제나 스크랩해서 답과 함께 〈오답노트〉를 만들어 두었다가, 문제풀이에 의문이 있을 때에는 해당 유형을 들추어 보아야 한다. 즉, 자신이 만든 학습서가 주교재라면 이 〈오답 노트〉는 부교재가 되어야 한다는 것이다. 수리탐구II는 워낙 범위가 넓기 때문에 그것을 커버할 만한 서브 노트로서 〈오답노트〉는 필수적이다.

〈오답노트〉에는 틀린 문제와 함께, 그 문제에 대한 해설을 첨부한다. 그리고 여러 번 틀린 유형일 경우에는 그것을 연속적으로 모을 수 있도록 한다. 일반 노트보다는 바인더에 철하는 것이 이동, 추가할 때 편리하다.

이에 덧붙여, 각 과목을 맡고 계시는 선생님들을 '괴롭힐' 필요가 있다.

평소에 선생님과 친분을 쌓아 두었다가 모르는 것이 있을 때에는 친한 선생님께 찾아가 답변을 얻어야 한다. 여기에서 얻은 답변을 〈오답노트〉 해설 한켠에 적어둔다. 이렇게 오답노트를 만들어 간다면 수험장에서도 즉각적으로 사용할 수 있는 요긴한 마무리 자료가 될 것 이다.

✳ 모르면 물어라

　내가 가장 강조하고 싶은 공부 방법은 '열심히 찾아다니며 묻는 것'이다.

　혼자서도 충분히 할 수 있는 과목은 시간을 투자한 만큼 결과가 나온다. 하지만 혼자 해결하기 어려운 과목은 아무리 많은 시간을 투자해도 여전히 제자리다. 공부하는 방법을 모르기 때문이다. 그런 때는 무조건 참고서나 시험지에만 매달리지 말고 가르쳐 줄 사람을 찾아가야 한다.

　3학년 담임선생님께서 말씀하셨다. "모르는 것은 죄가 아니다. 죄는 모르는 것을 아는 척하는 것이다. 그럼으로써 자신이 모른다는 것을 숨기는 것이다."

　실제로 선생님께서는 우리의 질문에 막히는 부분이 있으면 솔직하게 시인하셨다.

　"그 부분은 잘 모르겠는데 책을 찾아보고 확실하게 공부해서 다음 시간에 가르쳐주마."

　선생님께서 "모른다"고 말씀하셨다고 해서 우리는 선생님을 무시하지 않았다. 전공이 아닌 부분은 어설프게 가르치면 잘못된 지식을 전달할 수 있다. 그것은 잠시 체면치레를 위해 가르치는 사람의 본분을 망각한 것이다. 우리는 교사로서의 체면이나 권위를 지키기 위해 적당히 얼버무리지 않고 "공부해서 정확하게 가르쳐주겠다"고 하시는 선생님을 진정한 교육자로서 존경했다.

　물어서 터득한 것은 잊어버리지 않는다. 자신이 어떤 부분을 모르고 있었는지 정확하게 짚어낼 수 있기 때문이다. 나도 선생님을 직접 찾아가 물어서 배운 것이 많다. 특히 수학은 문제를 풀다가 막히거나 나와 전혀 다른 방식의 해법을 보았을 때 선생님을 찾아가 "왜 이런 식으로 풀어야 합니까?" 하고 물어서 해법을 납득하고 넘어갔다.

　공부를 제대로 하려면 가만히 앉아서 주는 것만 받아 소화하려 하지 말고 배워야 할 것을 적극적으로 찾아나서야 한다. 나는 대학에 와서도 열심히 묻고 있다. 특히 교양과목은 다른 과 교수님들 방까지 찾아가서 묻는다. 귀찮을 정도로 쫓아다니면서 질문하는 건 학문을 배우는 방법인 동시에 사람들과 관계 맺는 방식이기도 하다. 많은 사람들의 다양한 면을 통해 배우고 내가 부족한 부분들을 채워나간다.

　"모르면 물어라. 물어서 확실히 깨우쳐라."

　모르는 걸 묻는 건 창피한 일이 아니라 배우는 사람의 기본 자세다. 모른다는 사실을 그대로 받아들이고 친구가 되었든 선생님이 되었든 알고 있는 사람을 찾아가 겸손하게 가르침을 받아야 한다. 자존심이 상하고 부끄럽더라도 부끄러움을 무릅쓰고 가야 한다.

　대학에 와서 공부한 것 중에 '아도르노의 부정의 변증법' 이라는 것이 있다. 쉽게 말하면 어떤 노선을 부정하고 부정하고 부정하면서 나아가는 과정중에 진리에 도달할 수 있다는 것이다. 그는 자신의 이론은 개진하면서도 실천적인 강령 같은 것을 제시하지는 않았다. 이상히 여긴 제자들이 그 이유를 묻자 "내가 뭔가 하나를 제시하면 내가 한 말 하나가 굳어져서 내가 늘 깨라고 했던 모순적 요소로 굳어지기 때문이다" 라고 대답했다.

공부를 하는 방법도 마찬가지다. 어떤 시험에서 수석을 한 누군가가 금과옥조로 여기는 방법이라고 해도 나에게 맞지 않으면 쓸모없는 것이다. 뛰어난 능력을 발휘한 사람의 효과적인 방법론을 보고 배우는 것까지는 좋지만 그것에 집착할 필요는 없다. 실제로 공부법에 대한 책은 많이 나와 있지만 그 방법들이 다 자기에게 맞는 것은 아니다. 체질에 맞는 공부법을 찾아내 효과적으로 적용하는 것은 자기 몫이다.

실제로 눈앞 바로 1미터 지점에 도달하는 데도 앞으로 두어 걸음 성큼 걷는 방법이 있는가 하면, 있는 자리에서 지구를 거꾸로 돌아서 도착할 수도 있다. 따라서 이 말의 효율적인 측면을 접어두더라도 일단 앞으로 잘못 나아갔을 때 빠질 수 있는 위험에 대해 경고하고 있는 점은 유효하다고 생각한다. 절대적으로 사수해야 할 방법론은 없다. 아무리 좋은 공부법도 내게는 모순을 보일 수 있다.

공부법에 대한 이야기를 마무리하면서 나도 아도르노의 말로 끝맺고 싶다. 내 방법도 단지 내가 해온 방법일 뿐 정석으로 받아들여지지 않기를 바랄 뿐이다.

✽그 밖의 이야기들

수능에 관련된 공부법은 대략 이야기가 끝났다. 하지만 공부법만으로 공부가 되는 것이 아니다. 공부법보다 더 중요한 것이 기본적인 생활수칙이다. 아무리 좋은 공부법이라도 제대로 시행할 수 있는 기반이 마련되지 않으면 성과를 낼 수 없다.

그 기반의 첫째가 건강 관리다.

수능이 사격이고, 기본 실력이 총알이라면 건강은 사격을 성공적으로 마치기 위한 흔들리지 않는 정신력에 해당하는 것이다. 공부를 효율적으로 하기 위해, 그리고 앞으로 펼쳐져 있는 삶을 즐겁게 살기 위해서 건강 관리를 해 두는 것은 필수적이다.

수면, 생체 리듬에 맞춘다

수험생들을 괴롭히는 것 중 하나가 잠이다. 대학 입시 시험의 최고 득점자나 수석 입학자들과의 인터뷰에 보면 빠지지 않은 질문과 공식 같은 대답이 있다. 바로 교과서 중심의 공부와 적당한 수면이다. 시험의 형태가 아무리 바뀌어도 변함없는 식상한 공식에 냉소를 보내면서도 사람들은 여전히 같은 질문을 한다. 어떻게 해결하는 것이 좋은지, 혹시 특별한 방법은 없는지 늘 궁금하기 때문이다.

하루가 24시간으로 한정되어 있기 때문에 생긴 강박인지 사람들은 공부 시간과 수면 시간은 반비례한다고 믿는 것 같다. '3당 4락'

처럼 한두 시간 차이로 당락 운운할 정도로 큰 비중을 두기도 한다.

나는 다행히 잠 때문에 스트레스를 받는 형은 아니었다. 수면시간은 공부하는 형태에 따라 시기별로 조절했다. 학원에 다닐 때는 공부와 시간 조절에 대한 부담이 있어서 5시간 정도 잤다. 아침에 일어나기가 힘들었지만 시간을 끌지는 않았다. 대신 하루 30분 정도 낮잠을 즐겼다. 더 많이 자면 머리가 아프고 몸이 쳐지지만 30분 정도의 낮잠은 피로를 풀고 정신을 맑게 했다.

수능이 가까워지면서 자는 시간을 조금씩 늘렸다. 평균 6-7시간은 잤다. 정리단계에 들어가면서 공부든 잠이든 시간에 대한 강박감을 갖지 않도록 안정적으로 관리했다.

잠자는 시간이 불규칙적으로 들쭉날쭉해진 것은 오히려 대학에 들어오고 난 후부터다. 마음 편한 주말에는 10시간 정도 자지만, 시험 기간에는 3-4시간 정도 자거나 아예 밤을 새는 때도 있다. 공부하는 방법이나 내용이 고등학교 때와는 질적으로 달라졌다. 좋아하는 과목을 선택할 수도 있고 시간을 자율적으로 운용할 수도 있지만, 선택과 자율에 따르는 책임도 만만치 않다. 재미도 있지만 그런 만큼 절대적인 시간과 노력을 요구한다. 하지만 꽉 짜여진 시간표대로 움직이면서 외우기용 시험 공부에 매달리는 것보다 적당한 무게감을 의식하면서 자율적으로 능력껏 파고드는 스타일이 나에게는 더 맞는 것 같다.

사람마다 잘하는 과목이 다르듯 공부의 효과도 시간대별로 다르다. 새벽에 공부가 잘 되는 사람이 있는가 하면 해가 져야 머리가 또

렷해지는 사람도 있다. 남들이 3-4시간 잔다고 해서 무조건 따라했다 가는 피곤하기만 하고 효과는 반감될 수도 있다. 수험생에게 충분히 자도 좋다고 말하기는 어렵다. 물리적인 시간 투자가 가장 정직한 공 부법이기 때문이다. 분명한 건 자신의 생체 리듬에 맞는 수면 스타일 과 시간을 찾아내고 기간에 따라 한두 시간 정도 탄력적으로 운용하는 것이, 일방적으로 시간을 정해 놓고 억지로 맞추면서 스트레스를 받는 것보다 낫다는 것이다.

아침 식사, 조금이라도 꼬박꼬박 챙겨 먹는다.

아침 식사를 하지 않으면 오전 시간에 공부가 되지 않는다. 몸 은 깨었어도 뇌가 제대로 깨지 못했기 때문이다. 물론 아침부터 부담 되는 음식을 먹으면 오히려 잠이 오는 역효과를 가져올 수 있을 것이 다. 하지만 간단하게 아침을 챙겨 먹으면 뇌에 포도당 공급이 활발해 져서 아침 과목의 성적에 좋은 영향을 미치게 된다.

수능 시험장에서도 마찬가지이다. 뇌는 아침 식사 후 3시간 정 도 이후에 최고의 능력을 발휘한다는 이야기를 들은 적이 있다. 수능 시험 날은 6시 정도에 일어나서 간단한 아침을 먹고 출발하면 2교시 수학 시간의 두뇌 회전에 큰 도움을 받을 수 있을 것이다.

몸과 마음의 건강을 위해 잠시 숨을 돌리는 시간을 만든다.

공부를 할 때는 집중해서 열심히 하더라도 쉬어야 할 시간을 정해놓고 그 시간에는 책에서 눈을 떼야 한다. 책을 잠시 덮어두고 스트레칭을 한다든지 창을 열고 바깥 공기를 쐰다든지 하는 방법을 통해 몸과 마음을 새롭게 할 필요가 있다. 가끔씩 여유를 가지고 쉬어야 시력 보호, 자세 교정, 그리고 정신 집중에 도움이 된다.

주말에도 여유를 가졌으면 하는 생각이다. 나도 주말에는 공부를 조금 줄이고 절에 가거나 등산을 가는 방법으로 몸과 마음을 재충전하였다. 재충전 없이 공부에만 매달리다 보면 몸과 마음의 에너지가 바닥나서 정신적 신체적 한계 상황에 부딪히기 쉽다. 현명하게 판단하여 적절히 조절해 주어야 할 일이다.

자신의 내면을 살찌우는 데도 게을러서는 안 된다.

잠시 마음을 다스릴 여유도 없이 공부에만 매달린다면 자신의 내면이 황폐해짐을 느끼게 될 것이다. 나는 가끔씩 서점에 들러 책들을 훑어보았다. 그리고 마음에 드는 책이 있으면 일단 사놓고 틈틈이 시간을 내 읽었다. 그러는 가운데 생각이 풍성해지고 정신이 고양되는 것을 느꼈으며, 다시 공부할 의미와 힘을 얻었다.

시간에 쫓겨 마음이 불안하다면 "논술을 준비한다"는 생각으로 책을 읽는 방법도 있다. 좀 각박한 방법이긴 하지만 일석이조의 효과를 낼 수 있는 효율적인 책읽기가 될 수도 있다. 이런 때는 그 목적에 적합한 책을 골라 읽으면 좀더 안정된 책읽기를 할 수 있을 것이다.

마지막으로, 내면의 평화와 의지를 위해 종교도 권하고 싶다.

종교는 시험을 잘 치기 위한 방편이 아니다. 수능 때문에 종교를 가질 필요는 없겠지만 수능을 이유로 종교 생활을 단절할 필요도 없다. 마음에 진정한 신앙심이 있다면 마음이 흔들릴 때 단단한 버팀목이 되어줄 것이고 힘들고 불안할 때 마음의 안식처가 되어줄 것이다. 종교는 마음에 위로와 평안을 주는 동시에 지금까지 보지 못했던 세상의 새로운 점들을 보게 한다. 또한 인생을 살아가면서 부딪히는 수많은 문제들에 답을 얻게 하거나 진정한 삶의 가치를 깨닫게 할 수도 있다.

그리고 궁극적으로는 이러한 가치들이 왜 공부를 해야 하는가, 어떻게 시련을 이겨야 하는가, 무엇을 목표로 할 것인가 하는 근원적인 의문과 갈등에 가장 확고한 해답을 줄 수 있을 것이다.

가지 않은 길

로버트 프르스트

노란 숲 속에 길이 두 갈래로 났었습니다

나는 두 길을 다 가지 못하는 것을 안타깝게 생각하면서

오랫동안 서서 한 길이 굽어 꺾여 내려간 데까지

바라다볼 수 있는 데까지 멀리 바라다보았습니다

그리고, 똑같이 아름다운 다른 길을 택했습니다

그 길에는 풀이 더 있고 사람이 걸은 자취가 적어

아마 더 걸어야 될 길이라고 나는 생각했던 게지요

그 길을 걸으므로, 그 길도 거의 같아질 것이지만

그 날 아침 두 길에는

낙엽을 밟은 자취는 없었습니다

아, 나는 다음 날을 위하여 한 길은 남겨 두었습니다

길은 길에 연하여 끝없으므로

내가 다시 돌아올 것을 의심하면서…

훗날 훗날에 나는 어디선가

한숨을 쉬며 이야기할 것입니다

숲 속에 두 갈래 길이 있었다고

나는 사람이 적게 간 길을 택했다고

그리고 그것 때문에 모든 것이 달라졌다고

남들은 나를 색다른 과정을 거쳐 대학에 온 특이한 학생이라고
말한다.

맞기도 하고 틀리기도 한 말이다. 다른 사람들보다 일찍 대학에
들어와 특별한 대접을 받기도 하지만, 나 역시 노는 걸 좋아하고 하고
싶은 일과 할 수 있는 일들 사이에서 우왕좌왕하면서 시간을 보내는
대학교 2학년생일 뿐이다. 어떤 때는 열여덟 살이라고 하기에 내 자신
이 좀 일찍 늙어버린 것이 아닐까 싶기도 한다. 남보다 일찍 많이 얻은
만큼 잃은 것도 많다는 생각이 들기도 하기 때문이다.

돌아보면 선택의 고비마다 포기할 수밖에 없었던 소중한 것들
이 많았다.

검정고시를 선택하면서 중학교에 가서 그 시절에 또래 친구들
에게 얻을 수 있는 기쁨과 추억을 포기했고, 실업계 고등학교를 선택
했기 때문에 대부분의 인문계 학생들이 입시 준비를 하면서 경험하는,
비슷하면서도 한두 군데쯤은 튀는 자잘한 이야깃거리를 공유할 수 없
었다. 쓴 기억이건 달콤한 추억이건 어떤 경험이든지 그것이 이 세상

과 나 자신에게 해를 가져오는 것이 아니라면 나름의 가치를 지닌 소중한 것이라고 생각한다. 그래서 내가 경험하지 못한 것들에 대한 아쉬움이 남아 있다.

하지만 그렇다고 내 선택을 후회하는 것은 아니다. 하나를 선택하면 다른 한 길은 포기할 수밖에 없다. 선택으로 얻는 게 있으면 선택하지 못했기 때문에 잃는 것도 있는 것이다. 나는 포기할 수밖에 없었던 것들에 대한 아쉬움을 내 선택에 최선을 다하는 것으로 달래고 채웠다.

다른 사람들과는 다른 길을 택했지만 내 스스로 선택한 길이었기에 안정감 있게 걸었다. 출구를 찾아 좌충우돌하는 것 같았지만 내가 나아갈 방향은 뚜렷했고, 그것을 위해 도전하는 걸 두려워하지 않았다. '가지 않은 길'에 대한 아쉬움은 여전히 남아 있지만, 놓친 걸 아까워하느라 세월을 낭비하고 싶지는 않다. 나를 지금 여기에 있게 한 내 선택에 만족한다.

앞으로 걸어야 할 길이 더 많이 남아 있다. 나는 멈추지 않고 계속 걸을 것이고, 또다시 하나를 선택해야 하는 갈림길에 설 것이다. 그때도 역시 내 선택의 기준은 분명할 것이다. "사람이 되고 사람을 얻는 길." 그 길 끝에 나와 다른 사람들이 함께 나눌 수 있는 달콤한 열매가 있었으면 좋겠다.

　　이 책의 인세는 나와 비슷한 또래의, 그러나 나보다 어려운 환경에 있는 친구들, 그리고 도움이 필요한 여러분들을 위해 쓰기로 했다. 나는 책을 써서 세상에 내는 그 자체만으로 충분히 보상을 받았고, 그 외의 부가적인 대가는 나를 키워준 세상의 몫이라 생각한다.

　　내가 안정된 환경에서 좋은 사람들과 어울려 이 자리까지 오는 동안 보이지 않은 많은 사람들의 음덕을 입었다. 내가 입은 은혜만큼은 아니더라도 내 힘이 자라는 만큼은 돌려드리고 싶다.

　　또 한편으로는 부담을 덜고 싶은 마음 때문이기도 하다.

　　이 책이 그렇지 않아도 시험 공부에 시달리고 있는 수험생들에게 또 하나의 학습 지침서로 혹은 어머니들의 교육 지침서로 사용될까봐 걱정스럽다. 물론 공부하는 사람들에게 도움이 되었으면 좋겠지만 그것이 내가 의도하지 않은 방향으로 작용할 수 있다는 생각을 하면 부담이 되고 미안하다. 그래서 이 책의 목적인 "희망 주기"를 다른 방법을 통해서라도 해야겠다고 생각했다. 먼저 부모님과 상의하고 출판사와 논의한 끝에 인세를 '열린 교육'을 후원하는 데 사용하기로 의견을 모았다.

　　조용히 할 수도 있는 일을 굳이 덧붙여 밝히는 데는 두 가지 이유가 있다.

　　첫째는 이것이 감출수록 값진 미담이 아니라 누구나 할 수 있는 범상한 일이기 때문이고, 두 번째는 설사 책의 내용에는 실망한 독자라도 이 책을 읽었다는 자체만으로 누군가에게 도움이 되었다는 기쁨을 얻게 하기 위해서이다.